KYUN-KYUN
OVESCHOOL
稲井田そう
Illust. 八美☆わん
悪役令嬢ですが
攻略対象の様子が異常すぎる
TOブックス

contents

目次

イラスト 八美☆わん

デザイン AFTERGLOW

第一章 悪役令嬢ミスティア・アーレン

悪の目覚めは突然に

今日は、私、ミスティア・アーレンの十歳の誕生日だ。

誕生日といっても夜は深まり今日も終わる。後はもう寝るだけだ。カチカチと秒針の音がする方に顔を向けると、大きな時計の影が見える。時計の最上部にはアーレン家の薔薇《ばら》の紋章《もんしょう》が刻まれているけれど、今は明かりを消しているため見えない。

両親は紋章を目にするたびに、私に対して「あなたは特別な子なの。私たちにとっても、皆にとってもね」と言ってくる。

祖先は貴族として在るだけではなく王家に騎士として仕え、武功を上げ続けたと母は語る。またある時は、神官を務めていたと父は語った。祖父母も似たようなものだ。

そして当の父はといえば、現在は薬の研究所や医療施設を経営、孤児院にも寄付をし、医療と福祉両方の分野で貢献をしている。

しかし結局のところ、私自身が王室の騎士や神官ではない。父のように巧みな経営術の才覚もなく、私に特筆した能力はないのだ。

そんな私の十歳の誕生日パーティーは、本人の平凡性に反して盛大に開かれた。

肉料理はもちろん、新鮮な魚をふんだんに使った料理の数々。見ているだけで眩《まぶ》しい、宝石を散りばめた装飾に、把握なんてとてもしきれない来賓《らいひん》たち。各薬品研究所、医療施設からは、膨大な数の花々が届けられた。

豪華絢爛《けんらん》なパーティーは、祝われている私自身が萎縮する規模だ。その余韻もあってあまり寝つけない。

誕生日を祝われることは嬉しい。ただ、私は家族や身近な、屋敷で働いてくれている人たちと机を囲み、ケーキを食べるパーティーがいい。

でも、これは言ってはいけないことだ。言ってしまえば、両親の気持ちを踏みにじってしまう。先週、両親に今月二百五十九回目の欲しい物を聞かれた際「二人が健康でいてくれたら」とあまりに無粋な返答をして泣かせたばかりだ。

「駄目だ……」

眠れる気配がなく、ベッドから離れた私は、カーテンと窓を開いた。季節は春ではあるものの肌に触れる夜風は冷たい。空には大きな月が浮かんでいて、月光に照らされた庭園を見下ろすと、まるでゲームのエフェクトのように樹木や花々が均等に並んでいた。庭師のフォレストが丁寧に管理してくれているおかげだろう。美しい庭園を眺め、ふと我《われ》に返った。

「……エフェクト……ゲーム？」

自分でも、言葉の意味がわからない。エフェクトとはいったいなんのことだろう。最近、こんなことばかりだ。訳のわからない言葉が口から飛び出してくる。

戸惑っていると、窓枠できらりと光る物体に気づいた。窓枠に添えるように私の手鏡が置かれている。

たしか今朝方、身だしなみを確認している時に使っていた。父に呼ばれ、ここに置いてそのまま部屋を出てしまったのかもしれない。

手鏡を拾い上げ、割れているところはないか確認すると、私の顔が映り込んだ。顔が映っていないほうが恐ろしいはずなのに、言いようのない不安を感じた。

この顔は、私。アーレン家の娘、ミスティア・アーレンの顔で間違いないはずなのに。

「そう、ミスティア……」

名前を口にして、ずきりと頭が痛んだ。その痛みが合図だったかのように、音を伴った映像が頭を駆け巡っていく。

今まで見ていたもの、聴いたもの、感じたこと、そのすべてが鮮明に。

制服に身を包み学校へ行く私。家で妹と会話をする私。ベッドに寝ころび、ゲームをプレイする私。そしてゲーム画面に映る、ミスティア・アーレン。

今、私が握りしめている手鏡に映り込んでいるのは、ずっと画面越しに見ていた彼女の顔だ。

「私……ミスティアだ」

私は、まごうことなきミスティア・アーレン。それは間違いない。しかし私は、ミスティアであって、彼女ではない。だからこそ、絶望した。

「なんで、私が、ミスティアに……?」

ここが、乙女ゲームの世界だという、現実に。

眩《まばゆ》い光を感じながら目を開けると見慣れたシャンデリアが視界に入った。慌てて枕元に置いてあった手鏡を覗《のぞ》き込むと、曖昧《あいまい》な意識がはっきりとしていく。

鏡に映っているのは、やっぱりミスティア・アーレン。私だ。

昨日、これは夢だと無理やり眠りについたけれど、紛れもない現実だった。

どうやら私は、二度目の生をミスティア・アーレンとして受けたらしい。走馬灯のように駆け巡ったあの映像は、信じ難いけれど前世の記憶だ。昨日わからなかったゲーム、そしてエフェクトという単語の意味が今はっきりと理解できる。

平凡な家庭に生まれ育った父、平凡な家庭に生まれ育った母、そこから生まれた、極めて平凡な娘として生きていた私。

純度の高い平凡かつ非社交的に育った私には、社交的に育った妹がいて、平凡な四人暮らしをしていた。

私は特に山も谷もなく女子高生となり、ただ毎日学校に行って、バイトに行って、ゲームをして寝る。ありふれた日常を送っていた。でも、ある朝の通学中、目の前にトラックと、轢《ひ》かれそうな子供がいた。私の平凡な人生の中で、初めて訪れた非日常だった。

私は咄嗟《とっさ》に駆け出した。必死に走って子供の肩を捉えた瞬間、トラックは私の目と鼻の先だった。私は瞬発力に優れてもいないし、特殊な訓練も受けていない。即死を覚悟した。

しかし平凡な私でも、咄嗟に子供を突き飛ばすことはできたのだ。

人生初の張り手、押し出し、決まり手。綺麗に決まった。子供は驚いた顔をしていた。トラックが近づいてきた事実さえなければ、私の犯行は通り魔なので仕方がない。人生初の取り組みに運を使い切った私はそのまま轢かれた。厳密にいえばぶつかって跳ね飛ばされ、地面に強く体を打ちつけた。

人生初の浮遊感を感じた直後の、激痛。運が悪かったのか、痛みは一瞬で終わらず、突き飛ばされた子供が無事である姿に安心し、全身の猛烈な痛み、熱、頭蓋骨の不快感で苦しみながら私の意識は途絶えた。

だからたぶん、そのまま死んだのだろうと思う。こうして今、別の人間として生きてしまっているし。

とにかく、私は自分が今までどう生き、そして死んだのかを昨夜思い出したのだ。

享年、十六歳。人間の平均寿命の観点から見れば、短い生涯である。

どおりで子供らしくないと言われるわけだ。だって、二回目の人生なのだから。いわば二周目。記憶はなかったといえども十六歳の人格は所持していたわけで、生きるにあたっての新鮮さは失われていると言ってもいいのかもしれない。

思い返すと、本当に平凡な人生だった。

だからこそゲームという世界に入り浸っていたのだ。堅実に、現実的に生きていたけれど、非凡な世界に憧れがないわけではない。ゲームの世界は夢がある。すべてが自由だ。剣や銃を振り回しても、倫理観に欠ける品種改良を繰り返し、農作物で莫大《ばくだい》な資産を得ても、服装をすべて売りはたき全裸で走り回っても捕まらない。

でも、この世界――きゅんらぶの世界を現実として生きることは、絶望だ。

育成、対戦、冒険もの、経営、ホラー、推理、この六つのジャンルしかプレイしていなかった私に、友人が新規開拓として貸してくれたゲーム、それが『きゅんきゅんらぶすくーる』だ。

ロゴは明るいポップ体。「きゅん」と「きゅん」の間には、女児向けアニメから出てきたような、可愛らしいピンクのハート、「らぶ」と「すくーる」の間には、鮮血のような惨《むご》たらしい色のハートが描かれている。

今思うと親切なロゴだ。精神面ばかりを気にしていると物理的な心臓、つまるところ命に関わりますよ、という警告表示なのだから。

舞台は近世と中世の混ざった世界。都合のいいところを吸い取り、複雑なところは曖昧化。深い知識がなくても雰囲気で楽しめる西洋的世界観だった。

貧しい家の主人公が貴族の集う学園に入学し、ひょんなことと称されながらも製作者の意図するとおりに、見目良し、性格に多少難のある、将来有望な男性キャラクターたちと出会い、相手の望む言葉を与えて次々陥落させ、社会的強者、富裕層との婚姻をゴールとするゲーム。

という説明を友人から受けたけれど、説明書に書かれているあらすじも、おおむねそのとおりであった。

このゲームを勧められた当時、いくら友人の勧めといえども私は一度断った。私は人付き合いが得意ではない。当然のように異性との交際経験もなければ、私の基本的な交友関係は、家族と極少数の友人のみ。社交性が欠落していることは明白だ。私が万が一事件を起こせば、クラスメイトはインタビューで「あまり記憶がないですね」と答えるか「ずっと机の下を見ていることが多くて……いつかやると思っていました」と答えるに違いない。

身内である妹にすら「あんたは人の気持ちがわからない」と再三注意されるほどだ。そんな人間がゲームといえど人間を攻略できるわけがない。貸してくれても感想は伝えられない、期待にはきっと応えられないと言った私に、友人は笑ってこう切り返した。

「これめちゃくちゃとんでもないやつだから絶対大丈夫だよ」

なにをもって大丈夫なのかまったくわからない返答。さらにいっさい具体的な説明もなく、「とりあえずやってみて、大丈夫だから」「安全だから」「皆やってるから」「すぐにわかるよ」と押し切られた。

今思い返せば、絶対やってはいけないものの勧め方である。

そして半ば押し切られるようにプレイすると、たしかにとんでもないゲームだったのだ。友人は、正しかった。

いわゆる攻略対象と呼ばれる、ヒロインである主人公が陥落させる男性キャラクターたちは、乙女ゲームをプレイしない私でも「あーよく聞くやつ」という感じだった。

優しくて紳士な王子様系同級生、勤勉な同級生、開放的な女性関係を持つ先輩、不良っぽい先生。漫画、ドラマなどで主人公とくっつく属性を集めたようなメンバー。キラキラ王子、クーデレ、チャラ男、ヤクザ教師と友人は称していた。

ちなみにキラキラ王子は厳密にいえば王子ではない。立ち振る舞いや見た目が王子っぽいということで、要するにあだ名だった。

私はプレイにあたり、一番無難そうな勤勉クーデレ同級生と幸せな結末を迎えられるよう進め、無事クリアした。正直内容はよく覚えていない。次に癖が強そうな開放的チャラ先輩を選択、そちらもハッピーエンドを迎えた、と思う。開放的な先輩の女性認識を更生させていた記憶だけで、内容はあまり覚えていない。

オラオラ先生は面倒見が良く、言葉遣いが粗暴なだけだった。内容の記憶はない。

私は最後に、王子様系同級生を攻略した。

それまで、とんでもない要素はいっさい見当たらなかったものの、「話が違う」と私は友人を張り倒すなどの蛮行《ばんこう》はしなかった。なぜならゲームというものは、クリア後が本番。ゲームをクリアするまでは万人向けに、そしてクリア以降、玄人に対して挑戦状のような、高難易度のモードが解放されるというのが、ゲームの定石だ。

だから私は、油断しながら王子のストーリーに入った。でも、それが駄目だった。彼のルートこそ、修羅の道だったのだ。

キラキラ王子のストーリーのみ、プレイしているとライバルキャラクターが登場する。いわゆる、王子を取り合う相手だ。ちなみに彼の婚約者でもある。

その相手こそ、このゲームを、「とんでもないやつ」とするとんでもない女性……名は、ミステイア・アーレン。キャッチコピーは「悪逆非道を繰り返し、どんなことをしてでも愛を得ようとした最凶の令嬢」である。

なにが「最凶」かといえばその素行だ。ミスティアは攻撃性の化身、残酷の権化、悪の擬人化として、彼女にとっての恋敵――ヒロインである主人公をいじめ抜く。

その仕打ちは常軌を逸し、主人公の私物は当然のこと、関わった者も即排除。パーティーに主人公が現れたら素手でそのドレスを裂いていく。

海に行けば主人公を崖から落とし、山に行けば主人公を谷底へ落としてしまう。

なにより恐ろしいのは、ここまでの悪行は決して比喩ではなく、直喩というところだ。主人公は次のシーンでは無傷で全回復。特殊な訓練を受けているのか、もしくは戦闘兵器なのかと疑ってしまうが、そこは主人公だからだ。主人公が死ねばストーリーが進行せず世界が困る。

ミスティアがここまで派手に立ち回れば、その犯罪行為が白日の下に晒《さら》されることは必須である。しかし彼女は家柄や権力のすべてを持って、自らの罪を隠蔽《いんぺい》する。さらに彼女はそれだけに留まらず、主人公に心が傾いたキラキラ王子を見て彼を眠らせ、襲われたと言ってみたり、子を孕《はら》んだと脅すのだ。挙げ句の果てには主人公に対し優しく接した者を次々に退学させていく。

そうして、周りの人間にすら手を出し始めたミスティアに、ついに堪忍袋の緒が切れた主人公は学期終了が迫った三月、三年の先輩の卒業パーティーの会場で、彼女の悪行を暴露して断罪する。今までの被害報告を発表するのだ。証拠付きで。

だが、ミスティアは改心することなく、パーティーから一週間ほど経った深夜、学園に主人公を呼び出し火を放って主人公を焼き殺そうとする。

だからこそ、ミスティアの末路はいつだって壮絶だ。投獄と死罪。自らの業を清算する結末で、キラキラ王子とミスティアが結ばれても、最終的に捕まる。

わかりやすい勧善懲悪。悪は必ず罰せられる。見ていて清々しい気持ちになる人も多いかもしれない。けれど自分の身に降りかかるのだ。全然良くない。投獄とは名ばかりの死刑待ちだ。家ともども一寸先は闇。闇は闇でも、深い深い地獄の底に落ちることが決定している。

どうして、私はミスティアになってしまったのだろう。

主人公ではなかっただけでもセーフと思えばいいのか。在学中に崖から落とされないだけましか。彼女の驚異的生存能力は人智を超えてはいるけれど、それはゲームの世界だからこそ。崖から落ちれば人は死ぬし、火を放たれても人は死ぬ。

こうして、誕生日の夜を超え次の日の朝を迎えても、気持ちがまったく整理できない。壊れた音楽再生機器のように、「なぜどうして」が繰り返し浮かんでくる。

「ミスティア様、御気分が優れませんか？」

美しい鈴の音のような声に、私の意識は再浮上した。専属侍女であるメロが、不安げにこちらの顔を覗き込んでいた。悩みすぎて彼女が部屋に入ってきたことにも気づかなかった。ノックされて、反射的に返事をしていたのだろう。

「もう少しお休みになられますか？」

切りそろえられた美しい弧を描くボブの銀髪が揺れ、憂《うれ》いを帯びた藍《あい》色の瞳がまっすぐにこちらに向けられる。気品を感じさせる黒い侍女服からすらりと伸びた手足は、雪のように白い。要するに天使だ。物静かで、落ち着いていて控えめな人柄、外見と中身そのすべてが最高の存在、メロ。

私の専属侍女であるメロは、幼いころから私をサポートしてくれている、たった一人の友人のような存在だ。私の身に危険が迫った時、身を挺《てい》して庇《かば》ってくれたこともあり、私は彼女に全幅の信頼を寄せている。

それにしても、ゲームのミスティアにこんなに可愛い侍女がいたなんて全然知らなかった。

ミスティアの関係者の立ち絵はゲームにはあまり出ていない。姿を知ることができるのは、ミスティアの命令によって主人公を暴行する使用人三名ほど。父と母はミスティアの「お父様に頼むわ」「お母様にお願いするわ」という台詞のみの登場だ。かといって、伯爵家の令嬢ならば侍女は当然いるはず。端折られていたのかもしれない。

メロを見ていると幸せな気持ちになれるのは、ゲームの補正だったり……いや、それはないか。彼女がただ天使なだけだろう。

「ちょっと頭が働かなくて」

「では、朝食の前に紅茶をお淹れしましょうか」

メロは素早くティーカップとソーサー、ポットを用意した。紅茶を淹れる姿でさえ絵になる存在、メロ。可愛い。大好き。基本的に私の部屋の家具はすべて黒く、棚やソファー、カーテンに差し色としてやや毒々しげな深紅が使われているから、彼女の存在はより映えて見える。

両親の選ぶ家具は基本的に赤と黒しかなく、屋敷もその二つの色調で統一されていることについて常々疑念を抱いていたけれど、悪役令嬢ミスティアの屋敷であるならば、納得だ。

それにしても、ミスティアちゃんじゃなくて、ミスティアくんとして産まれていたら、メロと結婚して幸せにできるのに。私は彼女の姿をじっと見つめ、はっとした。

一人娘の私が投獄されるということは、アーレン家が崩壊するも同然。愛らしさの擬人化と言ってもいいこのメロを、あろうことか路頭に迷わせることになってしまう。

ひやりと、背筋に冷たいものが伝った。駄目だ。現実逃避している場合ではない。メロを路頭に迷わせることがあれば、彼女は一瞬で悪人の餌食《えじき》にされてしまう。それに大らかで聖母のような母と、その母に愛を語ってはなぜか玉砕する父も投獄されてしまうのだ。殺されるのは私だけじゃない。

私が最悪の末路を辿ったならば、家族、メロ、使用人のみんな——周りの人も実害を被るのだ。

なんとしてでも、なにをしてでも、投獄死罪は回避しなければならない。

まだ救いはある。生まれてから、特にゲームのミスティアのような行動はしていない。このまま過ごせば、罪に問われることはまずない。ミスティアの罪状に関わる主人公との出会いは、貴族学園に入学——十五歳の時だ。私は十歳。まだ五年の余裕がある。入学せず他国に留学したり、別の男性と婚約すればいいだけだ。

なぜなら、ミスティアはキラキラ王子の「婚約者」として登場した。しかし現在その彼と会ったこともなければ、名前を聞いたこともない。要は今から五年の間に婚約話が浮上するわけで、そんな話沈めてしまえばいいのだ。

大丈夫だと自分に言い聞かせるように頷《うなず》いていると、メロは私を心配そうに見つめる。

「……どうされましたか？」

「なんでもないよ、大丈夫。というか大丈夫にするから」

「もしかして……本日の婚約について、ですか？」

「え」

「レイド・ノクター様の屋敷へは、昼に出発する予定となっておりますが、遅らせますか？」

「……え、今日？」

「はい」

「……今日？」

「はい」

「今日なの？」

私の返答に、メロは「そうですよ」とやや困りながら返事をする。

彼女の言葉に、私は頭の中が真っ白になった。

なぜならば、今、メロの言った名前――レイド・ノクターは、ミスティアがその悪性をいかんなく発揮するルートの攻略対象、その人だからだ。

完全無欠の王子様

ゲームでのレイド・ノクターは、わかりやすく言えば完璧な紳士だ。

主人公やミスティアと同い年。現代で言う高校にあたる貴族学園にて、クラスメイトとして登場する彼は由緒正しき伯爵家の一人息子である。

頭脳明晰《めいせき》で文武両道、あらゆる分野で一番を取り、その高い能力や家柄をおごらず、誰に対しても優しく温和な人柄で、皆に慕われている。

煌《きら》めく清潔感のある金色の髪と、爽やかな蒼《あお》い瞳。誰もが目を奪われる美しい顔立ちと佇《たたず》まいは、まさに王子様そのものであり、彼がある日突然「実は絵本産まれなんですが……」と言っても病院を紹介されたりしない。

そんな完璧な紳士になる少年。つまり十歳のレイド・ノクターが、机を挟んだ向こう側、私の前に座っている。そして、こちらを見て微笑んでいた。


時は遡《さかのぼ》ること、メロからノクター家の遣いの馬車について聞いた直後。私は慌てて父のもとへ現状を聞きに行った。

私の耳に入ってもいなかったのだから、婚約と言っても見合いをして、あわよくば婚約といった流れだろう。

メロが婚約者と言ったのは、たぶんたまたま。なにかの間違いだと祈りながら父に尋ねたところ、婚約は決定事項であった。婚約を決定してからの、顔合わせだった。

父が言うには三か月前、「そろそろミスティアにも婚約者が必要だね」という話になり、私は「はぁ」と答えたらしい。あまり記憶がないけれど、当時は誕生日の前夜祭を三か月前から夜通し行いたいと言う父に辟易《へきえき》し、話を適当に聞いていた気がする。

私の返事を了承ととらえた父は、あっという間に婚約者候補からいい人を選び、一人に絞ったということだった。

そんな婚約の経緯を聞きながら私は朝食をとり、身なりを整え両親と共に馬車に揺られ、ノクターの屋敷に辿り着いてしまったのだ。屋敷に到着してすぐ、ゲームで見覚えのある、どこか機械的で淡々としたノクター伯爵と、儚《はかな》げなノクター夫人と挨拶《あいさつ》を交わした。その後、親は親同士、子は子同士と別れ、私はレイド・ノクターと二人こうして一室に収容されてしまっているのだ。

ということで、私は今二人きりのお茶会でもするように、彼とテーブルを囲んでいた。目の前には湯気と香りの立つ紅茶、繊細な柄が施されたクッキーが並び、中央に置かれた花瓶には彼の瞳の色と同じ花束が飾られている。けれど、今は緊張と絶望によって、私にはすべて白黒の石に見える。

「はじめまして、僕の名前はレイド・ノクター。よろしくね」

「こちらこそ、はじめまして。ミスティア・アーレンと申します」

挨拶をして、そっとレイド・ノクターの様子をうかがう。ゲームでの登場、主人公を介してのはじめましては彼が十五歳のころで、現在の彼とは歳が離れているけれど、髪の色も目の色も同じだ。違和感はあまりない。装いも気品があり、高貴というか……どことなく王子様っぽい。

しかし実物を前にしても、肝心な彼とのイベント内容が思い出せない。

ミスティアの犯罪的所業の印象が強すぎて、かき消えてしまっている気がする。彼を見て思い出せるのは、歯を食いしばった猛禽《もうきん》のようなミスティアの表情や、勝ち誇った高笑いばかりだ。

自分の前世を思い出した時に、前世の記憶やゲームの物語のだいたいの結末は思い出せた。でも彼とそのイベントや、選択肢に関してはさっぱりだ。

結局、主人公がどの選択を選んでハッピーエンドに入れるか知っているところで、悪役の私には関係ない。問題は、物語を進行していくうえでわかっていくトラウマやコンプレックス、彼自身の根幹に関わるような物事がわからないということだ。

行きの馬車の中、私はこの婚約をなかったことにするため、なにができるか考えていた。しかし相手の地雷がわからない以上、下手な手出しができない。

無礼な態度を取れば破談になりそうなものの、お見合いならまだしも婚約は確定の中、一方的な無礼行動は両親に迷惑をかける。下手に悪評がたち、後に投獄死罪の布石になるのも怖い。

だから今日は婚約話を覆すことは諦め、婚約解消の際は協力すると伝え敵ではない姿勢を示そうと決めた。

しかし、突然「あなたには十五歳の時運命の出会いが訪れるので、その際は身を引きます。私はいわばその間のつなぎの婚約者です」と宣言すれば、変人か、怪しげな宗教に傾倒していると思われるだろう。

「僕のことは気軽にレイドって呼んでね」

「……はい」

ゲームのミスティアは自分だけがレイドと呼ぶべきと、周囲に激しい牽制をしてたから絶対呼ばない。

目の前の紅茶に手を伸ばすこともなく、紅茶を見つめるだけの人として生きていると、彼がくすりと笑った。

「そんなに緊張しないで。ほら、僕たち同い年だから」

「あはは」

こちらの緊張をほぐそうとしてなのか、砕けた口調でレイド・ノクターが微笑むものの、私の口から出たのは「あはは」だった。「あ」に「は」がふたつ。歪《いびつ》な笑いだ。

そんな不審者を極めた私を前に、彼は気にせずにこにこと笑っている。なにか話さなければいけない。でも、思い浮かばない。

「こ、婚約って、いきなりですよ、ね……」

駄目だ。言葉がしどろもどろになる。なにを話せば一家離散にならず屋敷で働く人を離職させずに済むのだろう。正直もう私の命は諦めるから、家と使用人は見逃してほしい。

「まぁお互いの両親が決めたことだからね」

彼の話すこの言葉は、前にも聞いた記憶がある。婚約者がいることを主人公が指摘した際、似たようなことを言っていた。このまま会話を進めていけば、彼について徐々に思い出していけるのかもしれない。なにか将来への打開策を見つけなければ。会話のネタになるようなものはないだろうか。

「そうですよね。お互いの両親が決めたことですからね」

頑張ってくれ私の口角筋。顔を上げて「それにしてもいい部屋ですね」と部屋を見渡しヒントを探すと、棚に置かれたチェスセットを発見した。

てっきりここは客間かなにかだと思ったけれど、もしかしたら違う部屋なのかもしれない。少し古びたチェスセットは、掠《かす》れや傷はあれど丁寧に手入れをされているようだった。チェスはオンラインゲームでよくやっていたけれど、実物を見るのは初めてだ。

「やり方はわかる？　少しやってみない？」

チェスセットを凝視した私を見て、彼が立ち上がった。そしてチェスセットを取り、テーブルにのせる。私は別にやりたくはない。しかし彼は「先攻と後攻はどちらにする？」と着席しながらこちらをうかがった。どうやらチェスをするのは決定らしい。

どうしよう、このまま呑気にチェスをしていいのだろうか？　でも、断る理由もない。

「……後攻でお願いします」

「わかった。僕から始めよう」

レイド・ノクターは、おもむろに駒を動かす。私は緊張しながらも自軍の駒に手をかけた。

一つひとつ駒を進め、守りに徹する。ゲームを開始して早十分。形勢はレイド・ノクターが優勢であるものの、逆転は不可能ではない。私は完全に手加減をされていた。

「だいぶ慣れているみたいだね、よくやってるの？」

実はオンラインゲームで毎日やっていました、なんて言えずに曖昧な笑みを返す。

そもそも、ゲームをしながらの会話は苦手だ。基本ソロプレイだったのもあるかもしれない。黙ってゲームをすることが普通だから、まったく言葉が出てこない。すると彼は「あ、そうだ！」となにかを思いついたような声をあげた。

「ねえ、負けた方がなんでも言うことを聞くっていうのはどうかな？」

なんでそういう発想になる？

理解できない社交的強者の発想に混乱していると、あることに気づいた。

なんでも言うことを聞くということは、このゲームに勝てば、彼を思いどおりにできるということだ。勝って「今すぐこの婚約は解消でお願いします」と言――えるわけがない。「チェスゲームに勝ったので婚約解消します」なんて伝えれば、両親たちは間違いなく冗談と受け取る。最悪婚約解消コントのように扱われ、永遠に解消できなくなる。

勝っても得られるものなんてない。というか負けたとして、レイド・ノクターは私になにを願うのか。今は思いつかないから後日という話になって、貴族学園に入学する前に「婚約を解消してほしい」とお願いしてはもらえないだろうか。そうしたら二つ返事で頷くのに。俯《うつむ》くと彼のキングの位置が視界に入った。

「あ、チェックメイ……」

今ならビショップを置いて勝てる。反射に近い手癖でレイド・ノクターのキングを追い詰めてから、呆然とした。勝った、勝ってしまった、私が。

なにがチェックメイトだ。私の人生がチェックメイトだ。どうしよう、彼の機嫌を損ねたら私は死ぬ。おそるおそる彼の挙動を観察すると、彼は「わ、僕の負けだ。結構強いつもりだったんだけど、すごいね」と私を称え始めた。

どうやら、勝敗は気にしていない様子だ。ありがたい、心が寛大。さすが品行方正で、誰にでも優しいレイド・ノクター。十歳から器が違う。「あはは」と「……はい」しかまともに会話ができない不審者に負かされても、暴れださないし声も荒げない。

「さ、僕にお願いごとはあるかな？」

ほっと安堵《あんど》していると、レイド・ノクターはお願いについて切り出してきた。なんの願いにするか。というかここは、今、願いを伝える体《てい》で自身の意思を表明する絶対的な好機では？

ここで言わずに、突然自分の意思を表明し、相手に理解をさせる交渉力が私にあるのだろうか？いやない。まったくない。あるなら「あはは」なんて言わない。

――チャンスは間違いなく今だ。

「……では、レイド様にお好きな……、運命を感じる女性が現れた際は、私に必ず教えていただけないでしょうか？」

「どういう意味かな？」

「世はいずれ家柄に囚われない、自由な恋愛の形が広がります。ですから私はレイド様が大切に想う方を見つけた際、婚約解消ができるよう必ず尽力したいのです」

本当に。全力で協力する。この誠意がどうかレイド・ノクターに届いてほしい。私の望みは、家族と使用人の生活の安定だけだ。

「君は婚約に前向きではないの？」

レイド・ノクターが戸惑い気味に声をかけてきた。たしかに今、彼は主人公と出会ってはいない。

この時点で「婚約解消に協力するよ」なんて言っても、「なに言ってんだこいつ」にしかならない。婚約者による協力および全面降伏宣言ではなく、突如「あはは」を発する、不審な人間の言葉にしかならない。でも、押し切るしかない。今必要なのは、ミスティア・アーレンがレイド・ノクターの恋愛に協力を表明した事実だ。

「婚姻は、愛する者同士でするものですからね。一生を添い遂げるのですから」

こう言えば、恋愛至上主義令嬢の言葉として受け止めてもらえるだろう。それにレイド・ノクターがゲームで同じようなことを言っていた。大丈夫だと自分に言い聞かせるように、チェスセットに手をかけ私は片付けを始めた。

「愛する者、か」

一瞬彼の声が冷えたような気がした。気づかないふりをしていると、「僕のことが、嫌い？」と平淡な、なんてことのない話を聞くような調子で彼は爆弾を投げてきた。

「え」

どうして、よりによって地獄の質問を投げかけてくるのだろう。趣味、音楽の好み、食の好み、装飾品や絵画の数多ある話題の中で、なぜ剛速球を投げてくるんだ。意味がわからない。

でも、たぶん、これは十歳の素直な疑問。他意はないはず。

「……いえ、私が言いたいのは、私ではレイド様に分不相応ということです。この先あなたに運命の女性が現れたとき、私との婚約は必ず障害になるでしょう。私は自分の存在が将来的に誰かの恋路の……幸せの邪魔になることが嫌なのです」

「運命、ねえ」

懐疑を全力で滲《にじ》ませるレイド・ノクターの返答に、私は不安になった。

疑わしいとは思いますが、あなたは今から五年後運命の恋に落ちるんです。その恋が私を殺します。そして一家と使用人を離散させるのです。そう言ってしまいたいけれど、言えない。

かといって、いい言葉も思い当たらず、言葉に詰まる。静まり返った室内に、時計が秒針を刻む音だけが響き渡った。

そうして、地獄のような沈黙は、双方の両親がそろそろ時間だと部屋に訪れた夕方まで続き、その間私たちは互いの内情を探るかのように、ずっと押し黙っていたのだった。


「疲れた……」

アーレン家の屋敷に帰ると、私は湯あみを済ませ夕食をとることなくベッドに向かった。寝ころび、今日について考える。

私はノクター家で地獄の沈黙を作り出した。そして帰りの馬車で、そのことをたいそう悔やんだ。しかし、帰宅して時間が経ち、私の胸にあるのは奇妙な安心感だ。レイド・ノクターという脅威から離れじっくり考えていくと、今日の顔合わせはそこまで悪くはなかったように思う。なぜなら彼に対して、「ミスティア・アーレンは完全なる不審者である」という印象を作り出したからだ。

不審者と付き合いたいという人間は、少ない。

これからなにか行動しなくても、婚約の話は流れるはずだ。ゲームのミスティアは顔合わせで沈黙という状況は作り出さなかったはず。婚約を無理に取り付けるようなことはあっても、解消しようとはしないはずだ。

今日の私の行動は、ゲームのミスティアから完全に逸れている。

ミスティアはミスティアでも、中身は凡人の私。運命というものは、案外簡単な分岐点で大きく変わるものなのかもしれない。

「今日はぐっすり眠れそう……」

目を閉じて、羊を数える。羊が二千五百匹を超えたころ、羊たちは共食いを始め、徐々に私の意識は薄れていった。

バッドエンドは誰のもの

「ここが客間だよ。といっても、この間来たところだけどね」

レイド・ノクターが、彼の屋敷の客間の前で困ったように笑う。私も困っている。

地獄の沈黙から二週間。なぜか我《わ》が屋敷に届いたノクター家からの招待状により、私はまた彼の屋敷にいた。

招待状――もといノクター家から手紙が来た時、「婚約お断りの手紙でしょう、間違いなく」と期待し開いたその内容は「また屋敷に来てくれませんか」というものだった。手紙を受け取った父が「では近いうちに」と返事をし、双方の予定を鑑みた結果、現在に至る。

この、レイド・ノクターという攻略対象の存在が現れ始めてから、婚約が実は決定していたり、屋敷への招待など強引すぎる物事の動きは、「レイド・ノクターには婚約者がいる」という設定を崩さないための、ゲーム世界の理《ことわり》的なものが働いていると疑わざるをえない。

ということで今日もノクター屋敷に着き、私の両親はノクター夫人と大人のお話をすると別室へ行ってしまった。そのせいでまた、私はレイド・ノクターと二人きりだ。

ちなみにノクター伯爵はどうしても外せない用事があると言って出ていき、私の両親対ノクター夫人という図式らしい。「ごめんなさいね、招いておいて」と夫人が謝っていたけれど、できることなら永遠に招かないでほしかったという気持ちが拭えない。

……だが、考えども考えどもまったく意図がわからない。あの沈黙の顔合わせをしたのにもかかわらず、なぜ不審者令嬢ミスティア・アーレンを家に招くのだろう。

「次はどこへ行こうか、ミスティア嬢」

廊下を歩きながら、レイド・ノクターがこちらを振り返る。今回も一緒にお茶を飲むものだと思っていたけれど、「今日は屋敷の中を案内するよ」という彼の言葉により、現在屋敷を徘徊ならぬ案内してもらっていた。

視線を彼から逸らしていけば、しみ一つない真っ白な壁が広がっている。ノクター家の屋敷は基本的な色合いが黒と赤のアーレン家と異なり、白と金で構成されていて、さらに彼の瞳の色を彷彿《ほうふつ》とさせるような青の色味がカーテンや天井の装飾に用いられていた。彼の王子様キャラというイメージが反映されているのだろう。

しかし見ている分には楽しいけれど、案内してもらったところで私はこの屋敷に住む日なんて永遠に来ないいし、知る必要はどこにもない。出ていく扉だけ教えてほしい。

「はは。まだ緊張は解けないかな？　行きたい場所は見つからない？」

レイド・ノクターがこちらに笑いかけてきた。はい。地獄と刑務所以外ならどこでもいいです、という言葉を呑み込み曖昧に笑い返す。彼と会うたびに、曖昧な笑みの技術が向上していく。

というか彼は本当に前回の対面を忘れているのだろうか？

二週間といえども、人は簡単に物事を忘れられる生き物ではない。二週間前の食事ならまだしも、婚約不審者との初対面は強く記憶に残るだろう。白を基調とした廊下を歩きながら、私は前を歩く彼の背中を見つめた。

……もしや、婚約者との初対面だからこそ、あの地獄の沈黙を「恥」だと捉えたレイド・ノクターは、両親の手前正直に話せず、「ミスティア嬢はいい人でしたよ」なんて曖昧にごまかし、彼の両親が言葉のまま受け取ってしまった結果なのでは。

歩きながら考えていると、突然レイド・ノクターが停止した。距離が開いていて接触はしなかったものの、危うくぶつかるところだった。

「この先が、父の部屋だよ」

彼は廊下の奥を指す。そこには豪壮な、いかにも屋敷の主の部屋ですよ、といった扉があった。装飾には星形にも見える花があしらわれている。たしかこの花は、ブルースター。結婚式に用いられる花であると、庭師のフォレストから聞いた気がする。

「まあ、父はあまり家に帰ってこないから、覚えなくていいけどね」

ぼそっと彼が呟《つぶや》く。その表情は悔やむような、悲しむような、どちらともないものだ。

今まさに、私は彼の触れられたくない部分――地雷を踏んだのでは。

しかし、レイド・ノクターと彼の父に関するイベントなんてあった覚えはない。今朝喧嘩をして気まずいだとか、そういう可能性もある。

「ああ。大広間を案内するのを忘れてた、こっちだよ」

レイド・ノクターは、はっとして私の手を取り、来た道を戻っていく。声色も表情も、こちらを気遣うものに変わった。違和感を抱きながら歩いていると、大広間に到着した。

「今度夕食会を開くから、ここで一緒に食事をしよう」

彼は私に見て回ってもいいと、奥へ入るように促してくる。間違いなく最後の晩餐《ばんさん》。死ぬやつだ。

私は震え上がりながら部屋の中をぐるりと見渡した。

視界に入るのは、白と金を基調とした調度品たち。

中央には、人間の火葬も可能そうな暖炉もある。白地にもかかわらず煤《すす》が見当たらないのは、きちんと掃除をしているからだろう。上には肖像画が飾れそうな空間があり、壁一面の白さも相まってまるで一枚のキャンバスにも見えた。

だからなのか、不思議とその空間が気になって仕方がない。部分的に色が違うならば、実は死体を隠して塗装している、隠し扉があることなどが疑われる。けれどその空間は本当にただ真っ白なだけだ。そこ以外は花や装飾がかけられ、まるで故意に避けているかのようにその空間だけなにも飾られていない。

「僕たちは、ここで食事をしていたんだよ」

違和感のある空間をじっと眺めていると、レイド・ノクターが沈黙を気にしてか、口を開いた。

「……していた？」と疑問を感じるままに返すと、彼は「父は忙しいし、母は食事をとらないときがあるから。それに二人とも、だいたい自室で取るんだ」と、どこか寂しそうに言った。

「そうなんですか」

「別に、一緒に食べても食べなくても同じだけどね」

レイド・ノクターとて十歳の少年だ。父親がなかなか家にいないことは寂しいのだろう。

それにしても、あの謎の空間が気になる。ついつい食い入るように見つめてしまう。家族の肖像画でも飾ればいいのに、なんてお節介なことを思うのではなく、家に帰ったら空き巣被害に遭っていたけれど、なにを盗まれたかわからない、そんな感じがする。

いや、空き巣に入られたことはないけれど。

致命的な見落としをしている？　しかしこの空間からなにかが現れる気配も、実はなにかが封印されているということもないはずだ。そういうゲームじゃないし。

「あの人は自分にも他人にも厳しい。忙しいから、仕方ないことだよ」

なんとなく、レイド・ノクターの言葉に引っかかるものを感じた。彼の物言いや、雰囲気、声色ではなく、その言葉自体に。前にも、聞いたことがある気がする。

——運命だから、仕方ないことだよ。

そうだ、これだ。

「なにかあった？」

じっと食い入るように壁を見つめる私を、レイド・ノクターが不審がる。彼の表情……、その、海を透かしたかのような蒼い瞳を見て納得した。

ああ、そうだ、この言葉はゲームの中で、彼が彼の母の墓前《ぼぜん》で発した言葉じゃないか。「運命だから、仕方ないことだよ」と、悲しげに彼は言ったのだ。

そうか、なるほど、そこで聞いた言葉だったのか。

「すみません、なんでもないです」

愛想笑いでごまかすと、彼は深く追及してくることはなかった。私から視線を外し、移動しようと広間の扉に手をかける。促されるまま彼の方へ向かい、私はふと立ち止まった。

……レイド・ノクターの母の墓前？

墓前って、死ぬところじゃないか。そう考えて、ゲームのイベント映像が、頭の中で再生されていく。主人公が、レイド・ノクターと一緒に彼の母のお墓参りをする、そんな場面が。

レイド・ノクターはある時、唐突に学園を休む。主人公が彼を心配してノクターの屋敷へ向かうと、ちょうど彼はどこかへと出発する途中で、話の流れで目的地もわからぬまま一緒に向かうことになる。

辿り着いた場所は、墓地。レイド・ノクターは自分の母の命日に墓参りをして、帰り道、彼は淡々と語るのだ。母がどんな存在であったかとともに、その死の理由を。

ノクター夫人は、殺された。レイド・ノクターが十歳の時、届かぬ恋心を抱き、その恋の炎を憎悪の炎に変えてしまった実の甥《おい》に夫人は殺された。夫人は、ゲーム開始時にはもう亡くなった状態だった。

私はゲームをプレイ中、この大広間で、今まさに空いているあの空間に、レイド・ノクターの母、ノクター夫人の肖像画が飾られていたのを見ていた。だからあったはずの肖像画がないことに違和感を感じていたのだ。

でも、ノクター夫人は、今日は生きている。

……今日は？

――母を殺す時に二人で幸せになろうと、彼は言ったんだよ。劇場でね。

そうレイド・ノクターは墓前で話していた。現在の彼は十歳だ。ということは一年以内に彼の母は殺されることになる。たしか、その季節は、ちょうど今ごろ。

彼の母のお墓参りに行く日は、彼の母の命日は……。

「明日だ」

呟いたその瞬間、レイド・ノクターがぱっと目を見開いた。しかしその表情も、徐々に薄れて見えていく。私の意識は、まるで糸が切れたように遠のいていった。

「ああ！　このままミスティアが目覚めなかったらどうしよう」

「やめてくださいあなた！　そんなこと聞きたくありませんわ！　専属医だって大丈夫だと言って

いたでしょう？」

「スティーブが連れてきた男といえど誤診の可能性もあるだろう？」

私を呼ぶ声が聞こえる。この声は父と母の声だ。うっすらと目を開くと、両親が心配そうに私の顔を覗き込んでいた。そして目を開いた私に驚き、父は私を抱き起こした。

「ミスティア、大丈夫かい？」

「え……？」

「ちょっとあなた！　ミスティアは倒れたのだから、そんなに乱暴に抱き上げないでくださる!?」

母の言葉に父は慌てて私から手を離した。状況が理解できずにいると、「ここはミスティアの部屋だよ、ノクターの屋敷で倒れて……」と父がおろおろしながら私を見た。

そうか、私は夫人のことを思い出した後に倒れてしまったのか。ゲームのイベントを無理やり思い出したかなにかで、脳が影響を受けたのかもしれない。

……まさか、丸一日寝てしまったのでは。

急いで窓の外を見ると外は暗く、部屋にある日めくりカレンダーも日付が変わっていないいままだった。

「レイドくんが呼びに来てくれて、夫人が急いで医者を呼んでくれたのよ。屋敷に帰って専属医にも見せたのだけれど、寝不足で間違いないらしいわ。ねえミスティア、あなたまた夜更かししていたんでしょう？　倒れるまでそういうことをするのなら、お母さまにも考えがあるわよ」

母の言葉に頷きつつ、私はカレンダーを確認した。今は日付が変わっていない。ゲームのストーリーどおりに進むのであれば、ノクター夫人が殺されるのは明日だ。

まだ、間に合う。

「もう、まだぼんやりとして……。とにかく今日はゆっくり寝ていなさい」

「眠れなかったら、いつでも呼んでいいからね」

私を気遣い、両親は部屋を出ていった。扉が閉まるのを見計らって、私は飛び起きた。

明日の夜、ノクター夫人は殺される。ということはまだ夫人は殺されていない。今ならまだ助けられるはずだ。

両親に正直に話す？　信じてもらえるわけがない。子供の戯言《ざれごと》と片付けられる。ならば足止めして、夫人を劇場に行かせないようにする？　でも、甥は劇場で殺すことにこだわってはいない。劇場に行くのをやめたところで、屋敷に来てしまう。

相手の行動をこちらが把握しているうちに、劇場でなんとかするのが一番いい手段だろう。しかし肝心の方法が思い浮かばない。劇場で夫人を守るためには、どうすれば……。

武器を用意する？　前世の十六歳ならまだしも、十歳の力だ。押し切られる。

そもそも劇場に同行するにはどうすればいい？　後でついていく？

なにかヒントはないかと見渡して、手鏡が目に入った。縋《すが》るように覗き込むと、きつい目をした少女が——私が、苦々しい瞳でこちらを睨《にら》んでいる。

そうだ、そこにいるのは、いや、ここにいるのは平凡な女子高生ではない。あらゆる悪逆非道を繰り返し、どんなことをしてでも愛を得ようとした最凶の女じゃないか。

——私に叶えられないことなんて、あっていいはずないわ。

そう言って、卑怯《ひきょう》な手を使い、悪に染まり、誰に憎まれても、蔑《さげず》まれても最期まで諦めることだけは絶対にしなかった女。

今の私は、ミスティア・アーレン。

平凡な私にできなくて、ミスティア・アーレンにできることは、まだある。

私は意を決して、両親のもとへと向かったのだった。

未開拓ルート分岐の結末は

「レイド様と一緒に行きたい行きたい行きたい行きたいいいいいいいいいい――――――！」

這《は》いつくばって唸《うな》る私を囲い、ノクター夫妻、レイド・ノクター、そして私の両親が呆然と立ち尽くしている。集中する視線はいっさい気にせず、私は全力で暴れる。

「イッキタッイヨォオオオオオオオオオアアアアアアアアア!!」

ノクター夫人が殺害される当日の昼、私はノクター家の屋敷で、ただただ暴れていた。

昨夜、私が両親のところへ向かってしたこと、それは「我儘《わがまま》」だ。ミスティア・アーレンの切札、「両親にお願いして強引に事を進める」この一択である。

ある時は証拠隠滅、またある時は主人公を陥れるために、「パパママおねがーい」をしてきたミスティア。主人公もといプレイヤーは、彼女の必殺技により苦しめられた。いわゆる伝家の宝刀だ。今使わないでいつ使うべきかと、私は昨夜寝室へ向かう両親を追いかけ、「レイド様のおうちに遊びに行きたい！」と我儘を言い続けた。

　初めは私の今まで見たことのないであろう積極的な態度に、熱があるのではと専属医のランズデー先生を呼ばれかけた。しかし私は粘り強く説得を続けた。両親は私の体調を気遣い、そしてそこノクター家の事情を考え反対していたけれど、元から娘に対してはたいそう甘い。最後には馬車を出すことを許してくれた。

　約束すら取り付けず屋敷に突撃するなんてこの上ない蛮行ではあるが、私はノクター夫人の命を守るため、夫人の命日になる今日、こうしてノクター家に突撃し、劇場に同行ひいては殺害現場になる馬車に同乗するため、つまるところ他人の家で現在じたばたと癇癪《かんしゃく》を起こしているのだった。

「一緒にいぃぃーくぅーのおおおおおおおおおおうううううう」

　とれたての新鮮な魚のように、両手両足を一心不乱に地面へ叩きつけていく。

　高級な絨毯《じゅうたん》といえどもその下は冷たい大理石で、普通に全身が痛い。叩くたびにダメージが体を駆け巡っていく。客観的に自分の行動を考えると精神的にも死にたくなる。でも、人命を考えれば、見栄も恥も痛みも知ったことではない。

　しかし「今まで我儘なんて言わなかったミスティアが我儘を……」と両親は感動していることがまた地獄をよりいっそう深いものにする。ノクター夫人は苦笑しているし、レイド・ノクターと伯爵に関しては、まるで化け物を見るように私を見ていた。正常な反応だ。よく知らない相手が自分

の家で大声を出して暴れる。こんなに恐ろしいことはない。

でも、人命がかかっているのだ。むしろ人命がかかっていなければこんなことはしない。これは夫人の死亡する未来を変えるための計画の一環だ。

そう、これは計画──殺害現場になるであろう馬車に同乗し、扉の席に陣取り、甥が来ても扉を開けない。そこで甥を挑発、私を殺しにかかったところを劇場の守衛や周りの護衛に確保してもらう、という大博打計画だ。

そもそも殺人を未遂させなければ衛兵──前世的に言えばこの国の警察組織は甥を捕まえることができない。

甥を上手く怒らせ、刃物を出すように仕向けなければならないのだ。犯人逮捕の決定打という最も肝心な点が運任せ。私が同乗できなければ計画どころじゃない。積んだ問題が天まで届く勢いだがこの計画が現状唯一実行可能な手段であり、綻《ほころ》びに綻びを重ねた修羅の博打計画なのだ。

よって、劇への同行を許してもらうために、現在私は癇癪を起こしている。

というか早く乗せるのを許可してほしい。どうせ今日が過ぎればこちらから突撃することはない。もう会うこともない。今日だけでいい、早く許可しろと想いを込めて床を連打し続ける。

「やだあああ一緒に行くのおおおあああおあおあ!!」

加えて断末魔を二十秒おきに繰り返すこともやめない。祈りの押し切りビブラートだ。涙を追加するため、清潔な水も用意していた。

「こんなに行きたいって言っているのだから、連れていってあげましょうよ。家族になるのだし、ね」

鶴の一声ならぬノクター夫人の一声が聞こえる。夫人は困ったように笑っていた。こんな私を家族にしたくはないだろうに、聖母かなにかだろうか。一方伯爵とレイド・ノクターは、しつこい油汚れを見るような目で私を見ている。さすが親子だ。やがて伯爵は、「そうだな」と諦めた顔で頷き、私は「ノクター家に関わることは今日で最後です」と心の中で謝りながらそっと暴れる手を止めたのだった。

そこからは、すんなり事が運んだ。「息子の婚約者が狂っていた」という事実が効いたのだろう。私は仕事だから行かないというノクター伯爵を、追加の大癇癪おねだり我儘ビブラートでねじ伏せ、馬車には全員で乗りたいとさらに全身ドラムを重ねた。

以降、伯爵の心は完全に折れたようで今は私を疲れ切った、死んだ目で見ている。レイド・ノクターも疲れているようだ。彼は子供らしい子供ではないし、一人っ子。幼子に触れる機会などもなく、子供の癇癪自体に慣れていないのだろう。心から同情する。

馬車に乗り込むと、私は扉側に陣取った。私がこの場を譲らなければ、誰も馬車からは出られない。さりげなく隠し持っていた縄を取り出し、内側の手すりに通して座席下の金具に結ぶ。これで扉を固定できた。この縄は昨夜メロに用意してもらった。耐久テストもしてあり、簡単には千切れない。

「劇、楽しみね。レイド」

「うん」

ノクター夫人がレイド・ノクターに声をかけた。彼は頷いて、怪訝《けげん》な目でこちらを見た。

きっといつ暴れだすのかと思われているのだろう。

私は奇妙な緊張感が流れる空気をひしひしと感じながら、ただ車窓に顔を向けていた。

薄暗い夜の車窓から景色が流れていくのを横目に、じっと息を潜める。これから劇場に行くというのに、馬車の中は馬の走る音だけが響いている。当然だ、車内にはいつ騒ぎ出すかわからない爆弾が乗り込んでいる。かといって、私以外の人間だけが不安なわけではない。私だって不安だ。この馬車が劇場に辿り着いた時、人を殺そうと決意し、実行する人間が現れる。今まで生きていて、「殺す」と思う人間はいた。妹を一方的に糾弾し、筆箱を破壊した人間だ。でも殺すと決意し、あまつさえ殺害計画を練ってまで殺そうとした人間はいない。前世時代、トラックの運転手だって私をひき殺そうとして突っ込んできたわけではない。あれは事故だ。

けれど、これから先対峙するのは人を殺せる人間。だからこそ不安だ。そんな人間を挑発しなければならないし、私が刺されるだけならいいとして、両親も、レイド・ノクターも、ノクター伯爵、夫人の身も危険にさらされてしまう。

窓に顔を向け劇場に近づいているか確認していると、ぽつぽつと店の灯りが車窓へ差し込むようになってきた。もうすぐだ。もうすぐ。鼓動が激しくなって、呼吸が浅くなっていくのが自分でもよくわかる。馬車を開く手すりを握りしめる力を強めると、劇場の広告が見え、徐々に馬車は減速した。

「もうすぐ到着するみたいだな」

安堵の表情でノクター伯爵が呟く。やがて馬車はその動きを止め、待っていたかのように馬車の扉の前に人影が現れた。

「こんばんは、僕です。ジングです」

妻の甥です、とノクター伯爵が両親に説明する。甥の声は、穏やかな声なのに、どこか切迫したものを感じる。この人が夫人を殺そうとしている。扉の手すりを握りしめる力が強くなり、汗が滲んだ。縄もある。こちらから開けない限り大丈夫なはずなのに、心臓の音がうるさい。

「ミスティアさん開けてちょうだい、紹介するわ」

諭すように語りかけるノクター夫人の言葉を私は無視した。口を固く閉ざしてじっと扉を見つめていると、異変を察した父と母がこちらに語りかけてきた。

「どうしたのミスティア?」

「ほら、早く開けなさい」

窓越しに、甥と目が合う。その柔和な瞳はレイド・ノクターやノクター夫人と同じ色だ。形だけが違う。それなのに、ぞっとした。形容しがたい目つきだ。鋭くもないのに胡乱《うろん》で、一線を越えた瞳をしている。でも、ひるんではいけない。怒らせなければいけない。怒らせて、捕まるように誘導しなければ。ぎゅっと扉の手すりを握る手に力を込めて、私は甥を睨んだ。

でも、なにか挑発しなければならないのに、言葉が出ない。頭には浮かぶのに、声を出せば手の力が緩んでしまいそうで怖い。

……駄目だ。今日失敗したら、ノクター夫人はいつ殺されるかわからない。私は甥を睨みつけて、肺に呼吸を入れて、お腹に力を入れた。

「夫人は、伯爵のことが好き」

はっきりと、事実であるように甥に宣告すると、それまで笑みを浮かべこちらをうかがっていた彼の表情が一瞬にして消えた。効いている。私は足がすくみそうになるのを抑え、はっきりと彼に顔を向けた。

「だからあなたなんて必要ない。あなたは夫人に愛されない。夫人は伯爵のことを愛している。だから、あなたは、いらない」

「君、さっきからいったいなんなんだ」

甥が反応する前に、ノクター伯爵がこちらに身を乗り出してきた。扉へと伸ばされた手を防ごうとした、その時。

「うるさい、うるさい、うるさい！　俺と彼女は結ばれる運命なんだ！」

甥の表情は荒々しいものに変わり、彼はナイフを取り出した。その声に先ほどまでの穏やかさはなく、煮えたぎる憎悪と渇望が詰まっている。彼は狂ったように扉を叩き始めた。ナイフで切りつけているのか、耳を貫くような不快な音が響く。内側の手すりは縄で縛り押さえているのに破られそうな衝撃で、私は全身の力を込めて踏ん張った。

「ほら、出てきてくださいよ、痛くしないように、一瞬で殺してあげますから！　二人で幸せになりましょう！」

夫人の甥はそう言って、強く扉を叩き続ける。早く来て、劇場の守衛でも護衛でも衛兵でもなんでもいいから。全体重をかけているのに、扉と一緒に身体ごと吹っ飛ばされそうだ。最悪刺し違えてもいいから、誰か。そう願うのと同時に、手すりを握る手にがっしりとした固い手が重ねられた、この手は。

「おとうさっ……」

父とノクター伯爵が扉を押さえ、こちらに加勢をし始めた。驚いていると母は私をものすごい勢いで抱き込んだ。私を庇うように、きつくきつく抱きしめてくる。

「お前が、お前が全部悪いんだ！　お前さえいなければ！」

母の肩越しに、甥が怒鳴りつける姿が見える。甥の目がノクター伯爵を捉えた瞬間、勢いが倍になった。振動が激しすぎて、訳がわからない。

「お前がっ！　彼女を閉じ込めたせいで全部おかしくなったんだ！　お前……がぁっ」

ふいに振動が止み、母が私を抱える力が緩んだ。甥は守衛や護衛に後ろから羽交い締めにされ、馬車から引き離されている。

「取り押さえろっ」

「こいつっ」

「ナイフ取れナイフを！」

「離せ、返せ！　彼女を返せよ！　俺は！　彼女を解放するんだ！　どけよ！　俺は、彼女を幸せにっ！　しなくちゃならないんだよおっ！」

後から来た衛兵たちが甥を五人がかりで取り押さえている。間に合った、終わった、大丈夫。ほっと安堵し、母の腕からそっと身を離そうとした、その瞬間だった。

「愛してるよ、俺はあなたを愛してる！」

甥はもう完全に取り押さえられ、連行されるというのに、目を見開き、全身のすべての力を込めて叫んでいる。彼の姿に私が呆然としていると、目の前に勢いよく黒い影が通り過ぎた。

「お前が！　お前が！　今まで！　俺の妻に変な手紙を送っていたのか！」

ノクター伯爵が勢いよく扉を開け放ち、馬車から飛び出した。メロが切れないと言っていた縄は引きちぎられている。縄は血に染まっていた。伯爵が無理やりこじ開けたのだ。

急いでノクター伯爵を目で追うと、甥めがけて突進し、周囲なんてお構いなしに甥を殴っていたところだった。そのまま一発、二発と何度も右の拳で甥を殴り続け、護衛が慌ててノクター伯爵を押さえ始めると、その手を振り払い、また甥に対して拳を振り上げた。

「殺してやる！　そんなに死にたいなら！　今ここで殺してやる！　どけ！　そいつを殺すんだ邪魔をするなっ！　離せ！　お前も殺されたいのか！」

甥じゃない。まごうことなきノクター伯爵が言った言葉だ。声色も怒りと憎しみが籠り、別人ではと思うほどの豹変だ。夫人の方を向くと夫人も愕然《がくぜん》としている。その表情は甥への恐怖でというよりも、自分の夫に対してのものだった。

「うるさいうるさいうるさい！　お前が金に物を言わせて、彼女を買ったんだろうが！　卑怯な手を使って！　元は使用人の分際で！」

追加で駆けつけた衛兵や劇場の守衛が混乱している。甥は五人がかりでしっかりと押さえつけられ地面に伏し、呻くように叫んでいるが、顔はぼろぼろだ。しかしノクター伯爵は八人、九人と人が増えてもなお勢いが止まらず、多勢で引き離しているのに、甥との距離を詰めようとして、衛兵を振り払い暴れ狂っていた。

どこから出ているんだあの力は。どんどんノクター伯爵を取り押さえる衛兵が増え、伯爵は方針を転換したのか、己を押さえようとする塊ごと甥に近づいていく。

「うるさいのはお前の方だ！　俺の妻をさんざん辱めるような手紙を送りつけて！　もう二度と話せないように、彼女のことを見られないようにしてやる！　くそ！　どけ！　邪魔をするな！　俺があいつを今ここで殺す！」

冷静沈着で、機械的だったノクター伯爵の姿はどこにもない。人と人との隙間から見えた伯爵のその姿は、まさに獣だった。私も、父と母も、夫人も、レイド・ノクターも、その様子を、眺めてただただ立ち尽くしていた。

ノクター夫人の甥と衛兵を乗せた馬車が去っていくのを黙って見つめる。隣を見ると、手から夥《おびただ》しい量の血を流すノクター伯爵を夫人が手当てしていた。伯爵はまだ気が収まらないらしく、甥の去った方向を鋭い眼光で睨みつけている。

「怖かったね、もう大丈夫よ」

「そうだミスティア、父様と母様がついているぞ」

一方、私の両親は悟りを開いたかの如く落ち着き払っている。たぶん、目の前の人が取り乱しすぎると、逆に冷静になってしまうという理論だろう。

父はぽんぽんと私の頭を撫で、母も私の頭をご利益のある地蔵のように撫でつけている。いやこれ落ち着いていない、娘の頭を撫でることで、精神を安定させている。

「あの、アーレン伯爵、夫人、少しよろしいでしょうか？」

二人の衛兵がこちらに向かってきた。事情聴取だろう。さりげなく両親から離れつつ、もう一度ノクター夫人のほうを見る。伯爵をしきりになだめる様子は元気とは言い難いけれど、生きていることに変わりはない。

皆生きているし、夫人の甥は捕まった。実感とともに足から力が抜け、地面にへたり込みそうになると、寸前のところでなにかに支えられた。

「大丈夫？」

レイド・ノクターが私を支え、心配そうに顔を覗き込んできた。先ほど自分の父を見ていたような唖然《あぜん》とした様子はなく、いたって冷静そのものだ。回復が早い。そして私を油汚れではなく人間として見ている。

「大丈夫です。ありがとうございます」

すぐに体勢を立て直して、彼への態度がそっけなさすぎたかと反省した。母親が殺されかけた子供に対する態度ではなかった。かといってどう接するべきなのかもわからない。元気づけようとしても、私の言葉で元気が出るわけがない。なんて声をかけるのが最善なんだろう。そもそも、最善の言葉があるのだろうか。言葉をかけないほうが正しいのでは……。私は彼に頭を下げると、そっとその場を離れ、ノクター伯爵のほう……、衛兵が現場検証を行っているほうへと向かい、状況を確認すべく耳を澄ませた。

「犯人は何日も前から計画していたようでして、その……、奥様の殺害計画を」

「ならばあの時、扉を開いていたら」

「おそらく無事では済まされなかったでしょうね……今日はもう遅いですし、後日御屋敷にお話しを伺いに行ってもよろしいでしょうか？　その……奥様にも、お伺いしたいことがいくつか……」

「ああ……、妻が話せるようになれば……私の方は明日でもいい。協力は惜しまない」

「ありがとうございます。それでは失礼します」

ノクター伯爵は大分落ち着いてきたのか、衛兵の言葉に淡々と言葉を返していた。先ほどまで怒り狂い、甥を太鼓のように殴りつけていた姿はもうない。その様子を眺めていると、伯爵はぐるりとこちらを振り向いた。どうしよう、完全に目が合ってしまった。

「……えっと、失礼します」

「待ってくれ、話がある」

ごまかすと、ノクター伯爵は油汚れではなく不思議なものを見るような目を向けてきた。まずい、次の言葉は想像がつく。「どうして妻の甥が殺しに来ることを知っていた？」とか「なぜあの時扉を開けなかったのか？」とかだ。なんて答えればいいのか。「あなたたちの世界のことはなんでもわかってるんですよ」なんて答えられるわけがない。

「君は、どうして……」

「一度戻りましょう、夫人の加減も良くないでしょうし、子供たちもこの場に長くいないほうがいい。春といえども冷えますから」

いつの間にか後ろに立っていた父が、ノクター伯爵の言葉を遮《さえぎ》った。助かった。父は素早く馬車を呼びつけ、帰宅の手筈を整えていく。そうして私は、いや私たちは馬車に乗り、誰も減ることなく屋敷へと帰ったのだった。


劇場から止まることなく走っていた馬車が、とうとう屋敷に到着した。辻馬車の御者が扉を開くのを見計らい、私は両親と共に降りた。アーレン家の屋敷から馬車が去っていくのを見届け、両親に向き直る。月明かりに照らされた二人は私を見て不思議そうに首を傾げた。私は頭を下げる。

「今日は、ごめんなさい」

父と、母。二人にはずいぶんと恥をかかせ、危険な目に遭わせた。十歳の少女の我儘の範囲から完全に外れている行いは、とうてい許されるものではない。さすがの両親も、今回の我儘は咎《とが》めるはずだ。じっと二人の次の言葉を待っていると、二人は揃えるように私の肩に手をのせた。

「謝らなくていいんだよ、理由があったんだろう？　でもこれから先、なにか怖いことが起こりそうになったらすぐに言うんだよ」

「え」

「私たちはミスティアを絶対に疑わないわ、あなたは私たちの宝物。なにがあっても、必ずあなたのことを信じるわ」

顔を上げると、二人は微笑んでいた。絶対に気になるはずなのに。聞き出したいはずなのに、私がこんな凶行に及んだ理由をいっさい聞くそぶりがない。そのうえで、信じると言ってくれている。

二人は大切そうに私を抱きしめた。咎めるどころか、慰めてくれている。あれだけ迷惑をかけた、私を。

「でも、私、迷惑をかけて……」

「当たり前でしょう、家族なんだから」

「迷惑だなんて、子供が親に気にすることじゃないんだよ。いつだってミスティアの好きなようにしていなさい」

二人の体温が、すごく温かい。その温度を感じるたびに申し訳なくて、それでいてあまりにも優しくて、安心した。

「ありがとう、お父さん、お母さん」

前世の両親も大切だ。それは変わらない。でも今世の両親は、この二人だ。大切な、大切な私の家族だ。

……だから、絶対、守らなくてはいけない。そのために、私は、未来を変える。

二人を抱きしめ返して、私は強く誓ったのだった。

異録　身勝手な誤想は病となるか

ＳＩＤＥ：Ｒａｉｄ

屋敷の大広間の前に立ち、使用人たちが壁に大きな肖像画を飾っていくのをじっと見つめる。父と母は微笑み、その間に挟まれている僕も同じように絵の中で笑っていた。額縁の中央には、ノクター家の紋章が刻まれている。

僕はあの紋章を見るたびに、ノクター家を継ぐ者としての意識を高めて生きてきた。

「ふむ、いい仕上がりだな」

「そうね、でもちょっと大きすぎないかしら」

今、僕の隣に、絵と同じように父と母が並んでいる。二人に目を向け、こんな日が来るなんてと、僕は静かに過去へ思いを馳せていった。

五歳の時。当時から僕はノクター家を継ぐことについて考えていた。周囲の期待もあり、ノクターの後継者として期待に応える責任があるのだと、何事においても優れていなければならないと思っていた。枷《かせ》にも似たそれは日に日にその重みを増し、僕はノクター家の名に恥じないようよりいっそう努め続けた。

苦しさはあったけれど、僕は決して不幸ではなかった。なぜなら大好きな父と母がいたからだ。頑張る僕を見て、二人は褒めてくれた。僕の話題を楽しそうに口にして、会話をしていた。置いてけぼりにしないでと僕が拗《す》ねて、また三人で笑う。その時間が幸せだった。

だけど、いつからだろう。

父は屋敷を空けることが多くなり、母はじっと窓の外を眺めることが増えた。父はいつ帰ってくるのかと聞けば、母はただ笑ってなにも答えない。

仕事が忙しいから父は屋敷に帰ってこない。二人はすごく仲がいいから、寂しくて母は体調が悪いのかもしれない。

父の忙しさはいつかは終わると思っていたけれど、父が屋敷を空けることは続いた。それどころか頻度は増え、父が屋敷にいるということが珍しく、驚くことに変わっていった。

僕は、最良の結果を残し続けていこうと決めた。いつか親子三人でまた過ごせるようになったら、父と母はきっとお互いどう接していいかわからないはずだ。そう考えるほど、家族の時間は減っていた。だから僕の話題で会話が弾むように、いつかまた昔みたいに、僕のことを話題にして楽しい話ができるように、ひたすら僕は努力した。

でも、父は帰らない。母も部屋からあまり出なくなった。

そうして、希望への努力が義務に変わったころ。父と母の話を、使用人同士の会話で聞いた。

その話は、本当に、本当にありふれた、政略によって結ばれた二人の話だ。

金を作るために母は父と結婚し、家柄を得るために父は母と結婚した。僕の両親の話を聞いた時、不思議と悲しくはなかった。今までの引っかかりのようなものが、すとんと落ちた気がした。

ああ、二人の間に愛はなかった。ただ、二人は金を作り家柄を守り、結果僕が産まれただけだった。仲が良かったように見えたものは幻だったことを知ると、あれだけ元に戻りたいと願った時間も、両親のことも、どうでもよくなった。

もう、なにも期待しない。どうでもいいと思ってもなお、僕は完璧であるための努力を欠かさなかった。欠かすことができなかった。そうすることが、僕にはどうしようもなく染みついていた。

もしかしたら、僕は家族が元通りになることを、心のどこかで期待しているのかもしれない。そんな自分が嫌で仕方がなくて、だからこそ「婚姻は、愛する者同士でするものですからね」と言ってのけた、僕の婚約者に苛立《いら》ちを覚えた。

ある時、父が帰ってきて、僕を呼びつけ「婚約の話を持ってきた」と言って紹介してきた、アーレン家の令嬢……ミスティア・アーレン。伝統ある高貴な血族で、今は医療施設や薬品研究所に出資し富を築いている家。名を聞いただけでわかった。これは家柄や財を重視した結婚で、父と母と同じだと。一方、婚約する相手に対して思うことはなに一つなかった。

だから顔合わせ当日も、僕は両親が並び立っていることが珍しく、その珍しさに不思議な安堵を覚え、それまでどうでもいいと思っていた相手の令嬢に同情心がわいてきた。

きっとアーレン家も、伝統と家柄を重んじる、僕と同じような家族なのだろう。かわいそうに、彼女も被害者だ。被害者同士、上手くやっていけるのかもしれない。そう思っていたのに、僕に宛がわれた婚約者、ミスティア・アーレンと彼女の両親は、絵に描いたような幸せな家族そのものだった。アーレン伯爵が、夫人を見る目も、夫人が伯爵を見る目も、夫妻が令嬢を見る目も、僕の家とは違う。

愛し合った男女から産まれた娘。同じだと考えていた彼女のなにもかもは、すべて僕と違っていた。気に入らないと、密かに思った。

実際に話をしてみても、その印象は覆らなかった。愛されて、この世にどれほど醜いものがあるかなんて知らないだろうに、瞳はやけに強く、それでいて諦め疲れたようにも聞こえる淡々とした話の仕方、彼女を構成するすべてが僕は気に入らなかった。

彼女のことが理解できない。理解しようとも思わない。でも、顔合わせの最中はそれを覆い隠すように笑顔を浮かべていた。なにをしても、なにを言っても笑みを浮かべる。しかし彼女は僕を警戒していた。

僕は、ノクター家の令息として完璧に振る舞った。なのになぜ彼女は僕を恐れるのか。理由はなにかわからない。けれど知る必要もないと、それ以上考えることはしなかった。

顔合わせ後は両家好感触ということで、僕と彼女の意思も同じであれば……という話だった。でもそれはあくまで表向き、お互いの相性が良かったということにしたいのだろう。

どうでもいい、なにもかも。僕は彼女について別々に尋ねてくる両親に対して、「とても人柄のいいご令嬢でした」とただ決まりきったような言葉を返していた。

顔合わせからしばらくして、アーレン夫妻、そしてミスティア・アーレンを屋敷に招待した。彼女は終始僕に怯《おび》え、とうとう途中で倒れてしまった。どうして彼女は僕に怯えるのだろうと不思議に思ったものの、思い当たる理由はやっぱりなくて、僕は気に留めることをしなかった。

翌日、珍しく朝食の席に父の姿があった。その日は家族で一年に一度、必ず劇場へ足を運ぶ日だった。流行りの劇を見て、外で夕食をとる。三人で行っていたけれど、ここ数年は母と二人で行くことが当たり前になっていた。結局父はその日も昼に仕事があると言い、母は表情を変えることなく頷いていた。

そうして昼になり、父が屋敷を出ようとした。なにも変わらない、いつもどおりの日常。しかし、その日常を壊すかのように、突然ミスティア・アーレンが屋敷に現れ、そのまま玄関ホールで突然癇癪を起こし始めたのだ。どこで知ったかわからないけれど、今日共に劇場に行きたいと叫び、さらに僕の父も一緒がいいと無茶苦茶に暴れだした。

両手をじたばたと振り、声を荒げる姿は以前の彼女とは別人で、混乱した。ある種、子供らしい姿ではあるのに、あまりの異質さに恐怖すら覚えた。父も同じだったのか、仕事を取りやめ、彼女の願いどおり劇場への同行を承諾した。

こんなふうに、僕も我儘を言えば良かったのだろうか。

そんな考えを振り払いながら馬車に乗りこむと、ミスティア・アーレンは押し黙り、一言も話そうとしなくなった。僕の母が気を使い話しかけても空返事、父は顔を顰《しか》めているのが空気でわかり、彼女の両親は機嫌の悪い僕の父と自分の娘を見て、困った顔をするばかりだった。

本当に、迷惑な令嬢だなと思った。どうでもいいとは思ったけれど、ここまでくると先が思いやられる。婚約は別の相手がいいとすら感じた。婚約をする前にミスティア・アーレンの癇癪を知っていたならば、父は絶対に彼女を僕の婚約者に選ぼうとはしなかっただろう。そう思いながら一瞬だけ見えた彼女の横顔はなにかに怯えているように見えて、胸がざわついた。

劇場に到着すると、僕の従兄《じゅうけい》が姿を現した。何度か会ったことはあるものの、どこか雰囲気が変わっていて、どことなく気味の悪さを感じていると母がミスティア・アーレンに扉を開けるよう促した。しかし彼女はまったく動こうとはしなかった。

それどころか凛《りん》とした声で「夫人は、伯爵のことが好き」と宣言した。突然の彼女の発言に父も母も戸惑った。しかし彼女が「だからあなたなんて必要ない。あなたは夫人に愛されない。夫人は伯爵のことを愛している、だから、あなたは、いらない」と続けると、従兄の態度が豹変した。

「うるさい、うるさい、うるさい！　俺と彼女は結ばれる運命なんだ！」

そう言ってナイフを取り出したあの男の目を、僕は一生忘れないだろう。

車内は、一瞬にして恐怖と混乱に包まれた。その中で唯一、ミスティア・アーレンだけが変わらなかった。彼女は強く扉の手すりを握りしめ、逃げようとしない。ただ車内の人間を守るように動いていて、その手元を見てわかったのは、手すりが縄のようなもので座席と固く固定されていることだった。僕がただ見入っている間に、父やアーレン伯爵が彼女に加勢をし、やがてアーレン夫人が彼女を引っ張り込むように抱きしめた。僕も母に抱きしめられ、しばらくして従兄は劇場の守衛や衛兵に取り押さえられた。でも事件はそれで終わらなかった。

父が叫びながら扉を開け放つと、従兄に突進し、殴り続けたのだ。衛兵に引きはがされながらも怒りを露わに従兄を殺そうと暴れた。扉の手すりを固定していた縄は引きちぎられ血に染まっていて、父がやったのだと理解した。

しばらく父は暴れ、落ち着いたのは従兄が衛兵に連行されてからだった。アーレン伯爵と夫人、僕の父と母は衛兵の聞き取りに応じ、残りは後日という話になって、その日は解散になった。


そうして家族三人で屋敷に戻ると、僕は早々に部屋に戻るよう促された。翌日、両親に広間へ呼び出されると、そこには驚きの光景があった。

椅子に座る二人の目には隈《くま》があり、母は赤く目を腫らし、父は両頬を腫らしていたのだ。二人は一晩中なにかを話していたらしい。もしかしたら、離縁をするのかもしれない。覚悟を持って椅子に座ると、事件の経緯、今までなにがあったのかを二人は僕に話し始めた。

従兄は、何年も何年も、正体を隠して母に手紙を送り届けていたらしい。紛れもない脅迫文だと父が語っていた。

そして父は、母に何者かから脅迫文が送られていたことを知り、ずっとそれを調べていたそうだ。その脅迫文にはあたかも犯人と母が相思相愛であるかのように書かれ、あまりに自信のある書き方に、父は母に対して疑いをもち嫉妬で狂いそうになる気持ちを抑え、仕事をした後はそれを調べることにすべての時間を使っていたと言う。

この話を父がしている時、母は常に父を睨んで、父は俯いていた。

一方の母は、父が帰らぬ理由を自分が不要な存在になったからだと理由付け、胸を痛めていたらしい。

この数年間の隔たりは、双方に愛があるからこそ拗《こじ》れてしまったことが原因だった。

僕は二人の話を聞いて、ずっと気になっていたことを尋ねることにした。二人の結婚は、それぞれの目的のためにしたことなのかと。

そうして、二人から語られた真実は、使用人たちの話とはまったく異なっていた。

元々、父はノクター家に仕える使用人で、母はノクター家の令嬢という関係だったらしい。

幼いころから母を想っていた父は、己のすべてを利用して一度ほかの家へ養子に入り、莫大な資産を築き上げてから婿《むこ》に入ったと言う。

ちょうどその時期、ノクター家が静かに困窮《こんきゅう》し始めた時期と重なり、ノクター家が困窮したのは、母を欲した父の仕業ではないかと疑う声がちらほらと出てきてしまった。愛のない政略結婚であるという噂を否定するより、そう思わせていたほうが都合が良かったのだと話をして、二人は僕に謝罪をした。両者話をすることもせず、勝手に行動し、勝手に傷つき、結果的に僕を傷つけることになってしまったと。

それから、父と母は夫婦らしい関係を築いている。むしろ父は無理やりにでも屋敷にいるし、母から離れようとしない。母が嫌がるほどだ。事件の不安もあるだろうけれど、元々愛し合っていた夫婦だったのだ。父と母と僕、三人でいることも、出かけることも増えた。

昔とは異なっているけれど、かつて望んだものが少しずつ形を変え、戻ってきているように感じる。

でも、僕は幸せそうな父と母を見るたびに、ふと思うことがある。事件の日の、彼女についてだ。

彼女――ミスティア嬢がいなければ、簡単に馬車の扉は開かれ、母は殺されていた。誤解も解けないまま、きっと永遠に父と母はすれ違っていただろう。だから、彼女には感謝している。

でも、父ですら特定できなかった犯人の存在を、いや、従兄が母を殺そうとしていることを、彼女はなぜわかったのだろう。奇跡の我儘であると衛兵は話をしていたけれど、そんなことはないはずだ。彼女はそれまで酷く静かな人間であったのに、あの日だけ様子がおかしく、異常な様子で、それに扉が開かれないよう、縄で固定までしていた。

そうなると、新たな疑問が浮かぶ。

あの日ミスティア嬢がなにかを予知していたとして、なぜ僕に怯えていながらも、命を投げ出してまで僕の母を救おうとしたのだろう。

父と母、僕、そしてノクター家と以前に接点があったのかとも思ったけれど、調べてもまったく出てこない。会って日の浅い相手の母親を救う理由が、どこにあるというのか。

衛兵の到着が遅れ、父やアーレン伯爵の加勢が遅れていたら、刺されていたのは彼女だったはずだ。

理解できない。

彼女への想いに、初めて会った時感じたような不快感はない。不安にも近く、期待にも似ている感覚だ。

いつの間にか閉じていた目を開き、前を見据える。両親は庭園の花を三人でこれから見に行こうという話をしていた。そして、アーレン家を招待して近々お茶会がしたいという話も。

事件から一か月が経過し、父は先日アーレン家に手紙を送ったと言っていた。落ち着いたころに食事会をしようという誘いだ。おそらく遠くない日に食事会が開かれる。ミスティア嬢ともまた会うことになるだろう。

その時は、きちんと接したい。

前に接した時は、笑顔で隠していたといえども、誠意ある対応ではなかった。きっと彼女が怯えたのは、僕の憎悪にも似た感情が伝わってしまっていたのだろう。だから誠意ある謝罪をして、お礼を伝えたい。

僕は、いつか自分の家族の絵もこんなふうに飾るのだろうと考えながら、家族皆で肖像画を眺めていた。

第二章
悪役令嬢の屋敷

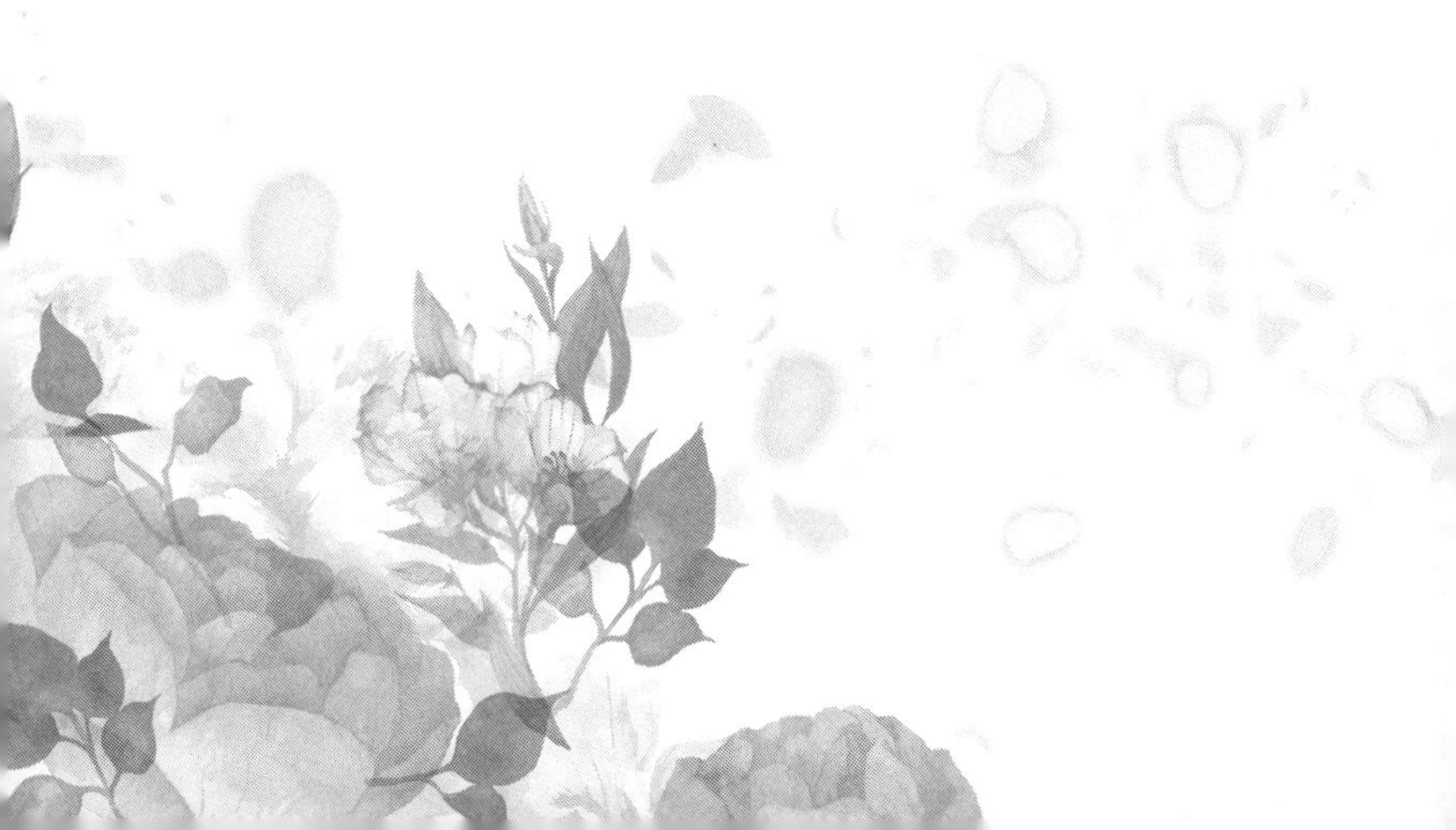

アーレン家の使用人

ノクター夫人が襲われた事件から一か月。

伯爵から「落ち着いたら屋敷に招待するね」といった内容の手紙が我が家に届いた。夫人の甥は投獄され、裁判になれば死罪になるか、ならなくても一生外には出ることはできないらしい。

これで夫人の身の安全は保障されるから安心だ。私の行動についても偶然と認識しているようで、事件の日は私に対して不思議そうにしていたけれど、時間が経つにつれて思い直したらしい。危ないところだった。いろんな意味で。

当初私は夫人を救うことしか頭になかった。夫人の死を回避した今改めて考えると、夫人の命を救うことはノクター家との縁を深める危険性があった。

ノクター家が私を恩人と解釈することは、投獄の道からは一見遠ざかって見える。しかし大きすぎる信頼は、裏切られた時の憎悪も大きい。好きの反対は無関心と言うが、間違いなく無関心のほうがいいに決まっている。

でも偶然となれば、助けようという意思があった行動よりも、感謝の濃度は薄くなるはずだ。

「あともう少しで淹れおわりますので」

安堵しながら自室の椅子にもたれていると、メロがティーポットのふたを押さえながらこちらに振り返った。

その洗練された所作と凛とした佇まいは、この世のものとは思えないほど美しい。同じ人間であることが疑わしいくらいだ。天使、大天使メロ。

「本日の紅茶は、フォルテ孤児院で育てた茶葉になります」

「懐かしいねえ、メロとの出会いのお茶だ」

紅茶の注がれたティーカップを受け取り、昔を思い返す。私とメロの出会いは私が四歳のころだ。父が関わっているフォルテ孤児院に、当時八歳だったメロが預けられた。茶葉の収穫祭に参加した父が、娘の話し相手にとメロをアーレン家に迎えたらしい。私は当時よくフォルテ孤児院に遊びに行っていたけれど、大天使との遭遇はあまりに衝撃的な出会いだったのか、よく覚えていない。

「本日のご予定はいかがなさいますか？　門番の演奏でもお聴きしますか？　それとも専属医の下で絵画を？」

「そのことなんだけどさ、ちょっとお出かけしない？」

「なにかご入用なら、すぐお持ちいたしますが」

私の返答に、メロは露骨に不服そうな顔をした。「ちょっと、外に出たほうがいいと思うんだ」と続けると、彼女は黙って視線を落とす。

実のところ、私は事件以降屋敷から出ていない。

一か月籠りっぱなしだ。元々インドア派だということもあり、外に出るのは両親によってお茶会に連れていかれるか、孤児院、アーレン家が出資している施設に向かうくらいだ。自主的に外に遊びに行ったり、買い物に行きたいと考えることはあまりない。自主的に外出するのは、使用人の誰かの誕生日プレゼントを買いに行く時だ。でも、最近は少し事情が異なる。外に出ようとするとメロやほかの使用人の皆が止めにかかるのだ。

甥はもう捕まり、牢に入れられている。けれど使用人の皆は屋敷の令嬢が事件に遭ったという衝撃がいまだに消えないのか、外出を全力で止めてくる。

その心配は留まることを知らない。私の就寝時に部屋に入ってきて、巡回をするほどだ。夜中目が覚めると、必ず使用人の誰かがベッドの傍《そば》に立ち、私の顔を覗き込んでいる。

屋敷の皆は私を心配してくれている。嬉しいし、申し訳ないと思う。しかしそれだけならまだしも、皆私に合わせて休日であっても外に出なくなってしまった。使用人の皆は休みの日が定期的に設けられているにもかかわらず私の手前外出し辛いのか、非番であるのに屋敷の中で見かける。それが外に出るのが好きではないという理由なら、私は別に構わないけれど、今の屋敷の空気は、たいそう重苦しい。

籠る令嬢と、令嬢に合わせ、外に出られない使用人。そんな環境は良くない、良いはずがない。だからここは原因の私が外に出ることで、使用人の皆が外出しやすい環境を作りたい。そのためには、専属の侍女であり護衛を務めてくれているメロの説得が必要不可欠だ。

「ねえ、メロ。お出かけしない？」

「しません。これも御嬢様の身の安全のためですから、どうぞご理解を」

「でもさ、たまには外に出て太陽光に当たらないと、体内に必要な栄養素が不足しちゃいそうじゃない？　それに運動しないと太っちゃうし」

「どれだけ肥え太り、歩けなくなっても私がいます。しかし……、御嬢様がどうしてもとおっしゃるなら、屋敷の中を歩くのはいかがです？」

メロは真顔で言う。気持ちは嬉しいけれど歩けなくなってもって。

「メロは私と出かけるの嫌？」

「私は、御嬢様が外に出て危険に晒されることが嫌です」

「じゃあ私と外に出ることは嫌じゃない？」

「当然です」

「じゃあ行こうよ」

「それとこれとは話が別です」

「じゃあメロにぴったりくっついてるから！　それで手も繋《つな》ごう」

私の言葉にメロはじっと考え込んでいる。たぶんこれはいけるパターンだ。

「約束破ったら、ずっと外に出なくてもいいよ」

「……そこまでおっしゃるなら」

メロは「約束ですからね」と念を押して、クローゼットから私の外出着を選ぼうとする。そんな彼女を私は慌てて制止した。

「時間もったいないから、私は自分で支度するよ！　待ち合わせしよ！　庭園の噴水のところで！」

「庭園……ですか？」

「うん！　そこで待ち合わせ」

「庭園……」

メロは渋る。「お願いお願い」と頼み続けると、やがて彼女は頷き、部屋から出ていった。お出かけだ。そしてデートだ。私が勝手に思っているだけだけど。

クローゼットから着ていく服を選び、さっと着替える。鏡を見ながらおかしいところがないか確認をして、鞄にお財布を入れ中身を点検し出発だと扉を開くと、目の前に大きな影が差した。

視界に入るのは、逞《たくま》しい鍛え抜かれた腕と、磨き抜かれた出刃包丁。顔を上げると料理長のライアスさんが、「御嬢様……？　なぜ外出を……なさるのですか……？」と、その雀《すずめ》茶色の瞳を胡乱げに揺らし、包丁を握りしめて立っていた。

もしかして、メロが嬉しくなって話してしまったのだろうか。楽しみすぎて……？　可愛い。しかし、さっそく見つかってしまうとは。ライアスさんはまくしたてるように「どうして！」と大きな声を出した。

「俺の料理が不満ですか⁉　だから外に出るんですか？　ほかの人間が作った料理を食べに行くんですか⁉　許せません！　どうなんですか？　そうなんですか？　そうなんですよね！　俺のいないところで！　俺が作っていないものを食べるなんて！　そんな！　そんな！　俺を、俺を捨てるんですか？　俺の料理に飽きたんですか？　俺を胃に収めてくれるんじゃなかったんですか⁉」

まるで話がかみ合っている気がしない。

ライアスさんは怒りが爆発寸前といった様子だ。心なしか瞳の色より明るい短髪も逆立って見える。

包丁を握っているのは料理をしている途中、急いで持ってきてしまったのだろうがなかなか危ない。

基本的に、ライアスさんは私が外で料理を食べる話になると取り乱す。理由は自分が作ったものより外で食べたものが美味しかったら、自分がクビにされると彼は思い込んでいるからだ。

ライアスさんがこの屋敷で働き始めたころ、元々屋敷にいた料理人が辞める時期とたまたま重なった。以前は料理長、料理人複数名、パン焼き係、パティシエがいたけれど皆辞めてしまい、次に辞めさせられるのは自分だと思い込んでしまっているのだ。

いつもは私が外食をしてからライアスさんは取り乱し、食べる前には取り乱さない。これも私が襲われた、仕える主の娘が襲われたストレスだろうか。

「ライアスさんの料理は、これから先も、それこそ一生食べていたいと思う味です。ほかの料理人によそ見をしたり、心奪われたりなんて絶対しませんよ」

だからクビになんてならないと説明すると、ライアスさんは目を見開いた。そして右手に持った包丁を滑り落とす。拾おうと手を伸ばせば、がっしりと肩を掴まれた。

「俺……、俺……ずっと、ずっとこれから先も一生作り続けますから……俺の料理で御嬢様の身体を作っていきますから……！　俺が……俺が御嬢様の細胞一つひとつ……全部俺が作ります……！　異物が入り込んでも、俺の料理で上書きして、蹴散らしてやりますからね！」

いや臓器の中での戦いは困る。というかライアスさんの顔が赤い。心なしか息も荒く汗も滲んでいる。肩を掴まれた手に触れると、手も燃えるように熱かった。

「熱があるんですか？」

「いえっ！　趣味で走ってただけで、その熱です！　これからも走ります！」

そう言ってライアスさんは「では！」と勢いよく踵《きびす》を返し、そのまま全速力で走り去っていった。

とりあえずライアスさんには疲れが取れるものをプレゼントしよう。走ったりして、疲れそうだし、毎日料理を作ることは大変だ。というか、使用人の皆にお土産を買おう。

でも、どういったものがいいのだろうか。

考えながら、近道をするため北棟の廊下へと向かっていくと、後ろからぐいっと二の腕のあたりをなにかに掴まれた。振り返ると御者のソルさんが、首を傾げながら私の腕を掴んでいる。

「おじょーさま。どこ行くの？　三階は危ないから、おじょーさまは、行っちゃだめだよ……？」

ソルさんは暗い灰色の瞳を私から北棟の階段に向けた。その様子はどこか虚ろで、心がここにないようにも見える。

「大丈夫ですよ、一階に降りるだけです。それで……突然で申し訳ないのですが馬車を出していただいてもよろしいでしょうか……？」

「おじょーさま、お出かけしたい？」

「はい。街の方に行きたくて……」

「だめだよ。お外……危ないもん。俺とお散歩しよ」

ソルさんは私を米俵のように抱えようとした。私が彼の力に逆らい踏ん張ると、彼は不思議そうに私を見下ろした。

「おじょーさま？」

「お願いします。外に出たいんです。それで、ソルさんに馬車を出していただきたくて……」

「……どうしてもぉ？」

「はい」

ソルさんがじっと考え込む。そして自分の人差し指で水色のふわふわとした髪をひとしきりいじった後「いーよ」と間延びした声で頷いた。

「いいんですか？」

「うん……。邪魔なのはぐちゃってやってもいいなら……」

「ぐちゃ……？　邪魔なのってなんのことですか？」

「虫」

虫……？　ぐちゃ……って、たぶん潰すことについて言っているのだろうか。なんでわざわざ虫を潰すことについて私に聞いてくるんだろう。ソルさんは別に虫が嫌いな印象はなかったけれど……でもこう言っているわけだし……。

「どうぞ。好きにやっちゃってください」

「やった……。じゃー準備してくる……門に馬車出しておくねぇ～」

「ありがとうございます」

ソルさんは嬉しそうに顔を綻ばせ、ゆったりとした足取りで廊下を歩いていく。その背中を見送っていると、メロを待たせていることを思い出した。

このままだとまずい。メロがもう待っているかもしれない。

私はソルさんに背を向け、庭園へと急いだのだった。

屋敷を駆け抜けるようにして外に出る。あれからもちょこちょこと使用人の皆に止められ、説得をすることが繰り返された。はやく、早くメロのもとに向かわなければ。急いでいると、木々の剪定をしている庭師のフォレストが視界の隅に入った。彼はこちらを振り返って、枝を切る大ぶりな鋏《はさみ》を滑り落とした。

「御嬢様……！」

なんで皆、刃物をそう簡単に落としてしまうんだ。フォレストは落ちた鋏をそのままに、ゆらめくようにこちらへ近づいてきた。

「御嬢様……、御嬢様。間違いだったらすみません。御嬢様はこれからどちらに向かわれるのですか？　まさか、まさかとは思いますが、ははっ屋敷の外に出られるなんてことはありませんよね……？」

「あの、今日はメロと街に買い物に行こうと」

「んああああああ！」

私の返答に、彼は俯いて唸りだした。私と同じ真っ黒な髪を握るようにして自分の頭を掴んだ後、そのまま這い上がるように私の腕に縋り付いてくる。

「俺の手入れした庭が気に入らなかったからですか？　雑草に唆《そその》かされたんですか？　なんで危険な外に行こうとするんですか？　あの執事がいけないんですか？　あいつ、あいつ自分だけほかの奴らと違うみたいな顔をして、御嬢様に妙に馴れ馴れしいんですよね。結局自分だけ抜け駆けをしようとしているんだ。それとも御者ですか？　あいつは信用してはいけませんよ、話の仕方だって御嬢様の前ではいい子ちゃんですけどほかの奴らの前では……、あああ！　もしかして俺以外の全員からですか？」

フォレストの言っている意味はわからないけれど、とにかく肺活量がすごい。早口なのに滑舌もいい。ただ雑草は話さないし、執事については私と接していることが多い執事……おそらくルークについて言っているんだろうけれど、彼とは今日朝食の時に顔を合わせて以降会っていない。

「買い物に行くだけですし、メロが一緒だから安全ですよ。ご心配ありがとうございます」

「うわ！　あなたはいつも、いつもそうだ！　あの専属侍女に甘い！　人の心に寄り添う言葉をかけて！　俺を好きにさせて！　きちんと俺を見てくれるのに！　俺だけを見てくれない！　困った人間のもとへ向かってそのまま拾って帰ってきて！　面倒見て！　優しくするだけ！　俺を奪ってくれない！　俺はこんなに御嬢様のことが好きなのに！　御嬢様は俺に全部くれない！　人の心をこんなにかき乱しておいて！　いつか絶対御嬢様は攫《さら》われますよ。俺は我慢しますけど。だから外に出してはいけないのに！　あああ御嬢様が無理矢理ほかの誰かのものにされてしまうならいっそここで……」

「いや落ち着いてください。私はフォレストのこと好きですよ」

「うっ」

フォレストは胸を押さえて突然しゃがみこんだ。心臓発作を疑い慌てて駆け寄ると、そんな私を彼は手で制した。

「どうしたんですか？」

「申し訳ございません、行ってらっしゃいませ、御嬢様。どうぞ、俺のことは気にせず。そうしないと……あとその声やめてください。俺の心に効きます」

彼は俯いたまま、一向に顔を上げようとしない。

「え、あの……、声を小さくってことですか？　心臓が痛いとかですか？　立ち上がれそうですか？」

「いえ、病気じゃないです。心の問題なので本当に気にしないでください。あと声小さいのも、囁《ささや》く感じで心がやられるので、とにかく、行ってらっしゃいませ。お出かけの際は侍女の傍を離れないようにしてください」

「でも」

「行ってらっしゃいまっせええええええ！」

絶叫するような勢いに押され、躊躇《ため》いがちにその場を後にする。心配だから、後で門番のブラムさん経由でフォレストのことを執事長のスティーブさんに伝えておこう。

……というか、屋敷で働く人たちは皆、体調が良くないのではないだろうか。心身ともに不調をきたしている気がする。このままだと引き籠り屋敷ではなく、体調不良屋敷になってしまう。

不安を覚えながら噴水に向かうと、そこには天使がいた。天使兼専属侍女である大天使メロ。その佇まいはやはり名画に等しい。装いには控えめなレースがあしらわれ、護衛も兼ねているということで動きやすさを重視しハーフパンツを穿いているにもかかわらず上品に見えるのは、彼女が天使だからだろう。

メロは私に気づくと、「ミスティア様」と嬉しそうに駆け寄ってきた。可愛さに思わず頬が緩むと、彼女はどことなく緊張した面持ちで私に手を差し出してきた。

「では行きましょう、ミスティア様」

「うん」

差し出された手をぎゅっと握る。そして私はメロと共に、門の外に停めてある馬車へと向かっていった。

令嬢の侍女

メロと手を繋ぎながら、街に並ぶ店を眺めて歩いていく。カフェやレストランのテラス席では貴族たちがお茶を飲み、道では従者がラッピングされた箱や袋を抱えていたり、馬車に荷物をこれでもかと詰め込んでいた。

先ほどまで、私もメロと御者のソルさんと一緒に、買った荷物を馬車へ詰め込んでいた。使用人の皆へお土産を買うということは、約四十人分のお土産を買うということだ。掃除婦長のリザーさん含む掃除婦の皆には保湿効果の高い香油を、さらに門番のブラムさんは新しいバイオリンを欲しがっていたことを思い出し、専属医のランズデー先生の好きな画家の絵も発見して、執事長のスティーブさんが好きな本も見つけた。そうしていろいろ使用人のみんなに物を買い、あの人に追加で買ったからこの人にもと探すうちに荷物は増え、持ち帰る量が膨大になってしまったのだ。

そして荷物を馬車に詰め込み、私はまたメロと買い物を再開した。二人でソルさん用のお土産も買い、ただただ街を歩いている。

街並みをぼーっと見ながら歩くことについて、楽しいとは思わない。けれど今はメロと手を繋ぎ話をしながら歩いているからか、とても楽しい。

「なんか、こうしてメロと歩いてるだけで楽しいなぁ」

「私も、ミスティア様の手を繋ぎ、こうして歩いているだけでとても満ち足りた気持ちになります」

メロは私の手をぎゅっと握る。ただ二人でなんとなく微笑みあうだけで心が満たされる。でも、きちんと前を向いていなければ彼女まで巻き添えにして転んでしまう。視線をしっかりと前へ向けると、通り沿いに見知った姿が見えた。

「レイド様がいる」

車道を挟んだ向かい側の通りに、レイド・ノクターが立っている。護衛を伴っている彼はこちらを見て驚いた顔をしていた。

「あの方はミスティア様の婚約者様の」

「そう、まだ婚約が続いてる……」

メロと言葉を交わしている間にも、レイド・ノクターはどんどんこちらに近づいてくる。やがて彼は車道の横断が許されたタイミングを待って、こちらにやってきた。

「こんにちは、久しぶりだねミスティア嬢」

「ええ……お久しぶりです。レイド様。お元気そうでなによりです」

笑みがひきつったりしないように気をつけて礼をすると、彼は私の隣にいるメロを見て、首を傾げた。

「ミスティア嬢、護衛はどうしたの？　もしかしてはぐれてしまった？」

「いえ、彼女が私の護衛です」

私は、メロを紹介した。投獄死罪になった際、「そういえば腹心の侍女がいたな」なんて巻き込みたくないから名前だけは伏せておこう。

「そうなの？　君と同じ年くらいだけど……」

たしかに今レイド・ノクターが連れている護衛は、どこからどう見ても成人だ。だいたい三十代くらいに見える。

一方のメロは私と同世代。彼が不思議がるのも無理はない。私の専属侍女は護衛としても優秀なんです。特別な存在で天使なんです。と答えられればいいけど、そうなると彼の護衛に対して角が立つ。「大丈夫です」と手短に答えると、彼は少し考え込むようなそぶりを見せた。

「もし良かったらだけど、僕も同行しようか？」

は？

そのまま聞き返しそうになってしまった言葉を、慌てて呑み込む。おそらくレイド・ノクターは今、メロの護衛能力に不安を感じ、善意で申し出ているのだろう。でも、悪いけれどその善意は受け取れない。彼と関わりたくない。友好的関係を築けたとしても、入学後主人公が現れた時、非常に困るからだ。私が彼に好意があると周囲に思われ、私が嫉妬している……なんて噂が立てば、投獄死罪の布石になりかねない。神経質になりすぎている自覚はあるけれど、今のうちからそれとなく距離を取っておくべきだ。私は滅びの道を辿りたくない。

「大丈夫です。今から帰るので。お気持ちは……ありがとうございます」

「ううん。もう帰るならいいけど……」

私の言葉にレイド・ノクターは頷いた。「じゃあ、またね」と言って去っていく。その背中を見送ってから、いつの間にか離れていたメロの手を取った。

「ミスティア様？」

「大丈夫……」

メロに心配をかけないようごまかしながら歩き出す。彼女は始め私の後を追うようだったけれど、すぐに私の隣に並んだ。大通りを外れるように曲がり、レイド・ノクターのいた通りから逸れていく。そうして入った裏通りには、小さな店がいくつも並んでいた。アンティークのお店や手作りの人形など、装飾品や衣類、食品をメインとした大通りとはがらりと雰囲気が異なっている。

「こっちはずいぶん落ち着いてる雰囲気だね」

「大通りの配色は白、金、赤、青、緑といった様相でしたが、どうにもこの付近は黒と茶の比率が多いように見受けられます」

「たしかに」

冷静に色合いを分析するメロに感心しながら進んでいくと、ふいに大きなショーウィンドーが目に留まった。いくつもの写真立てが規則正しく並べられている。

足を止めるとつられるようにメロも足を止めた。

この店に、入ってみたい。

メロに声をかけると、彼女は店へと足を向けた。二人で厚く艶《つや》めく木の扉を開いて、中へと入っていく。店内は少し薄暗く、棚やカウンターをすべて木で作り上げた温かみのある雰囲気だ。店の中央には、棺のような硝子《がらす》のケースが置かれ、ショーウィンドーで見た写真立てが並べられている。

初めて入る店だけど、どことなく落ち着く。壁沿いには雑貨が並べられていて、一点物が多い印象を受けた。一つひとつ品物を眺めてからメロの方を向くと、彼女は硝子ケースに手をあて、ある写真立てをじっと見つめていた。

その写真立ては黒百合と銀の彫刻があしらわれたもので、ところどころに赤い宝石がはめ込まれている。

彼女は、この写真立てを気に入ったのかもしれない。

「メロ、ちょっとあっちの……なんだろう。壁に掛かってる……、あの川の絵が描かれた布の値段見てきてくれない？」

「……？　かしこまりました」

さりげなく写真立てからメロを遠ざける。一瞬、彼女の傍を離れない約束を破ったと見なされるのではと不安になったものの、彼女はすぐにタペストリーの方へと近づいていった。その姿を見届けてから、彼女の見ていた商品を買いに会計のカウンターへと向かう。

「ああ、ミスティア・アーレン様！　勇敢なアーレン家の御嬢様とお会いできる日が来るとは」

店主の口から突然言われた言葉に違和感を覚えた。けれどメロが帰ってくるまでに会計を済ませたい。ここはスルーだ。

「あの、そこの品物を購入したいのですが」

「かしこまりました」

店主は手袋をはめ、硝子のケースへと向かっていく。メロが帰ってこないか気にしつつ、写真立てが包まれていく様子を見ていると、店員さんが会計している横から箱を取り出してきた。

「こちらの写真立てもいかがですか？　対《つい》になっているものでして」

「……買います。袋は別でお願いします。あとこちらは贈るものではなくて自分用なので、包みは簡単にお願いします」

店主は私の言葉に口角を上げ、追加の写真立てを包み始める。商売が上手すぎる。でもこれでメロとお揃いだ。私は満足しつつ、店主が包み終えるのが先か彼女が戻ってくるのが先かと二人の挙動を注視していた。


大通りより人の少ない裏通りを、メロと共に歩いていく。

あれから写真立ては彼女に気づかれずに購入することができた。なんの気なしに聞いたタペストリーは、途方もない金額だった。どうやら宝石がついて、さらにもう描かれていない絵柄だかららしい。元はよくある柄だったものの、今から十年ほど前にがらりとデザインが新しいものに変わったそうで、昔の柄は描かれないから価値が上がったそうだ。

ということで買い物も終わり帰ろうかという話になったけれど、結局今日買った品物は量が多く馬車の中はいっぱいいっぱいで、私とメロは途中まで歩いて帰ることにした。

あらかじめ道を決め、先に屋敷に到着し、また戻ってきた馬車に乗せてもらう作戦だ。

買ったものはすべて私の部屋に運んでもらい、後でメッセージと共に季節外れのサンタクロースをする。

完璧な計画だ。メロ、喜んでくれるといいな。一緒に写真も撮りたいし。前世時代写真は誰でも簡単に撮っていたけれど、この世界で写真が出始めたのは本当にここ最近だ。先ほどの写真立てはおそらくこれからの需要を見越してのことだろう。

メロの手を握りながら歩いていくと、ちょうど通りの一角に小さな公園を見つけた。当然のことながら遊具はなく、真ん中に設置された花壇をベンチで囲った公園だ。おそらくカフェに入るほどでもないときに利用する、憩いの場なのだろう。けれど利用者は、数メートル先の井戸で足を洗っている青年だけだ。

彼に目を向けると、その足はざっくりと切れているのが離れた距離からでもわかった。付着した血は洗っても洗っても拭える気配がない。

段取りが、よくない気がする。

多めに水を汲《く》んで洗い流し、一気に止血してしまえばいいのに。さっと水を汲んでかけて血が出て、さっと水を汲んでかけて血が出てを繰り返している。その行動を注意深く観察すると、無理もなかった。彼の腕は赤く腫れており、多めに水を汲むことができないのだ。

「あのさ、メロ」

「……なりません」

「でも怪我してる」

「……手当てが終わり次第、私は御嬢様をお運びしますからね」

メロは「なにかあれば怪我人であろうと制圧します」と付け足した。その言葉に頷いて、私は青年のもとへと向かう。

「大丈夫ですか？」

声をかけると、彼は「えっ」と狼狽《うろた》えたような声を発した。逆光で顔はよく見えないが、その顔も驚いているに違いない。完全に失念していた。傍から見れば今の状況は自分より年が離れている子供に大丈夫かと声をかけられる地獄の図だ。

でも今は怪我の処置が先決。現代の医療技術ならまだしも感染症にでもなれば、最近写真が出てきたような世界では切断の可能性すらある。

多めに水を汲み、驚いて固まる青年の足を洗う。自前のハンカチで拭いつつ、素人の手当てを施した。

「これでよし」

言ったと同時にメロが私の服の裾を引っ張った。撤収の合図だ。

「素人の応急処置でしかないので、絶対にこの後医者に見てもらってください。お願いします」

青年に言うだけ言って、その場を後にする。メロは私の手を取って、一刻も早くその場から立ち去りたい気持ちを隠さずにぐいぐいと引っ張った。

「メロ、ちょっと足が速くない？」

「この先の事象は予見できます。捨て犬ならまだしも、御嬢様はすぐに人間を拾います。可能性の芽は迅速に潰します」

「いや人間は拾えないよ」

「そうです。それなのに御嬢様は人間を拾います。ですからこうして繋ぎとめておかなければなりません」

「はは……そうだね」

メロの様子がなんだか嬉しくて笑っていると、彼女は「私は怒っているのですよ」とこちらを睨み、すぐに視線を私の後ろに向けた。

「ミスティア嬢」

聞き覚えのある声が背後からかけられた。振り向くと私たちの少し後ろにレイド・ノクターと彼の護衛が立っている。メロは私の耳にそっと顔を近づけてきた。

「実は、先ほどミスティア様が青年の手当てをしたあたりから見ていたようなのです。こちらが認識しなければ声をかけては来ないと思って黙っていたのですが……」

苦々しそうに話す彼女の声を聞いていると、レイド・ノクターは笑みを浮かべてこちらに向かって歩いてきた。

「また会えて嬉しい。といってもさっき君が怪我人に手当てをしているところを見かけて、ちょっと見ていたんだけど……すごく手馴れていて驚いたよ」

「そんなたいそうなことでは……」

「アーレン家は薬や医療に出資していることは知っていたけど、君自身もよく勉強をしているんだね」

レイド・ノクターは感心しているようだった。人の興味関心を操作しようとすることは良くないことだけど、でも彼に私の家に対して興味を持たれても困る。私は曖昧に頷きながら、視線を彷徨《さまよ》わせる。

「ミスティア様、そろそろお時間でございます」

困っていると、メロが比較的通る声で私に声をかけてきた。その声を聞いてレイド・ノクターははっとした顔をする。

「ごめん。引き留めてしまったかな」

「いえ、……あの私はこれで失礼いたします。では」

彼に礼をして、その場を足早に立ち去る。メロが声をかけてきてくれて良かった。感謝を伝えるために顔を向けると、彼女はずっと背後を気にしていて、私はなにも言えず彼女についていったのだった。

メロと共に、夕焼けが広がる道を辿り屋敷へと帰っていく。

沈もうとする夕日が私たちの背に力強く差し込んでいて、レンガ造りの道も、彼女の光を流すような銀髪も、温かみのあるオレンジを纏《まと》って輝いている。花の名前のクイズを出し合いながら歩いていると、彼女は突然足を止めた。

「メロ?」

あまりに突然なことで繋いでいた手が離れてしまう。振り返って彼女の顔を見ても、逆光でその様子は窺《うかが》えない。一歩近づこうとすると、自分の足元に違和感を感じた。靴紐が解けている。紐へと手を伸ばす前に、さっと私の足元にメロが跪《ひざまず》いた。

「メロ」

声をかけても、彼女は私の靴紐を丁寧に結んでいく。なんとなく次の言葉を紡げずにいると、彼女は「……一つ、お願いがあるのですが」と、儚さを感じさせる声で呟いた。

「メロのお願いならなんでも叶えるよ」

「……ならば、私の知らない場所で、殺されないでください」

聞こえた言葉があまりに衝撃的で、ふと時間が止まったような感覚に陥る。それまで俯き、視線を私の靴紐に落としていたメロは、まっすぐこちらを見上げるようにしていた。

「私は、貴女が健やかなるときも、病めるときも傍にいたい。同じお墓に入りたいです。ミスティア様と」

夕日が動いてメロへの光の当たりが変わり、彼女は滲むような瞳をこちらに向けていたことがわかる。その瞳を見つめ返していると、ふいにあることを思い出した。

メロが、私を守ってくれた日……、まだ私もメロも幼いころ、孤児院の慰問中に煮立った鍋の湯がかかりそうになったことがあった。

私を庇ったことでメロはその背に火傷を負い、傷跡が残るかもしれないと医者に伝えられると、鏡で自分の背中を見た彼女は「ミスティアが無事で良かった。守れた勲章みたいだ」と屈託なく、嬉しそうに笑ったのだ。

どうして笑うのか、全然喜ばしいことじゃないと言う私に、彼女は産まれてから一人だったと言った。一人で生き、自分のためにしか生きられないと思っていたのに、人のために生きられて嬉しい。その人のために生きられると思う人が、自分の前に現れて嬉しいと。

だから私は、その想いをきちんと返したいと思っていた。

孤児だったメロは今まで一人で生きてきた。だからこれからは、彼女を一人にさせないと決めた。なのに、甥が夫人を襲撃した事件によって、私はメロに自分が一人ぼっちになるという想像をさせてしまった。彼女に心配させまいと、これから自分がどういう行動をとるか伝えなかったことで、私は彼女を傷つけたのだ。

「ごめんねメロ。危ないことして」

メロの頬にそっと触れる。黙ったままでいると、彼女は「約束はしてくれないのですか」と私を見た。

「いいよ。一緒に入ろう」

メロにはいつもお世話になっている。一緒にお墓に入ることなんて容易い。私は彼女に向かって手を伸ばした。跪いていた彼女は私の手をしばらく見つめ、その手を取って立ち上がった。

私はメロの手を引いて、ゆっくりと帰路へ歩き出していく。

「じゃあ遺言書に書いたほうがいいかな。どこか大事にしまってさ。いつ死ぬかなんて誰にもわからないし」

「大丈夫です。ミスティア様が承諾してくださった、ということが重要ですから。ミスティア様がお亡くなりになられ、埋葬される際にその遺骨を抱いてそこで朽ちます」

「それ餓死だって！　寿命でね、寿命で。それに止められるからね！」

「駄目ならば夜が深まったころに」

「いやいや、あと生きてる時にできるお願いもたくさんしてね」

メロは終わりに向かった考え方をしている気がする。でも生きている、今この瞬間に我儘をたくさん言ってほしい。そんな気持ちを込めて彼女を見ると、「わかりました」と頷いてくれた。

彼女の手を取って二人、夕焼けに赤く染まる道を歩く。前にもこうしていたような、懐かしいような気がして、ずっとこの時間が続けばいいなと思いながら私は屋敷へと帰ったのだった。

異録　常闇に潜むあい

ＳＩＤＥ：Ｍｅｌｏ

暗い廊下を、明かりを灯さず進む。足音を殺して薔薇の紋章が刻まれた扉を開く。

部屋の主は寝台で規則正しく呼吸をし、深い眠りについていた。起こすことがないよう、そっと近づく。

今日は久しぶりに街に出て疲れたのだろう。触れるか、触れないか、ぎりぎりの加減で黒髪を一束なぞる。本当は頬に触れたい。しかし目覚めさせてしまう可能性を考え我慢した。


はじめは、憧れだった。

純粋で無垢で誇り高い存在に対する、尊敬にも畏怖にも似た想い。絶対に近づいてはならないのに、近づきたいと焦がれた。それがいつからだろう。この光を私だけのものにと、分不相応な願いを抱き始めたのは。

私の産まれた場所は、なにもかもが薄汚れた土地だった。すべてが鈍色をしていて、幼子は廃棄物を漁り、物乞いや盗みをして生きていく。そういう場所で私は育った。

生きていく中で自分に与えられた境遇が当然だと考える。しかし徐々に、こんな場所とは違うところがあると考え始め、自分のいるべき場所に嫌気がさす。そして私は遠くにうっすらと見える街に向かって歩き始めた。人伝に聞いた、街という存在を目指して。

そこなら、自分がいた場所よりもましな仕事があるだろう。今より少しは良い生活を得られるはずだ。泡のような期待を抱いて、私は歩いた。

でも、現実はそう甘くない。慣れない街のはずれを一人で歩いていれば、攫われて奴隷として売られることは当然だった。

自分の愚かさに気づいたのは、奴隷市に商品として出された時。なにもかも、すべてが遅かった。もう終わりだと覚悟した。自分の人生に、光が当たることなど一生ないのだと思い知った。

それなのに。

「なにをしてるんですか？」

顔を上げれば、目の前に立っていたのは幼い少女だった。上質な、汚れも染みもない身なりで、貴族だとすぐにわかった。無感動な赤い瞳がじっとこちらを見つめ、その視線から逃れるように私は首を横に振った。

「なんでもない」

「……でもすごく悲しそうですけど」

「……私、売られるの……奴隷として。だから楽しそうになんて、できない」

「奴隷？」

「好きにされるってこと」

少女は私の言葉が理解できない様子だった。それもそうだろう。綺麗なドレスを着て、目に見えて大切にされている子供にわかるわけがない。こんなに汚い世界があることなんて。それなのに、少女はまるでなにかを見極めるように私を見た。しばらくして、少女と同じように身綺麗な貴族の男――少女の父親が入ってきた。父親は店の中を見まわし、眉を顰めながら少女の腕を掴んですぐに立ち去ろうとした。

「ほら、行くよ。いつまでもこんなところにいるものじゃない」

「この子は、そのこんなところ、にいるようですけど」

そんな会話を繰り返す、父親と少女。彼女は罪人でもないのに私が鎖《くさり》で繋がれていることはおかしいだとか、大人にこんなところだと言われるような場所に人間が捕らえられていることはおかしいと繰り返し、しきりに移動させようとする父親を拒絶した。

しばらく膠《こう》着状態が続くと、父親は少女にこの場を動かないよう言って店を出た。今度は店主と共に戻ってきて、店主は上機嫌で私の足の鎖を外したのだ。

「まさか、アーレン家に買われるとはねえ！　お前も運がいいねえ！」

店主はまるで鼻歌を歌うようにして、私を少女の父親のもとへ押した。その言葉と態度によって、自分が売られたのだとわかった。

それからは、目まぐるしく日々のすべてが変わった。

私は孤児院に預けられ、毎日三度の食事をとって湯に入り、綺麗な服を着て、読み書き、言葉を教わり、床ではなく寝台で眠るようになった。

少女は三日に一度、日々の暮らしに唖然とする私の前に現れた。ご飯は美味しいか、なにか悲しいことはないかひとしきり尋ねると、本や菓子を渡してくる。きっと彼女の気が済んだら、私は捨てられるのだろう。それまではこの生活を享受しよう。そう考えていたけれど、そんなことはついぞ起きなかった。

「初めて会った時から思っていましたけど、あなたはきらきらしていますね」

本当に唐突に、なんの前触れもなく、ある日私は少女にそう言われた。言葉の意味が理解できなかった。きらきらしている？　それはいったいどういう意味なのか。彼女は自分で言っておいて考え込み、「きれい、そう綺麗です！」と笑みを浮かべたのだ。

「綺麗ですね」

そう言って、私の手をとったのだ。何気なく、それが当然であるかのように。

「違う、私は汚れてる。だから……」

「どこがですか？」

少女は私の言葉を遮り、不思議そうにこちらを見てきた。そして私の手を撫でて「どこも汚れてないですよ？」と、誰からも目を背けられていた私を、本当に自然に見てくれたのだ。そこから、確実になにかが変わった。

彼女の――ミスティア様の傍に在るために、過去を清算して生まれ変わって、勉強をして、あらゆることを極めて彼女の専属として仕える侍女という立場を得た。

昔はこんな暮らしをするなんて思ってもみなかった。ずっと泥や血の中で生きていくと覚悟していた。それなのに。

捨てられてもいい。飽きられてもいい。でもそれまでは、私はミスティア様に尽くす生き方がしたい。それまでは、彼女の傍にいる努力をしたい。諦めたくない。幸せだった。あまりに幸せで、光に照らされることを当然と感じ始めていたころだ――それを嘲笑《あざわら》うかのように、幸福が脅かされたのは。

一か月前、ミスティア様に婚約の話が出た。相手は伯爵家の息子らしい。優秀で、非の打ち所がない伝統ある貴族の息子だ。彼女も十歳になった。なにも珍しいことではない。彼女が望むのならば、幸せになれるのならば、それが私の幸せだ。

それでも、私が男で、伯爵家かそれ以上の家の子供だったらという、嫉妬にも近い憎悪にかられる。

私はなにが憎いのだろう。なにも持たない私か、ミスティア様の幸せを心から祝えないことか。

それとも、彼女の婚約者に対してか。

こんな感情は、持つべきではない。

ミスティア様が幸せならそれでいい。そう堪えて、彼女が婚約の話を聞いて思いつめた顔をすることも、気づかないふりをしたのに。相手の屋敷に帰ってきて、食事もとらずに眠ることにも、見ないふりをしてきたのに。

彼女が幸せになるならば、我慢ができたのに。

顔合わせをしてしばらく経ち、ミスティア様が狂った男の手によって危険に晒された。

婚約者の母親と、その甥の痴情のもつれにミスティア様が巻き込まれたのだ。

許せない。そんなこと許されていいはずがない。関係ない彼女が、どうして危険に晒されなければならない。狂った男は拘束され、一生牢に入れられると聞いた。だから殺しに行けない。殺せるけれど、そのためには屋敷を空けなければいけない。私が屋敷を留守にしている間、彼女を守れない。……彼女を危険に晒した者を、殺しに行けない。

だから婚約者との結婚は、ミスティア様の幸せではない。

はっきりと認識した。私はまず、彼女と婚約者が会わないよう、彼女が屋敷に出ないように画策した。婚約者の家から手紙が来ることは把握済みで、そこには彼女を相手の屋敷に招待したい旨が書かれていたから、彼女が外に出ることを封じた。

屋敷に働く人間も皆、彼女を想っている。私がなにかしなくても、私と同じような意思で行動する。でも彼女は突飛な行動をとる。常に目を光らせておく必要があった。

「じゃあメロにぴったりくっついてるから、それで手も繋ごう」

ミスティア様の言葉に、心が揺れた。なんて意思が弱いのだろう。外出の支度をして、待ち合わせの場所に向かう道すがら、屋敷に働く使用人たちは皆惚《ほう》けた顔をしていた。彼女を止めきれず、私と同じような結果に終わったことがすぐにわかった。

そうして、一緒に街へ行き、買い物をして、手を繋いで帰った。日が暮れたころ彼女と別れ自室に戻ると部屋には小ぶりな包みがメッセージ付きで置かれていた。

『メロへ　いつもありがとう　これからもよろしくね』

中身は、ミスティア様を彷彿とさせる黒の写真立てだった。共に向かった店で、散りばめられた宝石が揃えたように赤いところが彼女を思い起こさせ見入っていたところを、きっと見られていたのだろう。

ミスティア様に頂いた品は、引き出しに入れて鍵をかけてしまってある。大切なものはしっかりとしまって、誰にも触れられないようにしなければいけない。

でも、この世界にはいくら大切でも、しまうことができないものがある。

この世で最も大切な、大切な宝物。私の光は、誰も見えないところに居てくれない。

そして今……、私の目の前で眠りにつくミスティア様を見つめていると、偶然にも彼女は笑った。

本当に愛おしい——そしてなによりも、残酷な人。

出会って六年。私はずっと、ずっと貴女に生かされ続けている。

「幸せでいてください。……貴女だけは、永遠に」

祈るように呟いた言葉は、主に届くことなく夜の闇に消えていった。

第三章

緑蘭の園に眠る姫

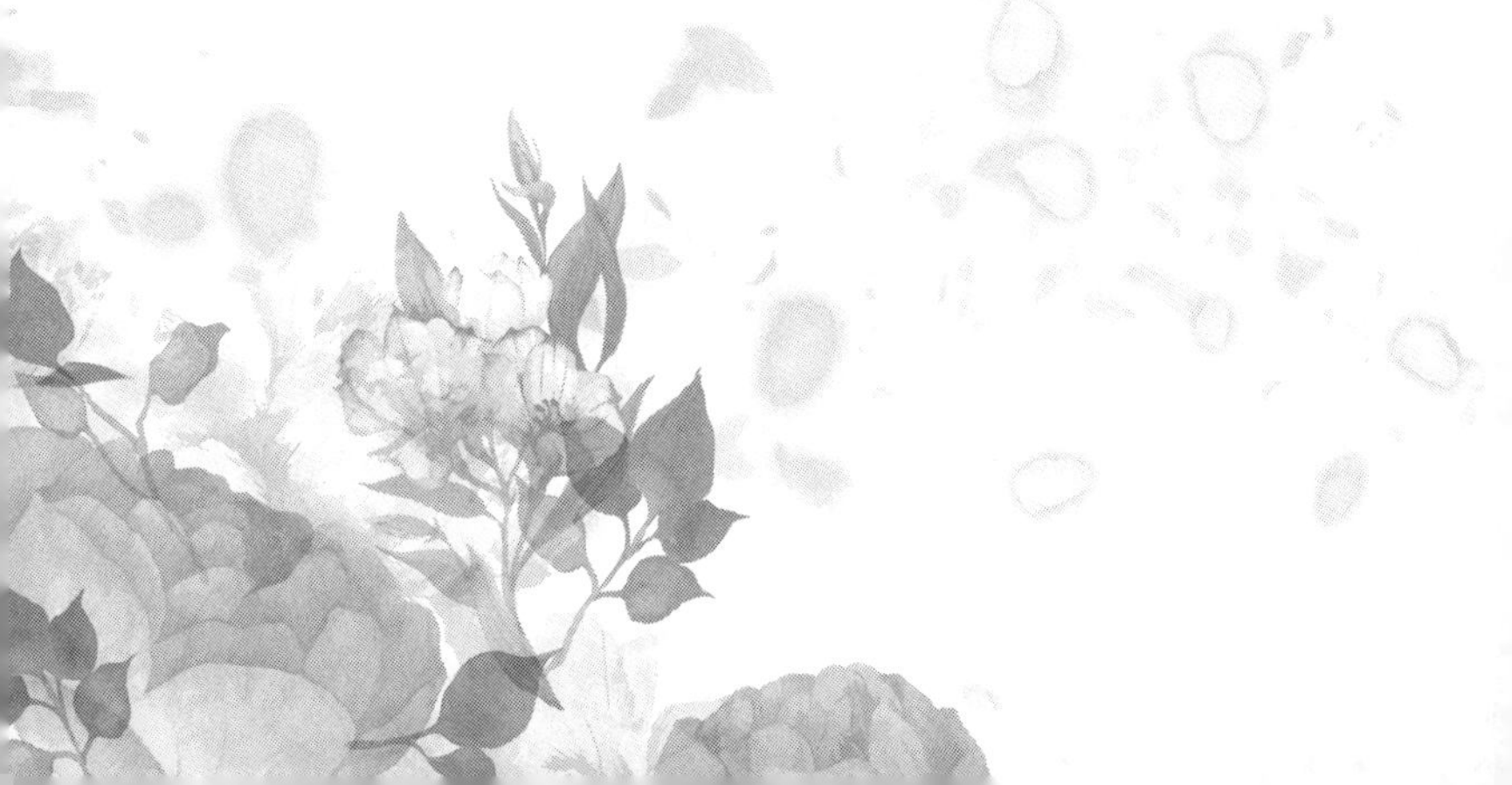

宵の前

　夏の訪れを感じさせる午後、私は侍女のメロと庭師のフォレストに勉強を教わっていた。二人は、侍女、庭師という本職のほかに、私の専属家庭教師を務めてくれている。はじめこそ父や母が呼んだ先生に教わっていたけれど、皆二か月ほど経つと一身上の都合で辞めてしまった。メロはそんな私のために勉強をして、フォレストは品種改良や薬品の研究をする頭脳を活用し、通常の業務と家庭教師を兼任してくれているのだ。

　メロはいつもの侍女の服だけど、フォレストはいつも作業中につけている腰巻エプロンを外してシャツにスラックスという軽装だ。普段彼は花屋のお兄さんみたいだなと思うけれど、今日はどことなく学生感が漂っている。

　そんなことを思っていると、扉が激しくノックされた。「御嬢様、大変です！」と扉越しに聞こえる声はおそらく執事のルークの声だろう。返事をすると、メロがさっと扉を開いた。

　現れたのは、オレンジ色の髪を揺らし、焦ったように肩で息をするルークの姿だ。彼は息を切らしながら「あの、御嬢様、先ほどですね」と断続的に言葉を発している。

「どうしました、ゆっくりで大丈夫ですよ」

「婚約者様が、お見えになりまして、さ、先ほど」

駄目だ、まったく大丈夫じゃない。しかし声を出す前に後ろのフォレストが威圧的な声で「は？」と呟いた。普段彼はこんな声色じゃない。使用人のいつになく荒んだ様子に混乱しかけた脳が一瞬停止し、また動き出した。

「ルーク、レイド様はどんな用事でここに来たんですか？」

「はい、御嬢様と話がしたいそうです。それで今、執事長が客間に案内して……」

レイド・ノクターが私と話がしたい？　彼がいったい私になんの話をしに来たというのか。行きたくないけれど、執事長が応対している。行かなければ。

私は深く絶望しながら部屋を出て、客間へ急いだのだった。


「ああ、ミスティア嬢。久しぶり」

客間の扉を開くと、レイド・ノクターがゆったりとソファーに座っていた。彼は今まさに執事長のスティーブさんに紅茶を淹れてもらい、そのカップを手に取っている途中だった。

「ど、どうして」

「近くに用があったんだ。だからご挨拶に」

「ご挨拶……」

それは礼儀的なものか。挨拶回りという名の道場破りではないのか？

「では私はこれで失礼いたします」

スティーブさんは私の分の紅茶を淹れ、退席していく。良かった。ここでなにかあっても巻き込まずに済むと安堵すると、スティーブさんは私とすれ違う瞬間「追い出す場合は三度ノックを」と呟き部屋の扉を閉めた。

「紅茶が冷めてしまうよ？」

「あ、はい……失礼します……」

レイド・ノクターに座るよう促され、彼の向かい側に座った。淹れたての紅茶が湯気を立てているさまを食い入るように見つめていると、彼はそっと口を開く。

「事件から、会える機会が無かったし、まぁ、街で会った時から半月くらいしか経っていないけれど……あの時もあまり長く話せなかったから」

「どうも」

今日は、事件についての話という解釈でいいのだろうか？　なにを言っていいのかさっぱりわからない。どうもしか言えない。

「屋敷へ招待の手紙はもう届いた？　まだ、心は落ち着かないかな……？」

申し訳なさそうなレイド・ノクターの声色。でもこれは爆弾の投下だ。彼の家から招待状が来ていることなんてもう十分すぎるくらい父から伝わっている。それを私は、ずっとさりげなく断るよう仕向け続けているのだ。

私の両親は、ノクター夫妻と意気投合してしまいノクター家の屋敷へ誘ってくるけれど、メロや使用人の皆は「断っていいのでは？」と賛同してくれたし、両親にさりげなく、「御嬢様は体調が……」と加勢してくれた。専属医のランズデー先生に至っては虚偽の診察までしてもらっている。

「徐々にですが、落ち着いてきてはいて……」

「実は、ずっと君にお詫《わ》びがしたいと思っていたんだ」

「え？」

「顔合わせの時と、二回目に会った時、そして事件が起こる前、僕は君に酷い態度をとってしまっていたよね？」

レイド・ノクターの言葉に疑問を覚えた。彼が私に軽蔑《けいべつ》の眼差しを向けたのは、事件前に私が彼の屋敷で大暴れした時だけだ。屋敷で暴れられたのなら誰だって相手を嫌な人だと思う。だから彼の態度に無理はない。しかし顔合わせ——初対面の時と二回目、彼は酷い態度を取っていたのだろうか。

「実は、僕の父と母の仲が悪いと噂があって……僕自身も二人に誤解をしていたんだ。僕は結婚自体に否定的な目を向けていて、君に対しても八つ当たりをしてしまって……」

「なるほど……」

ゲームで彼の家庭環境の確執は、彼の両親が不仲だったことよりも父が母の墓参りをせず、母に関することを伝えると立ち去るなど、ノクター夫人の死をきっかけにしたものだった。でも、メロの存在のようにゲームでは描かれていなかっただけで、元々根本的な問題があったのかもしれない。

「君の両親が羨ましく感じて、そして君の言った、婚姻は、愛する者同士でするものという言葉も、聞き流すことができなかった」

私は知らず知らずのうちに、レイド・ノクターの地雷を踏み抜いていたのか。

自分の過去の発言にぞっとした。あれだけ地雷を踏みたくないと行った顔合わせで、私は彼の地雷を踏んでいた。それに両親が不仲で悩んでいる中で「自由恋愛」なんて言われたら苛立つに決まっている。

「それは、仕方ないと思います。誰だって思い悩んでいる時に、その苦しみを軽んじるようなことを言われたら腹が立ちます。こちらこそ、ごめんなさい」

「君は謝らないでほしい。僕がお詫びをしなきゃいけない立場なんだから」

「お詫びなんて気にしないでください。それに事件の日も、私は騒ぎ立ててしまいましたし……」

「ううん。あの日の君のおかげで母の命は救われた。父も母も、君に会いたがっているんだよ」

「いやいや……」

「それで、お詫びとお礼をする立場から言うのは心苦しいのだけど、できれば近いうちに君や君のご両親を屋敷に招待したいんだ」

「え」

「来年、僕に弟か妹ができるんだ。だから――」

「え」

レイド・ノクターの発言にまたまた疑問を覚えた。彼はノクター家の一人息子のはず。そう考えて、彼の根本的な家庭環境がゲームと違っていることに気づいた。現在彼の母は生きているのだ。なにもおかしいことじゃない。

「どうしたの？」

「ああいや、兄弟っていいですよね。こう、友達でもあり、家族みたいな感じで……」

「……君は一人娘だよね？」

鋭い指摘に紅茶を吹き出しそうになった。そうだ、ミスティアは一人娘だ。今の発言は軽率だった。まるで長年弟や妹がいる人間がしみじみと語るような発言だった。

「お、弟や、い、妹に深い憧れがあって」

前世の明るくて社交的な妹。私みたいな姉をたまに怪訝な目で見るけど慕ってくれていた。きっと私が死んでもしっかりやっていけているだろう。本当にどこにお出ししても恥ずかしくない、すべてにおいてよくできた妹だった。

「ミスティア嬢？」

声にはっとすると、レイド・ノクターに怪訝な目で見られていることに気づいた。違う。空想の妹を心の中で愛でているわけではない。けれどちゃんといたんだと言えるはずもなく、私はそのまま俯いた。

ああ駄目だ。俯いていたら肯定しているみたいだ。顔を上げると彼は静かに呟いた。

「……僕の家族は、変わったんだ」

「変わった？」

「……変わりすぎて、どこがとは言えない。でも間違いなくいい方向で……それは君のおかげだと思う。ありがとう」

彼は手を差し出し、澄んだ蒼い瞳をまっすぐにこちらに向けた。嘘を言っているようには聞こえない。手を取るくらいは大丈夫だろうか。この手を取ったことでいずれ布石にならないだろうか。

でもこのまま握手を拒んでも、怖い。

おそるおそるその手を取ると彼は満足そうに笑う。窓から差す明るい光に照らされた笑顔は十歳の少年といった顔で、なぜかレイド・ノクターらしいと思う笑顔だった。

緑蘭庭園

ペーパーナイフを片手に、レイド・ノクターから送られた手紙をじっと見つめる。

彼が屋敷に突然現れて約二週間。二日に一度のペースでノクター家から手紙が来るようになった。以前から伯爵が父宛に手紙を送ってきていたのは知っていたけれど、最近は伯爵から父宛、夫人から母宛、そしてレイド・ノクターから私宛に手紙が来る。季節に関するもの、読んだ書物、家族の様子について二枚に纏めた彼の手紙は、読むことに苦労はしないものの返信における精神面での疲労はある。

発言はその場の記憶でいかようにもごまかせるが、手紙は証拠として残る。なにが地雷かわからないレイド・ノクターに手紙を送る行為は、地雷原に向かい投石することと同義だ。地雷原への投石は自殺行為。私は今まさに自殺を強要されている。

開封は気が重い。でもいつまでも手紙を眺めているわけにはいかない。明日は母と共に母の友人のそのまた友人の友人が開いたお茶会に招待されているのだ。さっさと寝て、明日に備えなければ

ならない。

「いける、大丈夫、今回もきっと本の話。大丈夫、いける」

覚悟を決め手紙を開封し、目を通す。

庭園の薔薇が見ごろだから、良ければ見に来てほしいという誘いだった。震えた。この日に死刑執行するから来てねと同じ意味だ。

私はレターセットを取り出し、失礼に当たらないように気をつけながら、断りの返事を書き始めたのだった。


穏やかな午後の日差しの下、季節の花々が咲き誇る庭園で夫人たちがにこやかに談笑している。その横ではテーブルを囲み、子供たちがクッキーを食べたり、鮮やかな色合いのケーキを食べていた。私はその様子を、気配を消しつつ傍観する。

レイド・ノクターへの返事の手紙を書いた翌日。私は母と共に招待されたハイム家主催のお茶会に来ていた。

しかし招待されたといえどもハイム家に来るのは初めてだし、そもそもこの家に関してさっぱり知識がない。でもゲーム関係者の屋敷というわけでもないし、普通のお茶会だ。のんびり楽しもうと最初は思っていたけれど、私は社交性が死んでいる。同世代の子供たちに「つまらない奴だな」と早々に見切りをつけられ、一人輪から外れるような状態になっていた。

皆はすごく嬉しそうに焼菓子を食べている。私はなんとなく一枚食べて、やめてしまった。昨日料理長のライアスさんにクッキーの試食を頼まれ、勧められるがまま、わんこそば形式で結構な量を食べさせられていたからかもしれない。調整すべきだった。

反省しつつ母の方に目を向けると、母は話題の中心となっていた。

先日始めた慈善事業や、孤児院に慰問に行った時の話をしている。母の話を聞いて周りの夫人は驚いたような顔をしながら話を聞いていた。私も話を聞いていたいけれど、この場にいては母に自分の娘が輪から外れて一人でいることに気づかれてしまう。

きっと母は悲しむし、心配をするだろう。私は別に一人で地面を見つめていても寂しいという感情は湧いてこないけれど、母はそういう状況を寂しいと思う人だ。

だから、私はこの場から去らなければいけない。庭園を散策しに行こう。

言い訳はもう準備できた。「お手洗いに行こうとしたら迷った」だ。完璧な言い訳だ。私は皆にばれないよう気をつけながら、そっとその場を離れていった。

「すご……」

庭園をあてもなく歩き続けた私は、緑蘭《らん》だけで占めたようなもう一つの庭園に辿り着いていた。辺り一帯淡緑しか見えず一瞬自分の眼球の病を疑ったが、どこもかしこも緑蘭たちが爛漫《らんまん》と咲き誇っている庭園だった。

ハイム家には庭園が二つあると馬車で母から聞いていた。お茶会が行われている庭園はさまざまな色合い、多種多様な花々が咲いていたけれど、ここは緑蘭で統一されている。今この瞬間この緑蘭が意思を持ち、人間への反逆を決意したら私は死ぬだろうな、と思うほどの量だ。

私は植物について詳しくない。庭師のフォレストがいろいろと季節外れの花を咲かせてみたり、色合いを変えてみたりするから、そういった努力を調べるために勉強はする。よって私の知識は彼が手がけた植物のみで構成され、この造園の意図を読み取る力はない。

でも一面同じ色の景色は見ていて気分がいい。しばらくここにいることにして、あてもなく歩いている。

きっとハイム家は、緑色が好きなのだろう。私は特に好きな色はない。両親や屋敷の使用人の皆は赤と黒を好んでいる。メロもそうだ。彼女は自分の日記帳の、ある一冊を除いてはすべて赤で統一している。本棚を見ると真っ赤で、そこに一点だけ真っ白な日記帳があるからよく目立つし、ワンポイント柄みたいでかわいいと思う。

彼女の本棚について思い出しながら、庭園の中央にある噴水の周りを歩いていると、噴水の陰から黒い塊が見えた。

物体に近づくたびに、だんだんその塊の輪郭がはっきりとしてくる。土や苗を置いているのかもしれない。じっくりと目をこらして観察して――、足が止まった。

ちょうど、子供くらいの大きさの物体にシーツのような布がかけられている。いや違う、子供くらいのなにかではない。子供だ。

その子供は、布を被り膝を抱えていた。足元しか見えず、ほかはすべて布に隠されている。そして微動だにしない。

死体遺棄――という言葉が脳裏を過《よぎ》る。

いやまだ息があるかもしれない。死体と決めつけるのはよくない。おそるおそる肩あたりに触れると、子供はびくりと震え、まるでお化けを模したように布を被ったたまま勢いよく立ち上がった。

「誰っ？」

立ち上がってもなお、その顔は隠れていてわからない。声も男女の判断ができないけど、中性的な声より若干高い気がする。

「ミスティア・アーレンと申します。あの、どうしてこんなところに？　体調が悪いんですか？」

「……違う、かくれんぼしてただけ」

声色と話の仕方から、そっとしておいてほしいという気持ちがひしひしと伝わってきた。深入りしてしまっては、相手の負担になるだろう。

「そうですか。では失礼します」

一応ハイム夫人にこの子のことを伝えよう。心の中でそう決めて、踵を返そうとした。しかし次の瞬間、布を被った子供に腕を掴まれた。

「ま、待って」

「……やっぱり体調が良くないとか？」

「そうじゃない。そうじゃないよ」

ならこの手を離してほしい。私の思いとは裏腹に、ぎり、と子供が腕を掴む力は強まる。なんだこの子は。様子をうかがおうにもその素顔は布に隠れていて、さっぱりわからない。

「この庭園を案内してあげるから……それまで離してあげない。行こう。案内してあげる」

そう言って子供は私の腕をさらにぎりぎりと掴む。痛い、普通に痛い。腕ぎりぎり痛い。私を掴む手は片手なのに雑巾みたいになっている。

「なんで案内をしようと？」

「嫌なの？」

すごく押しが強い。質問させてくれないし、腕を雑巾みたいに掴んでくるし。この子はいったいなんなんだ。怪しいけど、断ったところで腕をさらにぎりぎりと掴まれるだけだろう。

「……いいよ」

「本当？」

子供は押しの強さのわりに私の返事に対して驚いたような声を出した。私は不思議に思いながらも頷いて、その子に導かれるままに歩き出した。


「あの木の葉っぱで、お茶が飲めるの。実もあってね、段々色が変わってくるんだけど……はじめのうちの白い実は食べれたけど、黒くなるの待ってたら猫が全部落としたり、食べちゃったりして駄目だったんだ」

桑の木を横目に、エリーの説明を聞き、彼女の後ろをついていく。

突如庭園の案内を提案した子供はエリーと名乗った。どうやら女の子らしい。それ以外はまったく語ろうとしないけれど、庭園の案内を申し出てきたり、今の話を聞くにハイム家の子か、それに近いところの子だろう。

「この緑蘭は、お父さんとお母さん、皆で育ててるの。季節が違うけど、いろいろ頑張って咲かせてて……、お母さんもお父さんも好きで、プロポーズも花束といっしょにしたんだって」

エリーは被っている布を片手で押さえながらこちらに振り返った。これで彼女はハイム家の子供確定だ。この緑蘭庭園は、家族で大切にしている庭なのだろう。広い庭園を埋め尽くすほどの緑蘭は、夫婦の愛の結晶だ。入ってしまって申し訳なかった。後で夫人に謝罪をしなければいけない。

「そうなんですね、勝手に入ってしまってごめんなさい」

「いいよ。エリーも皆いない時、こっそりお花のお世話するから」

寂しそうに彼女が呟く。あれ、この子はたぶんハイム家の子。なのになぜ皆がいない時に手伝うのだろう？　特殊な事情がある子供なのだろうか。

「じゃあ次は、お屋敷をご案内」

彼女はそう言って私の手を取り、屋敷の方へと歩き出した。「案内は終わったのでは？」という私の問いにいっさい答えず、私を連れ裏口らしき場所から屋敷の中に入ってしまう。この調子だと解放される気配はないだろう。お茶会に戻ることを諦めた私は、屋敷内の廊下を進む彼女の後に続く。

「あの、お屋敷に勝手に入っていいんですか？」

「エリーの許可があるから大丈夫だよ」

大丈夫らしい。なにが大丈夫かわからないが、相手はハイム家の子供だし、大丈夫だと思うしかない。

「ほら、見て。この絨毯お花の柄になっているんだよ。こっちは白だけど」

彼女は地面を指さした。たしかにそこには白い蘭の刺繍《ししゅう》が広がっている。

ノクター家の屋敷でもこうして案内をされたし、屋敷を案内することが流行っているのだろうか。

あの屋敷は内観も外観も屋敷というより城に近かったけれど、ハイム家の屋敷は正統派の屋敷の雰囲気をベースに、どことなく異国の雰囲気があって、よく調和している。

「お父さんがね、船で色んなところに行くの。だからお土産並べてるんだ」

エリーが指し示す調度品たちは色使いが独特だ。思えば前に庭師のフォレストから他国の伝統文様について教わった時、似たような柄を見た気がする。眺めながら廊下を進んでいくと、彼女はふいに扉の前で立ち止まった。扉にはドアプレートが下げられ、蘭が描かれている。

「ここがエリーのおへやなんだ」

彼女はドアノブに手をかけた。プレートはどう見ても特注品で質が良い。やっぱりこの子はハイム家の娘だ。でもどうして彼女はお茶会に向かわず黒い布を被り、さらに一人の時を狙って花の世話をするのだろう。

「特別に中にいれてあげる」

「え」

中に？　そう続ける前に、突然部屋に引っ張りこまれた。

驚きながら周囲を見渡す。家具は緑ですべて統一されているわけではなく、落ち着いた色合いで纏められていて、素敵な部屋だけれど、違和感を感じた。

ノクターの屋敷では空間が気になっていた。あれはゲームで見ていた夫人の肖像画がないことであった。でもここで感じているのはそういった違和感ではなく、雰囲気的なものだ。

子供部屋というには殺風景で、かといってシンプルといったようでもない。絵本をしまう本棚や、おもちゃをしまう箱はあるのに、絵本やおもちゃなど「それ自体」がない。机と椅子、ベッド、空の本棚、空のおもちゃ箱、クローゼットのみで構成されているこの部屋は、子供が住んでいる部屋というより、これから子供を迎えようとする部屋にも見える。

「エリーはずっとここにいるんだよ」

「へー」

返事はできたものの動揺した。さっきまで子供が過ごしている気がしないと思っていた部屋に、目の前の子供が「ずっとここにいる」と言い出したからだ。

「……ここでなにするのが好き？」

動揺を悟られないようにと問いかけると、エリーは少し考え込んだ後、分厚いカーテンが閉じられた場所を指で示した。カーテンは完全に閉じられておらず、僅かに隙間がある。

「あの窓から空を見ているのが好き」

この子供、収容でもされているのだろうか。

一人で庭園の花の世話をして、部屋で空を見ているのを好む。趣味としてはよくあるものだが、この部屋でとなると不安になる。綺麗好き、物が少ないのが好き、そもそも本や玩具に興味がないなど、本当に好きでやっているなら別にいい。しかしこの生活が強いられているのだとしたら普通に問題だ。

「本棚の本とか、おもちゃ箱のおもちゃはどうしたの?」

「大切だからしまってるの。なくならないように。壊れないように。……それより、次は広間に行こうよ。案内するから」

追及を防ぐようにエリーは私の腕を引く、私は戸惑いながらも部屋から出た。相手が拒む以上、踏み込んではいけない。それから口を開こうとしない彼女についていくと、後ろから「エリー?」と声がかかった。

私たちの後方――廊下の奥にハイム夫人が立っている。

「お母さん……」

エリーが呟くと同時に、夫人がこちらに駆け出してきた。エリーは私の手を離して脱兎の如く部屋に戻り、大きな音を立てながら扉を閉める。私の前を夫人が通り過ぎるのと同時に、鍵がかかった無機質な音が響いた。

「待ってちょうだい!　話がしたいの!　ずっと部屋に籠りきりで、どうしてなの?　ねえ、どうして……」

夫人は扉に縋りつくように叩いているけれど、返事はない。

私はどうしたらいいのだろう。様子を窺っていると、夫人が私の方に顔を向ける。

「あっ、あのハイム夫人……私は……これで」

失礼します、と踵を返した瞬間、腕を掴まれた。振り返ると、やっぱりという感想しか浮かばない。

ハイム夫人はまるで先ほどのエリーと同じように私の腕を掴んでいたのだった。

「本当に、もうどうしていいかわからなくて……」

俯きがちに語るハイム夫人の目にはうっすらと涙が浮かんでいる。夫人は懐からハンカチを取り出して、目元を押さえた。その様子をテーブルを挟んだ向かいのソファーに座りながらただただ見つめる。

私はあの後ハイム夫人に呼ばれ、ハイム家の客間に案内されていた。そして夫人は「どうか、聞いてほしいのだけれど」と前置きをしてから、エリーについて語りだしたのだ。

エリーは、昔は本当によく笑う子であった。庭を駆け回り動物と戯《たわむ》れ、花を愛する優しい子。動物にも人にも懐っこい彼女は、ある日を境に突然部屋から出てこなくなった。昼になっても姿が見えず、部屋に呼びに行けば鍵がかかっていて、呼びかけても返事がない。

扉の隙間からは放っておいてと一筆書かれた手紙が差し出され、理由を尋ねても答えない。外から窓を覗こうにもカーテンが閉じられたきり、中の様子は窺えない。

食事を部屋の前に置いておくと、しばらくして空になった食器が置かれる。耳をすませば部屋の物音が僅かに聞こえ、時折すすり泣く様子も見られる。

その音で、娘の生存を知る。そんな生活を夫人は送ってきたらしい。

「あの子はお茶会が好きだったから、定期的に同い年の子供を屋敷に招いていれば、いつか部屋から出てきてくれるんじゃないかって思っていたの。でも、駄目で。……だからあの子があなたを連れて歩いているのを見かけて驚いたわ。久しぶりにあの子の姿を、見ることができた……」

夫人は声を震わせた。この人は今、十歳の子供である私に対して縋りつきたくなるほどの状態なのだろう。

しかしハイム夫人の語るエリーと、実際に会ったエリーがかけ離れている。腕を掴み案内をすると言い出し、部屋まで引っ張っていくような印象とは正反対だ。

でも、大切だからと本や玩具をしまい、外から見えないようにするというのは、籠るうえでの自己防衛的な本能と一致している気がする。

「あの子はこの半年間ずっと部屋から出てこなかったの。誰とも話すこともなく……だから、会ったばかりの貴女にこんなことを言うのは申し訳ないのだけれど……よければまたあの子に会いに来てくれないかしら？　その……また明日にでも」

夫人はおそるおそる話す。不安に揺れる翡翠《ひすい》色の瞳を観察しながら、私はとある可能性を考え、頷いたのだった。

棺が開くとき

ハイム家のお茶会を終えた次の日。私はまたハイム家の屋敷に来た。

昨日、お茶会の会場に戻った時、母はこっそり私に、「意図的にはぐれるときは、ちゃんとお母さんに言ってからにしなさいね」と耳打ちしてきた。娘の放浪癖に理解がある。ありがたい。

ハイム家についてのことは母にも話をしたから、今日は我儘もなく正しい手順で屋敷に来た。

エリーの部屋の前に立ち、ノックをするために扉に手を伸ばす。夫人は、「私が傍にいると駄目かもしれない」と広間で待機中だ。

「え」

しかし、あると思った扉の感触はなく、代わりに温もりを感じた。閉じていたはずの扉は開き、そこから伸びてきている手が、私の手首を掴んでいる。

「エリー？」

声をかけた瞬間、勢いよく部屋の中へと引っ張り込まれた。勢いがついたまま床に着地をしても、不思議と痛みは感じない。私の着地したところにはクッションが敷き詰められていて、衝撃はすべてクッションに吸収されたようだ。

周りを見渡すとクッションが敷き詰められているのは私が着地している場所のみで、昨日はなかったことから考えると、私を引きずり込む前提で敷き詰めたのだろう。起き上がると目の前にエリーが立っていた。彼女は今日も布を被っていて、下から覗いてもその素顔は見えない。

「えーっと、クッションの配慮ありがとう」

「そのままだと怪我するから」

エリーはそっけない返事をした。こんなに早く部屋に入れてもらえるとは思わなかった。今日は帰ってと怒鳴られるか、無視を想定していたから、拒絶される前提でのシミュレーションしかしていない。彼女は被っている布を揺らして、私を頭の先からつまさきまで確認するように頭を動かした。

「お母さんに言われて来たの？」

まるでおつかいで来た子供に対する店主の物言いだ。しかしその声色は子供に対する慈愛ではなく、不信感を滲ませている。完全に疑われている。でもこれは仕方がないことだ。私は実際ハイム夫人に頼まれているのだから。

「また来てとは言われたよ」

「やっぱり」

「でも今日私がここに来たのは、昨日お別れもしていなくて、なにか中途半端だったからっていうのが理由だよ」

「ほんとうにそれだけ？」

エリーは疑いの心を隠さずに問いかけてきた。彼女が安心できるよう、私は力強く頷く。

「うん。別に部屋から出てとか頼まないし、説得とか始めたりしないからそこは安心して。理由とかも聞かないし」

人が部屋に籠るには、さまざまな理由や事情が存在する。たとえば「外が怖い」という恐怖心は、外で人そのものに会うことが怖い、特定の人間に会うことが怖い、部屋から出ること自体怖いとさまざまだ。それに「理由がない」という理由もある。一日二日でどうにかなる問題ではない。

夫人には部屋に籠る理由を尋ねてほしいと頼まれているけれど、エリーが自分から話をするまで私は彼女に理由を聞くことはない。それに、彼女の両親こそが脅威であり、私にした話はすべて作り話で、実は彼女を部屋に閉じ込めている可能性も考えられる。その場合は父と母に相談する必要があり、今は様子を見て、慎重な判断をすることが大切だ。

エリーはしばらく考え込んだ後、私に座るように促した。

「じゃあ、エリーと遊んでよ。遊びはそっちが決めていいから」

その言葉を聞いて、頭が真っ白になった。

遊びについて、私は詳しくない。以前、レイド・ノクターとチェスをした。しかし思い返せばそれ以降、こうして同世代と遊んだ記憶がない。小さいころはメロ……、メロと、魔王の話を読み聞かせしあったり、泥遊びをした気がするけれどほかの楽しい遊びはわからない。無難なのはかくれんぼ……この部屋でかくれんぼをするには無理がある。ベッドとクローゼットの二択しかない。

「なにも思いつかない、どうしよう。ごめん」

「えっ？」

なにも思い浮かばない。正直に話をすると、エリーは驚いた。顔は相変わらず布で覆われており表情はさっぱりわからないものの声はたしかにエリーのものだった。

「……じゃあ、着せ替え人形で遊ぶ？」

彼女はこちらを気遣いながら箱をベッドの下から取り出す。中には紙人形が入っていて、女の子や男の子の人形に、紙でできた服などもあった。

これは知っている。妹が小さいころによく遊んでいたやつだ。人形に服を着せ替えて遊ぶもの。この世界にもあったのか。

「うん、遊ぶ」

　これならやり方はわかるし、勝ち負けはないし、安心だ。安心安全な遊び。私の返事にエリーは頷いて、床に人形と服を並べ始めた。王子様っぽい男の子、お姫様っぽい女の子、初期アバターみたいな男女、おばあさん、おじいさん、おじいさん、おじいさん、おじいさんと、バリエーションが豊かなのか偏っているのかわからないラインナップだ。

「エリーはおじいさんを揃えているの？」

「え、違うよ。これは小人だからほかより多いんだよ」

　なるほど、小人がたくさんいて、お姫様と王子様がいるということは、白雪姫モチーフの着せ替え人形なのだろうか。妹が持っていたのはいかにも現代！　というシリーズだった。世界が違うとこうも違うのか。

「出来たら、見せ合いっこしよう」

「うん」

　エリーはお姫様っぽい女の子の人形を手に取った。私もそれに続くべく、並べられた人形に目を向ける。とりあえず視界に入った狼を手に取り、小人が持っていた量産型の剣、帽子を装備させ、屋台などで横柄に振る舞うタイプの獣人兵士を完成させた。するとエリーは私の手元を覗き込むように近づいてくる。

「それなあに？　強いおおかみ？」

　なんて答えよう。これはＲＰＧの物語中盤に出てくる獣人の兵士で、国を守っているからって調子に乗り街の人に横柄な態度をとって、後に主人公に成敗される兵士なんだよ！　なんて答えられるはずがない。

苦し紛れに「街を守る兵士……」と答えると彼女は納得したのか、興味を一気に失ったのかわからない声色で「ふーん」と返事をした。圧迫面接のように、「どうして作ったのですか？」「その意味は」「作ることでなにに貢献できるとお考えでしょうか？」「利益は」とか言われなくてよかった。

胸をなでおろしていると、エリーがなにかを差し出してきた。

「じゃあこれはその仲間」

差し出されたのは小人の帽子と、量産型の剣を持った男の子人形だ。どうやら無関心ではなかったらしい。

合わせてくれたのか。嬉しい。

私は初期アバター感のある女の子を手に取り、ワンピースの上からエプロンを被せた。この子は兵士に絡まれる屋台の看板娘だ。

「じゃあこの子は兵士がよく行く屋台の子」

「なにそれ」

ふふふ、とエリーが笑う。声でしか判断できないけれどたしかに彼女は笑っているはずだ。

「じゃあエリーはなにを作ろうかなあ」

「謎の人物とかどう？」

「えー、怪しそう」

「そうだよ、怪しいんだよ。すっごい怪しいんだけど強いんだよ」

人形を着せ替えつつ、エリーと話す。徐々にRPG風のキャラが揃い、だんだん合いそうな服がなくなると、エリーが画用紙と絵具セットを取り出してきた。服を描き、色を塗る。乾いている間にまたキャラを作り、絵が乾いたら切り取る。

そうして人形を作り出していると、カーテンの隙間から漏れている光にオレンジ色が滲みだしたことに気がついた。おそらくこの部屋に訪れて数時間が経過したのだろう。エリーは絵筆を紙の上に置き、ぐっと伸びをした。

「ふあ、疲れた」

器用なのか被っている布が大きいからなのか、相変わらず表情は見えない。

「これだけ人がいるなら、街作っちゃうのもいいかもしれないね」

一番初めに作った兵士の服を眺めながら呟く。床にはエリーと今日作った人形がたくさん並んでいた。四十人、いや五十人以上はいるかもしれない。ここまでくるとキャラだけではなく屋台、城なども欲しくなってしまう。ゲーマーの性だろうか。

「じゃあさ、明日もお屋敷に来てくれる?」

「え」

「作ろうよ、街」

エリーは「お願い」と昨日とは異なり、伺うような声色で私の手に触れた。その触り方は腕をぎりぎり締めつける暴力的なものではなく、優しく、手繰り寄せるような触れ方だ。

「いいよ。完成まで頑張ろう」

私はエリーの言葉に頷く。布に隠れて表情は見えないけれど、彼女の表情は笑っているような気がした。

姫の目覚め

エリーに出会ってから一か月が経った。

もう季節は完全に夏に変わった。私はこの一か月、ハイム家に通い続けている。雨の日も風の日も通い続け、ほぼ毎日通っている。

人形作りから派生した街の作成は、もうすでに城も屋台も家も完成し、約十畳はあるエリーの部屋半分を埋め尽くすまでの規模になった。しかし彼女的には「まだ完成まで半分くらいある」らしい。

どうやら彼女は職人気質なようで、一度作った建築物を手直しして一日を過ごすこともある。将来有望な職人のこだわり。研究者も向いているかもしれない。

連日通う私に対し、当然ハイム夫人は娘の様子について私に尋ねてくる。エリーからは街づくりに関することのみ話をしてもいいと許可が出ているから、架空の街の建設状況の話をしているけれど話を聞く夫人は本当に嬉しそうだ。ひとしきり街の状況について聞いた夫人は、たいてい最後に必ず私にエリーと遊ぶことは苦しくないかと不安そうに尋ねてくる。

正直アウトドア派でもないのに、連日人の家に訪問する行為は楽ではない。しかし苦しいわけでもなく、むしろエリーと過ごす時間は有意義で、とても楽しい。はじめは腕をぎりぎりされるから、放っておけないという思いだったけれど、彼女と他愛のない話をする時間や、一緒に街づくりに取り組む時間は私にとってかけがえのないものになってきた。

逆に籠っている側からしたら、出会って日の浅い人間が部屋に入ってくるということは、不登校の学生に対し担任が登校を求め訪ねてくるレベルで気が重い。にもかかわらずエリーには嫌がっている気配が見られない。

一度「こんなに来てもいいの？」と問いかけたら、「来たくないの？」と腕を掴まれぎりぎりされた。よっておそらく排除対象にはされていない。

これは、友情が芽生えているのでは。友達になれるのでは。むしろ友達では？　と浮かれた考えすら持ってしまう。

「ミスティア、お水できそう？」

「今のままだとまだ無理だよ。住民全員干からびるよ」

そして今日は朝から「水場が欲しい」と言うエリーの指揮のもと、二人でせっせと水汲み場を作っている。エリーが画用紙に色を塗って井戸本体を作り、私は水色の画用紙を切り抜いて、井戸の水を作っていた。

この二つを組み合わせることにより、街に無数の「水があふれた井戸」が出来上がる。日照りに苛《さいな》まれた街が勇者の水魔法により救済される設定だ。しかし勇者こそが街に日照りを起こした張本人であり、勇者は街から金品を騙《だま》し取ろうとしていた、というなかなか問題がある裏設定がある。エリーはこの設定に笑ってくれていた。

そんな彼女の様子が、今日はあまりにもおかしい。

なんだかずっと話を絶やさないようにしている様子だ。別に無言でも苦にならないし、彼女もそのタイプだと思っていたけれど、今日はずっと進捗状況の確認や、こちらの顔色を窺いながらその他質問をしてくる。

「ミスティアはさ、好きな動物はなあに？」

一見普通の質問だ。けれどこの質問は今日、四度目の質問である。朝から私は約一時間おきに好きな動物を問われているが、別に私は一時間おきに好きな動物が変わる人間として広く知られているわけではない。普通に心配だし、不安だ。レイド・ノクターが同じ質問をしてきたなら、「今日殺されるのかな」という不安だけれど、エリーは普通の女の子。純粋に彼女に対して不安を感じる。なにがあったのだろうか。

思い返せば前世時代、小学校のころ、前の席のクラスメイトが飼っていた犬が死んだと突然泣き出したことがあった。彼は授業が中盤にさしかかったころ突如泣き始めていたけれど、授業に入る少し前の休み時間、突然口数が増え様子がおかしくなっていた。それに似ている。

「エリー、なにか嫌なことあった？」

「ないよ」

そう言いながらも彼女は布を深く被った。明らかにおかしいけれど、話をしたくないなら無理に聞きださないほうがいい。

でも気になる。なにかできることがあるなら協力したい。でもそう思われること自体が、相手の負担になるかもしれない。

時計を確認すると、お昼を取りに行く時間になっていた。ハイム家に来るたびに、私はここでお昼を頂いている。はじめのうちは屋敷から持ってきていて、ハイム夫人にそれくらいはさせてほしいと悲しい顔をされてからはここで食事を頂くことになった。だからこそ、部屋の前に食事を運ぼうとする夫人に対しエリーと自分の分の運搬を申し出ている。今日もそろそろ昼食の時間だ。

「そろそろお昼ご飯取りに行ってくるね」

「……行けなくてごめんね」

「気にしないでいいよ、井戸作りよろしく」

大丈夫だと言っても彼女は申し訳なさそうにしている。律儀な人柄だ。「いってきまーす」と明るい声で部屋を出て、廊下を歩くとちょうど夫人が昼食を台車に乗せて持ってきていたところだった。

「今日のお昼はサンドイッチよ」

「ありがとうございます、すみません私の分まで用意してもらって」

「気にしないで、毎日……ううん毎食でもあの子と一緒に食べてほしいくらいなのよ。きっと一人で食べるのは寂しいでしょうから」

毎日毎食はさすがにエリーも嫌がるのでは。昼食に目を向けるとサンドイッチは卵、ハム、レタスがぎっしりと挟まっていた。付け合わせにポテトもある。ティーポットから香るお茶の香りはきっと桑の葉のものだろう。

「じゃあ、持っていきますね。ありがとうございます。いただきます」

夫人に見送られ台車を押し、部屋へと戻っていく。そしていつもどおり部屋の扉を開くと、いつもどおりではない――なにかを破くような音がした。

音の発生源、目の前の光景が信じられず唖然とする。

あれだけ街づくりにこだわりを持っていたエリーが、己の手で描いた井戸を引き裂いている。彼女が一生懸命塗ったはずの画用紙は、散り散りになって床に散らばっていた。

「え、エリー？」

私の呼びかけに、彼女は狼狽え驚いたのか大きく後ずさった。その拍子で纏っていた布が滑り落ちていく。そうして現れたのは、翡翠の瞳からぼろぼろと大粒の涙を流す少女……エリーだった。

彼女は暗い黒鳶《とび》色の髪を揺らして泣いている。泣かせてしまった。私はなにをやってしまった？

なにか言葉を、慰めを、なにかしなければ、どうしよう。

「井戸……嫌だった？」

「ちがうぅ……」

「なにが、なにか失敗して」

「ちがう……！」

エリーが叫び、さらにぼろぼろと涙を流す。

「だ、だってミスティアがいなくなっちゃう、街が、完成した、ら、やだ、もっとお話ししたいのに。でもなにを話していいかわからない、おそいの、話がでなくて、待たせちゃうのに、うまく話せないから、街が完成したら」

「エリー」

「……友達でいてもらえない」

か細い、震えるような声だった。

悔しそうに不安に揺れる瞳。その様子を見て、ようやく自分がエリーを放っておけない理由がわかった。

彼女は私に似ているのだ。

上手く話せない。面白い話ができない。だから、人と話すのが苦しい。

前世の幼少期、私も人と関わることが苦手だった。いや、今もだ。口下手で、面白いことも言えず、家族以外の要件のない雑談が苦痛だった。たしか近所の男の子に、なにか話をした時、「つまんなーい」と言われたことがきっかけだった。

以降私は、人と話をした後、「あの発言は良くなかったのか」「場の空気を乱したのでは」とあれこれ考え、会話自体に苦手意識を持った。

そんな苦手意識が払拭されたのは中学に上がって間もないころ、「別にテレビじゃないんだから、他人の話に面白さなんて誰も求めてないし、金貰《もら》ってるんじゃないんだから堂々としてなよ」と妹に指摘されてからだ。それ以来、少しずつ日常会話が苦にならなくなった。

エリーも、おそらく悲しい目に遭ったのだろう。酷い言葉を言われたのか、されたのかはわからない。それから、沈黙してはいけない、面白い話をしなければと緊張し、「なにか」言わなければと、なにかを探すことに時間制限を設けては、パニックに陥ることを繰り返した。

後悔をして、後から何度も何度も思い出して反省する。もう二度と繰り返さないようにと決める。その誓いは彼女自身の脅威へと変わり、自分の身を守るために彼女は自室に籠り、外界との接触を断ったのだろう。

そうして一人でいることを望んでいる一方で、寂しくないわけではない。話すことが怖い、一人でいることも辛い。きっと彼女は苦しいのだ。だから緑蘭の庭園で私と会った時に強引に腕を掴んできたのだ。助けを求めて。

「別に無理に話さなくていいよ」

布が解けたエリーにそっと近づき、固く握られ震える手に自分の手を重ねる。彼女は戸惑いがちに私の顔を見た。

「で、でも」

「大丈夫だよ、話なんて関係ない。私はずっと傍にいるよ。黙ってても、なにもしなくても、大丈夫。話がしたくなったら話せばいい、したくないならそのままでいい。ずっと友達。いなくなったりしない。約束するよ」

「ほんとに？」

だから泣かないでと、祈るように手を握る。

「本当」

「ぜったい?」

「絶対だよ」

笑いかけると、エリーは縋るように抱きついてきた。「井戸、破っちゃってごめんね」と声を震わせている。

「大丈夫だよ。また作り直そう? 何度だってやり直せるよ」

エリーの温かい背中を撫でると、彼女は私を抱きしめる力を強くした。安心したように身を預けてきて、やがてすやすやと寝息を立て始める。

床で長時間寝かせるのは体に悪い。しかし起こすのも忍びない。十歳の非力な力ではベッドに運べない。外は暗くなり始めている。というかもう暗い。帰る時間だけど、いなくなったりしないと約束した当日に勝手に帰宅するのはいかがなものか。しかし門限が……。

でも、とりあえず今は、エリーとの約束を破らないことが大切だ。

私は彼女を抱きしめ、安心して眠れるように優しく背中をさすっていた。


「あ……」

ぼんやりと目を開くと、見知らぬ天井が広がっていた。

ここはどこだと考え、昨日の出来事を思い返す。そうだ。昨日はたしか眠るエリーを抱きかかえているとずっと部屋から出てこない私に気づいたハイム夫人が部屋に来て、お泊りを提案してくれたのだ。

遣いを出して家に連絡してもらい、エリーをベッドに運んでもらった。私もその横で眠った――ということは、私は今、彼女と眠っているということだ。そう思って隣を見ても、誰もいない。

「うそでしょ」

寝相で蹴り落とした？　完全にやってしまった。慌ててベッドの下を確認すると、そこにはなにもなかった。

なんで誰もいない？

エリーの姿を探して辺りを見渡すと、窓の外がいやに明るいことに気づいた。隙間ほどしか開かれていなかったカーテンは全開になっていて、差し込む日の明るさが時間の経過を物語っていた。

まずい。私は寝過ごしたのだ。おそらくエリーはもう起きている。優しさゆえに寝かしておこうと思ったのか、何度も警告されたにもかかわらず私が起きなかったのかはわからない。現状私が寝坊していることだけはたしかだ。

人の家に泊まっておいて寝坊とは何事だ。なんたる失態、飛び起きると隣に新しい服が用意されていた。ミスティアさんへ、とカードまで添えられている。

たぶんハイム夫人が気を利かせてくれたのだろう。厚遇を寝坊で返すこの愚行。なおさら最悪じゃないかと、私は急いで着替え部屋を出たのだった。

急いで広間へと向かっていく。けれど人の屋敷で走るわけにもいかず、早歩きしかできないのがもどかしい。失礼にあたらないぎりぎりのラインを狙って廊下を進んでいると、曲がり角から人影がぬっと飛び出してきた。

「あ」

現れたのは、エリーに似ている少年だ。というかそっくりだ。顔も、身長も、体型も、すべて同じに見えるけれど、髪の長さだけが違う。昨日初めて見た彼女は膝まで伸びたふわふわロングヘアだった。しかし彼は、僅かに癖がある爽やかなショートヘアだ。

エリーに兄弟がいたのだろうか。身なりは上質そうだし、貴族の子だろう。親戚……？　でも、そんな話は彼女から聞いていない。

もしや、このハイム家に棲《す》んでいる先代当主の幽霊の可能性は……、足はあるし影もある。大丈夫だ。いやこんなこと考えている場合じゃない。挨拶をしなければ。

「はじめまして、ミスティア・アーレンと申します、このたびは……」

自己紹介の途中で、相手はくすくすと笑い出した。寝癖がついているのかもしれない。人の家で寝坊して、さらに寝癖を披露してしまう。なんだこの愚行の重ね技は。慌てて髪を押さえると、彼はさらに笑った。

「はじめましてじゃないよ。エリーだよ、いや、正しくはエリクなんだけどね」

「エリク……」

エリクと聞いて、頭の中が真っ白になった。酷い耳鳴りがして、走馬灯のように記憶が蘇《よみが》えっていく。「一人にさせてごめん」と、彼が私の手を握った。その手は間違いなく昨日握っていたエリーの手、そのものだ。

「もうずっと一緒だよ。だから今日から僕のことはエリクって呼んでね。僕もミスティアのこと、ご主人様って呼ぶから」

優しく笑う、エリク。その事実に眩《くら》むような錯覚を覚えた。完全に思い出した。彼は、『きゅんきゅんらぶすくーる』に出てくる攻略対象、開放的な女性関係を持つ先輩、エリク・ハイムだ。

ちょきちょきと、緑色に塗った画用紙を切りながら、混乱する頭を整理しようと努める。井戸にちょっとだけ浮かべるために作っている睡蓮は、もう群生レベルの量に達していた。

それでも睡蓮を作る手は止められない。混乱しているのかもしれない。目の前に置かれた状況が理解できない。とりあえず状況整理のため、今日について思い返していく。

まず、目が覚めると女の子の友人が男の子で、さらにきゅんらぶの攻略対象で、そして、「今日から僕のことはエリクって呼んでね。僕もミスティアのこと、ご主人様って呼ぶから」と、なぜか私をご主人様と呼ぼうとしていた。

いや意味がわからない、怖い。夢なら覚めてほしい。

それから朝食を済ませる私に対して、エリクは「ご主人様はさー」などと平然と世間話を始めた。混乱しながら他所で出されたご飯は残さないという信念の下朝食を食べていると、夫人がやってきて私を見るなり「本当にありがとう！　この子をよろしくね」と泣いた。

そう、あまりにも普通にしていて気づかなかったけれど、エリー、いやエリクは普通に外に出て、広間で食事をしていたのだった。

もしかして、別人ではないだろうか。

そんな私の疑問を見抜いてか、彼は私に「食事が終わったら、また街を作ろう」と言ってのけた。

そうして今、朝食を済ませた私たちは共に街を作っている。彼は昨日破いた井戸を修繕し、新しく色を塗りなおしていた。

突然部屋を出たのは、彼が籠り始めたのも突然だったからまぁそういうものなのだろうと理解した。同じように、ご主人様呼びもそういうものなのだろうと理解――できるわけがない。

朝食から部屋に戻る際に、ご主人様呼びに断固拒否の姿勢を示したけれど、エリクの意思は頑なで、「様はつけないで」という条件で双方合意した。でも私はまったく納得できていない。

自分より一つ年上の少年が、年下の人間を「ご主人」と呼ぶ。この異常さ。

私は十歳、相手は十一歳。どう考えても異常である。

なんとなく、「今日は主従ごっこするの?」と聞けば、「ごっこじゃないし、ずっとだよ」と返された。逆転している。すでに下剋上は始まっていた。

……性に開放的だった片鱗《へんりん》を示しているのだろうか?

でもエリクルートでは、女性関係が派手だっただけで、その性癖は普通どころか焦点すら定まっていなかったはずだ。

ストーリーも開放的で奔放な女性関係を持つ彼が、平民である主人公を珍しいと言い寄り、接点が開拓されていくというもの。

主人公は女性を弄《もてあそ》ぶ彼に反発しながらも徐々に絆《ほだ》され、やがて恋に落ち、彼に気持ちを伝えるものの、彼は幼少期のトラウマで主人公を拒絶する。

そんな彼に主人公は精神的な意味でも、物理的な意味でも体当りでぶつかり、彼はトラウマを克服、見事二人は結ばれる。だからこんな、「ご主人様！」みたいな性癖は、ないはずだ。

今のエリクは物腰がやわらかいわりに押しが強い。しかしいずれその物腰すら失われ「女？　全員抱いたけど」みたいになるのだ。声だって中性的なものではなくド低音に変わる。

今は可憐《かれん》な花のような存在が、凶悪な色欲の権化に変わっていくのだ。

それに、エリクはミスティアが嫌いだ。二人が初めて出会うのは、主人公が彼と出会うのと同じタイミング。ミスティアが主人公に難癖をつけている時に彼が庇い、ミスティアに「俺、お前みたいな女は絶対無理だわ」と言い放つ。なんで絶対無理な女にご主人呼びをしているんだ彼は。

こんな事態、異常事態にほかならない。というかどう考えても黒歴史だ。年下相手にご主人呼びなんて、包帯を腕に巻くとか魔法陣をノートに書くのとは訳が違う。歪んだ方向に突き抜けてしまった。高度すぎる黒歴史だ。

本編が始まるまで約五年。五年の間にご主人呼びに飽きてもらうしかない。

どんなことをしてでも彼を更生させなければ。早急な打開策の検討が必要だ。

エリクをじっと見つめていると、彼は「これで完成かな？」と私が切った睡蓮を井戸にはった。

「完成？」

「うん。実はもうずっと前から完成して良かったんだ。完成してすることがなくなったら、ご主人が僕に会いに来てくれる理由がなくなってしまったら、もうだめだと思ったから、ずっと理由を作って、完成を先延ばしにしてた」

「エリク……」

彼は悩んでいた。私が勝手に職人のこだわりだと思っていた彼の街づくりの姿勢は、ずっと一人で悩んでいるからこそのものだったのだ。寂しそうにする彼を見て、自然と彼の名前が口から出ていた。

「でも、もう大丈夫だから、これは完成」

彼は街に井戸をのせていく。ただ立っているだけの兵士たちは、部屋いっぱいに広がる壮大な街並みを守る勇敢な兵士に変わっていた。はじめはなんとなく店っぽい絵を描いたところに立っていた娘も、しっかりと屋台で店番をしている。それだけじゃない。そこにはきちんと老若男女問わず、街の人々が暮らしていた。

「立派だね、服や背景だけじゃなくて、人も増やしたし」

「学校作るの大変だったよね、窓とか」

「窓ね、ずっと正方形切ってたからね」

単純作業は嫌いじゃない。けど量が量だった。完全に修行の勢いで、最終的に人間を窓として貼り付ければいいんじゃないかと思うほどの精神状況にまで追い詰められた。

「途中でご主人がもう先生を貼り付ける！　なんて言ってたから笑っちゃったよ」

エリクが楽しそうにけらけらと笑う。前代未聞の猟奇殺人犯のような発言だったことを反省しながら、「先生」という言葉にぴんときた。

そうだ。この状況は、別に今すぐ打開する必要はない。

なぜならば、もうすぐこの状況を打開する存在が、彼のもとに現れるからだ。


「今日も暑いねえ」

「そうだね。夏も終わるはずなのに」

窓から太陽光が照りつけるエリクの部屋で、彼と二人窓の外を眺める。

エリーがエリクだった事件から二週間。彼の「毎日会えないと不安だったけれど、今は大丈夫だから」との言葉で、ハイム家にお邪魔するのは三日に一度になっていた。

ご主人呼びが止むことはないけれど、私は心穏やかに過ごしている。なぜならばこの状況が打開できる見込みがあるからだ。

「あっ、そーだ！　ねー聞いてよご主人っ、昨日さぁ、遊べなかったじゃん？」

「うん」

昨日は、普段なら周期的に三日に一度の「遊ぶ日」だった。しかし昨日はエリクに用事があり、振替休日のように今日私は彼の屋敷に遊びに来ているのだ。なんとなくごろごろして、ぼーっとする。友達と過ごす穏やかな日常だ。彼が「エリク・ハイム」であることさえ除けば、これからもそうしていたい。

「家庭教師が来るからだったんだけど」

「お！」

来た。来た！　とうとう！

エリクの言葉に、気がかりだった想いがぱっと霧散していく。

その家庭教師こそが彼の忘れられない過去のトラウマ。そして派手な女性関係の原因である。

幼少期エリクは控えめで口下手、人見知りの彼は、人を避ける一方人を求め、孤独を感じていた。

そんな彼の前に、家庭教師としてある女性が現れる。優しく甘やかしてくれる彼女に依存していった彼は、恋文とも受け取れる手紙を贈る。受け取った彼女は喜び、彼の想いを肯定するけれど、実は裏で彼の恋心を嘲笑っていたのだ。

そんな姿を運悪く目撃したエリクは激しく傷つき、次第に「女性」そのものを憎んでいく。成長とともに自分の容姿が優れたものだと気づいた彼は、女性への憎悪で人見知りと口下手を克服。やがて女性を落とし捨てることで、代理的な復讐を繰り返し始めるのだ。そうして女性を食い荒らす化け物先輩に成り果てたところを、主人公が救う。

このままなにもせず放置すれば、きっとエリクは家庭教師に恋をして、酷く傷つく。

彼が傷つくのは避けたい。できるならば尽力してどうにかしたい。しかしそれによって未来が変わり、彼が主人公と関わらなくなってしまえば、彼の成長の機会を奪うことになるのだ。「君と出会えたことで、俺は光の下にいたんだと知ったよ」というのは、どんなルートでも共通して彼が主人公に対して伝えるセリフだ。

ある時はハッピーエンドで、ある時はほかのキャラのルートで彼が主人公へ告白し、フラれた時に。

主人公に出会い彼女に言い寄り、彼女に関わることで、エリクは幸せを得る。

そんな未来を潰してしまうわけにはいかない。彼が主人公と出会うためにも、ご主人呼びという黒歴史を作り上げるのを阻止するためにも、彼には家庭教師と一騒動起こしてもらう。

私はそれをただ傍観する。罪悪感が凄い。でもこれも、エリクの幸せのためだ。――そう思った次の瞬間であった。

「いろいろあってさー解雇しちゃったんだよね」

「は？」

すらり、と、悪戯《いたずら》で物壊しちゃいました、えへへみたいな言い方をするエリクに唖然とした。おかしい。それは、そんな簡単な話ではない。なのになぜ、なぜこのような、重大事件を普通に彼は語っているんだ？

「だからさ、こうなるなら昨日ご主人と遊べば良かったなぁって思ってさあ」

混乱する私の毛髪を、エリクは指でくるくると弄ぶ。思考が追いついていかない。家庭教師イベントは？　一週間で解雇？　どうして？　初恋は？　手紙は？

「こ、恋文を渡したの？　それでいろいろあって、解雇したんだよね……？」

「恋文？　なにそれ？」

「え」

エリクは意味がわからないという顔をしている。いやそれはこっちがしたい顔だ。やがて彼は腑に落ちたようで、ああ、と閃《ひらめ》いた顔をした。そうそう、恋文だ。恋文。

「そっか！　なるほどね！　ご主人もしかして嫉妬しちゃったね？」

違う、全然違う。なんでそんな話になる？　さっきまで家庭教師の恋文の話をしていたのに、なぜそこで私が出るんだ。

いや、もしかして彼との因縁がある家庭教師ではなかったのかもしれない。その次に来る家庭教師が例の家庭教師かもしれない。だって、彼女は彼にとって重要な人物のはずで、こんな簡単に――、

「なんかさーこっちに取り入ろうとしてたみたいで、うすうす怪しいなーと思って軽く揺さぶったらやっぱりぼろ出してー、うちの家が邪魔な家の差し金だったっぽくてね」

いや絶対そうだ、因縁の家庭教師だ。間違いない、じゃあ家庭教師は……。

「だから、お母さんに言ってー、かーいこっ、しちゃったー」

ふふふと笑うエリクを見て思考が停止した。解雇？　解雇したの？　そのまま？　待て待て待て待て。

「好きにならなかったの？　一目見て、運命感じなかったの？　どうして？　なんで？」

エリクの肩を掴み揺さぶると、なぜか嬉々として笑った。笑いごとじゃない。死活問題だ、エリクの進路の問題だ。

「落ち着いてよご主人。大丈夫だって、僕にはご主人しかいないから」

エリクは、柔らかな笑みを浮かべ、私の頬を吸った。完全にその仕草は性に開放的な片鱗を示している。けれど、ご主人呼び。気の遠くなるような現実を目の前に、漠然と自分のしてきた行いを思い返し始める。

人を拒絶しながらも孤独を恐れる子供は、優しくしてくれる家庭教師に依存する。しかし、もし

その前に彼が「別の誰か」によって、人を拒絶することをやめ、孤独ではなかったとしたら。

いくら優しくしてくれる家庭教師でも、依存はしない。それどころか、自分の殻に籠らず、人を注意深く見るようになり、相手の本性を見抜く。

つまりエリクが家庭教師に会う前に、私が屋敷に通ったりしたから、彼は家庭教師と会ってもなんの感情も抱かず、さらにその本質を見極め、解雇に至った。

「嫉妬しちゃったんだねご主人、可愛いなぁ……。約束したんだから、嫉妬なんてしなくていいのにぃ……、本当に可愛い。大好き……」

「し、嫉妬じゃなくて、あの」

「僕にはご主人だけだよ、一生ね」

エリクの顔が近づいてきたと認識したと同時に、また頬に吸い付かれた。彼は嬉しそうに、そして執拗《しつよう》に頬や額に吸い付いてくる。

なぜだ。初恋イベントが起きていないのに、しかもゲームのイベントみたいなことを、どうして私にしてくるんだ。ただただ瞬きをする私を見て、うっとりとエリクは笑っていた。

異録　僕の夢

SIDE：Eric

僕は昔から人と話すことが好きだった。僕のお話で、皆が笑っているのを見るのが好きだった。

だから屋敷に人が来たら、どんなお話をしようか、どんなお話が聞けるのかとわくわくした。

屋敷には、いろいろな大人たちが出入りする。中でも商人のおじさんの話は面白い。おじさんはお仕事でいろいろな国を回っていて、そこで見てきたこと、聞いてきたことを僕に話してくれる。

僕はお返しにおじさんへ本で読んだ騎士の話や、庭園に住んでいる猫が木に登った話をした。僕の話を聞くと、おじさんはいつも笑っていた。

でも、ある日のことだ。

庭園で遊んだあと屋敷に戻ると、広間で大人たちが集まっていた。中には商人のおじさんもいて、そういえば今日はお母さんが、お父さんの仕事の人がたくさん来るから広間に来ちゃ駄目って言っていたな、なんて思い出して僕は慌てて物陰に隠れた。

今日はおじさんとお話してはいけない日。でも、挨拶はしても大丈夫かな？　挨拶はお話に入るのかな？

悩みながらも商人のおじさんがいる方へ歩いていくと、大人たちの声が聞こえてきた。

「伯爵はまだなのか。会合の時間は過ぎているぞ」

「ふむ、前の取引が難航しているのでしょう。ハイム伯爵は公平な交渉を望む方ですからね」

「はっ、それも今回は茶番のようなものでしょう。そちらのお方は、エリクぼっちゃんにとても気に入られていますから」

「精神年齢が近いのでは」

「ハハ、子供の話ですから、聞いていても楽しくはないですよ。これも利益のためです」

商人のおじさんは、今まで見たことのない冷たい顔で話をしていた。

おじさんと会話をした記憶が、頭の中でぐるぐると繰り返される。

おじさんは笑っていたけれど、楽しくなかった？　僕のお話が、駄目だった？

じゃあ、今まで僕はなにをしていたんだろう。

考えると怖くなって、僕は後ろに一歩下がった。物音を立ててしまって、大人たちは一斉にこっちを見た。そして困ったような顔をした後、皆笑顔を作り始めたのだ。

どうしてまた笑うの、なんで？　なにがおかしいの？

「エリクぼっちゃん……」

大人の一人がこちらに近づいてきて、手を伸ばしてきた瞬間背筋に悪寒が走った。怖くて、気持ち悪くて、僕は広間を飛び出し自分の部屋に逃げ込んだ。早く鍵をかけたいのに、手が震えてドアノブが手の汗で濡れていく感触は、今でもはっきりと残っている。

さっきの大人たちは、なにがおかしかったのだろう。僕を見て笑っていた。僕はおかしいのかな。僕はつまらなくて、おかしい人間なのかな。

部屋でただ呼吸をしていると、どんどん自分がすごく恥ずかしくて変で、嫌な奴な気がして、それから段々みんなとなにを話していいのかわからなくなった。どんな言葉も嘘に聞こえる。お母さんにもお父さんにも使用人にもなにもされていないのに、僕はどう接していいのかわからなくなって、お話ができなくなってしまった。

昨日、一昨日、一週間前、一か月前、前にできていたことがどんどんできなくなってくる。

段々人と目を合わせただけで気持ちが悪くなってきて、隠れて吐いてしまうようになっていた。

こんな姿誰にも見られたくない。

精一杯隠しているけれど、明日はなにができなくなるかわからない。ある時、僕は部屋から出ることをやめた。

お母さんは、毎日扉に向かって「出てきて」と泣いた。心が痛かったけれど、それでも僕はおかしい自分を皆に知られることが嫌だった。僕は、僕が気持ち悪い。同じように皆に気持ち悪いと思われることが嫌だった。

それから、半年。食事は毎日、毎食部屋の前に置かれていて、誰もいない隙を見計らって食べた。はじめはお腹が空いて食べるけれど、食べているうちに罪悪感が湧いてくる。部屋から出ることができない、ちゃんとできないのに、僕はお腹が空いてしまう。生きていたくなんかないのに、もういなくなりたいのに。でもいなくなるのも怖くて、毎日泣く日々の繰り返しだった。

部屋にいることが楽しいわけじゃない。ただ、そこにしかいられない。でも一人で籠っているのは辛くて、僕は布を被り外に出ることにした。

布を被ったのは見つからないように、見つかっても僕だとわからないようにと始めたけれど、布を一枚隔てていれば世界から守られている気がした。それからは部屋にいても布を被っていた。

僕は人がいる時は部屋に籠り、人がいない晴れた日は窓からそっと部屋を抜け出して、緑蘭の庭園で過ごしていた。

だから、彼女と出会ったその日も、いつもと同じように過ごしていた。

お母さんは僕がお茶会が好きだからと、同じ季節に間隔も空けずに何度も何度もお茶会を開く。本当はお茶会に近づかないよう部屋の中にいたかったけれど、人を連れて部屋の前に来られることも怖かった僕は噴水の傍でしゃがんでいた。しゃがみながら、僕は助けを求めていた。

このまま誰でもいい。助けてほしい。

もう生きていたくないから、誰か迎えに来てほしい。いつも僕は、噴水の水面を見てお願いする。前に読んだ絵本で、泉から女神様が出てきてお願いを叶えていたからだ。でも、絵本の中では皆誰かに助けてもらえるのに、僕を助けてくれる人はここにはいない。毎日お願いしても誰も出てこない、助けてくれないことに落胆していたけれど、その日は違った。

「あの、体調がよくないのですか？　人を呼びましょうか？」

頭の上から突然声が降ってきて、驚きながら振り返ると同い年くらいの女の子が立っていた。彼女は自分をミスティア・アーレンと名乗った。僕はその名前に聞き覚えがあった。アーレン家、お父さんに商人のおじさんが、宝石をあんまり買ってくれなくなったと言っていた家だ。娘が産まれてからと話をしていたから、その娘はこの子とだとわかった。

おじさんの言葉を思い出している間にも、彼女は僕の体調を心配していて、どうしてここにいるのかを問いかけてきた。僕は「かくれんぼをしていた」と、咄嗟《とっさ》に嘘をつき、ぱっと言葉が出てきたことに驚いた。

一方彼女はそのまま立ち去ろうとしていて、僕はこのまま逃してはいけないと腕を掴み、庭園の案内を申し出た。

なんとなくだけれど、彼女が僕を助けてくれると思ったからだ。

そして、庭園の案内の申し出を受け入れた彼女に、僕はエリーと名乗った。エリーという名前は「エリク」の「ク」を言えなかった僕が、四歳くらいまでお父さんやお母さんに呼ばれていた名前だ。違う名前を教えたのは、布を被ることに近かったからなのかもしれない。

エリクに、「エリー」という布を被せれば、少しは僕は治ることができるのかもしれないと、その時はそう思った。

でも、庭園を案内するとしても、なにを話したらいいのかわからない。会ったばかりのアーレン家の女の子にお父さんとお母さんの話をすると、彼女は普通に僕の話を聞いていた。

笑うわけでも、興味がまったくないわけでもない。ただ自然に当然のように話を聞いてくれていることに安心した。

彼女の瞳は、なにかを求めてこない瞳だ。笑わないし、ちょっとぼーっとしているようにも見える。なにかを押しつけるものでも求めるわけでもなくて、僕は心地よさを感じた。

彼女とならば、あの部屋にいても寂しくないかもしれない。そう考えた僕は、彼女を屋敷に案内した。部屋で彼女は僕に質問をしてくれた。人に興味を持ってもらえて、久しぶりに嬉しいと思った。

そして嬉しい気持ちのまま、広間を案内しようとするとお母さんと出くわしたのだ。僕はアーレン家の女の子を放って部屋に逃げ込むと、急いで扉を閉めてしまった。さっきまであんなに楽しかったはずなのに。もう駄目だと思って胸が苦しくて痛かった。お母さんはきっと僕が部屋から出てこないことを彼女に説明して、僕が変であることを知られてしまうと思った。

緑蘭の庭園の案内をちゃんとして、あのまま別れていればこんなことにはならなかったのに。

僕はその日、ずっとベッドでうずくまっていた。


次の日。庭園に行く気も起きず部屋の隅で座っていると、アーレン家の女の子が屋敷に来た。

廊下から彼女の声が聞こえてきて、もしも部屋に来てくれたのなら、急いで引っ張り込もうと床にクッションを敷き詰めた。やっぱり彼女は来てくれて、部屋の中へ引っ張るとしっかり着地した。

彼女がいる。嬉しい。来てくれたお礼を言わなきゃ。お母さんに言われて来たのだろうけど、まずは挨拶をしなきゃ。それとも昨日のことを謝るのが先かな？　そもそも彼女は、僕のことをどれくらい知っているんだろう？　気になって「お母さんに言われて来たの？」と聞けば、彼女は僕のお母さんにはそう言われたけれど、僕に会いに来たと話す。そして、僕を外に出す気はないと言った。

彼女は、一生懸命伝えようとして僕を気遣い、考えながら話をする。その姿が僕に似ていると思った。やがて一緒に遊ぶ話になってなんの遊びがしたいか聞くと、彼女は不安げに瞳を揺らして言ったのだ。「なにも思いつかない、どうしよう」と。

その表情は、僕だった。

僕がなにかを話すとき、思うこととまるで一緒だった。謝る彼女になにかできないかと考えて、人形遊びを思いついて一緒に遊んだ。

誰かのためになにかをしたいと思ったことは久しぶりだった。

僕は、僕を助けてほしい。でも、彼女を助けてあげたい。

それから彼女と人形遊びをした。彼女の着せ替える人形はどれも珍しい組み合わせで、面白かったけど普通とはちょっと違うと思ったし、変だなとも思った。

僕も設定を一生懸命考えて、彼女に伝えた。あれだけ怖かった自分の気持ちを伝えることが簡単にできた。彼女は僕の話を聞くだけじゃない。聞いて、考えて、答えやすいように尋ねてくれる。

僕が話すのを手伝ってくれているみたいだと思った。

一通り遊び終わって、ふと彼女は人形を眺めながら笑った。他人の笑顔なんて大嫌いだと思ったけれど、この子の笑顔なら見ていてもいいと感じて、ずっと遊んでいたいと街づくりを提案した。

……いや、あれは提案じゃない。お願いだ。僕と一緒にいてほしいと、彼女へのお願いだった。

彼女から了承を得ると、自然と笑みがこぼれた。笑ったのは久しぶりだ。商人のおじさんがみんなと一緒に僕を笑っているのを見た時から、僕は笑えていなかった。彼女といると今までできなかったことが嘘みたいにできてしまう。彼女といれば、僕が無くしてしまったもの全部を取り戻せる気がする。そんな気がしていた。


それから一か月が経った、夏真っ只中、アーレン家の女の子――ミスティアは屋敷に毎日来てくれた。僕がいつも去り際に明日も来てほしいとお願いしているからだ。

でも僕は嬉しいのに、大きな不安の中にいた。街がすでに完成していたからだ。街づくりを理由にして屋敷に誘っているのに、完成してしまえば誘う理由がなくなってしまう。僕は完成しているのを悟られないよう、なにが足りない、あれがほしいと作るものを増やしていた。

でも、限界だった。

増えすぎた住人、溢れ始めた家々。

街づくりがなければ、人形遊びがなければ、ミスティアとなにを話せばいいのだろう。どうやって遊んだらいいんだろう。どうやって傍にいればいいんだろう。

僕にはなにもない。話すことも得意じゃない。

その日は、朝から二人で遊んでいた。お昼の時間になり、彼女はお昼を取りに部屋を出た。僕は外に出ることができない。お母さんが僕の部屋の前に食事を置いてくれるけれど、彼女は自分の分まで運んでもらうのは申し訳ないと運ぶことを申し出ていて、お昼ご飯は彼女が取りに行くことが決まりみたいになっていた。

僕は、外に出られない。

なのにそんな僕のためにミスティアが頑張っているのを見ることが辛かった。謝罪すると、彼女は気にしないでいいよと言った。

でも、その日のごめんは、それだけじゃなかった。

彼女に、僕から離れていってほしくない。だから、街は完成しちゃ駄目だ。部屋に一人になったのを確認した僕は、びりびりと、さっきまで井戸を描いていた紙を引き裂いた。二人の繋がりがこうならないように、ぐちゃぐちゃに、もう二度と戻れないように。

破きながら、僕はミスティアとの思い出を思い出していた。「僕はだめだから」と言うと、そっと否定して僕を褒めてくれようとする一生懸命な顔や、僕が失敗をして、家の大きさをおかしくしてしまった時、「ここは小人の住む部屋にしよう。実は地下室があって……」と言って、楽しそうに笑った顔。屋敷に来ることが辛くないかと僕に尋ねられて、屋敷に来すぎと言われていると思ったらしい、不安そうな顔。

考えすぎだよと僕が言うと、ミスティアは「人の気持ちがわからないから」と言っていた。彼女は、人の気持ちがわからないと思考を止め、諦める人じゃない。わからないから知ろうとする人だ。そんな優しいところが好きだし尊敬もする。

はじめは誰でも良かった。誰でもいいから、僕を助けてほしかった。誰でもいいから、傍にいてほしかった。僕を肯定してほしかった。そんな存在を求めていた。

でも、僕はミスティアじゃなきゃ駄目だと思った。彼女を失いたくなかった。

「え」

突如発せられた声へ顔を向けると、ミスティアがいた。見られてしまった。卑怯者の僕を見られてしまった。嫌われる。ぼろぼろと涙が出た。謝りたいのに、許してもらいたいのになにも言えなかった。

「井戸……嫌だった？」

「ちがうぅ……」

「なにが、なにか失敗して」

「ちがう……！」

今までと変わらずミスティアは僕を責めない。理由を聞いてくれる。僕に事情があるんだと思ってくれている。僕はただ弱くて、卑怯なだけなのに。ミスティアを利用しているだけ。優しさにつけこんでいるだけ。ただか弱いエリーじゃない。僕は変な奴。駄目な奴なんだ。

「だ、だってミスティアがいなくなっちゃう、街が、完成した、ら、やだ、もっとお話ししたいのに。でもなにを話していいかわからない、おそいの、話がでなくて、待たせちゃうのに、うまく話せないから、街が完成したら、友達でいてもらえない！」

ミスティアに傍にいてほしい。傍にいたい。誰かじゃ駄目だ、ミスティアといるのが楽しくて、幸せで。なのに上手く話せない。面白い話ができない。なにを話せばいいのかわからない。苦しい。一緒にいたい。僕はミスティアと一緒にいたい。

はじめは誰でも良かった。でももう無理だ。この先同じような存在に出会ったとしても、もう絶対に満たされることはない。誰でもない、ミスティアと一緒にいたい。

「別に無理に話さなくていいよ」

彼女が僕を見た。そこには軽蔑も嫌悪も怒りもなかった。ただ僕を気遣う、優しい目を彼女はしていた。

「大丈夫だよ、話なんて関係ない。私はずっと傍にいるよ。黙ってても、なにもしなくても、大丈夫。話がしたくなったら話せばいい、したくないならそのままでいい。ずっと友達。いなくなったりしない。約束するよ」

彼女がぎゅっと、思いを込めるように手を握ってくる。そんなに幸せなことが、あっていいのだろうか。卑怯者の僕がそんな幸福を得ていいのだろうか。そんな幸せを、僕に。

「ほんとに？」

「本当」

「ぜったい？」

「絶対だよ」

涙が止まらない僕の傍に、ずっとミスティアはいてくれた。ありがとうと伝えたいのに涙が止まらなくて、僕はそのまま泣き疲れて眠ってしまった。


それから、僕は夜に目が覚めた。目を開けるといつもよりずっと温かくて、隣を見るとミスティアが僕の手を握って眠っていた。その手を握り返すと心の中もあったかくて、ぎゅっとなった。卑怯者の、こんなどうしようもない僕を彼女は受け入れようとしてくれている。このまま僕だけが幸せになるのなら簡単だ。

でも、僕も変わらなければいけない。ミスティアの優しさに甘え続けるわけにはいかない。眠る彼女を起さないようベッドから抜け出して、僕は部屋を出る。もう被る布は必要なかった。

今までどうして生まれてきてしまったんだろうと思っていた。自分はどうしようもない存在で、生きていたくないと思っていた。なのに死ねない、死ねない弱虫の僕が大嫌いだった。

でも今は、生きていきたいと思う。生きて、ミスティアと一緒にいたい。僕が、ミスティアを、幸せにしてあげたい。

僕はこっそりお母さんのもとへ向かった。お母さんは僕を見ると驚いて泣いて、それから二人でたくさん話をした。すべてではないけれど、人の目が駄目になっていたこと、ミスティアなら大丈夫だったこと、そしてこれからのことを伝えた。

話が終わるころには徐々に外は明るくなっていて、僕はそのまま我儘を言い、朝一番に髪を切ってもらった。

エリーを脱いで、エリク・ハイムとして彼女と出会うために。

「はじめまして、ミスティア・アーレンと申します、このたびは……」

あまりにもミスティアが起きないから不安になって部屋に向かうと、ちょうど曲がり角で彼女に会えた。起きてきた彼女は目を見開き僕をじっと見つめてくる。まじまじと見ているのに、僕を僕だと認識していない。それどころか初対面だと考えて自己紹介を始めてしまった。そんな姿が愛おしくて、なんだか笑ってしまう。

「はじめましてじゃないよ。エリーだよ、いや、正しくはエリクなんだけど」

「エリク……」

ミスティアが僕を認識する。不思議と怖い気持ちもない。

「そうだよ、エリクだよ」

きちんとミスティアに覚えてもらえるように、念を押すように名前を伝える。だって、これから僕は、彼女の一番になるのだから。

ミスティアの会話にはよく「メロ」という名前が出てくる。屋敷で働く侍女の名前らしい、家族同然の存在なのだといつもその「メロ」を大切そうに語っていた。

その名前を聞くたびに、ミスティアにそんなふうに話してもらえる侍女が羨ましいと思っていた。だって友達よりも、上の存在だろうから。

知り合い、友達、主従、家族その順番を少しずつ、それこそ街を作るように、一つずつ、関係を重ねて、段階を重ねて積み上げていったら、いつか僕もミスティアの一番になれるはず。

……ミスティアに、宝物のように思ってもらえる。

だから僕は彼女を「ご主人様」と呼ぶことに決めた。本当はアーレン家の屋敷で働くのが一番いいけれど、僕にはまだ無理だし。今できることと言えばこれだ。ご主人様って僕が呼んで、ミスティアが思い出すのが使用人じゃなくて、僕になれば僕の勝ち。僕が次に彼女のことを、声に出してミスティアと呼ぶ時は、彼女を僕のお嫁さんにする時だ。これは、おまじないのようなもの。百本の緑蘭の花束と、その左の薬指にはめる指輪を、彼女に贈る時までの、誓い。

「今日から僕のことはエリクって呼んでね。僕もミスティアのこと、ご主人様って呼ぶから、よろしくね」

僕はそう言って、ぽかんと口を開ける彼女に笑いかけたのだった。

第四章 教師心中判定

狂想　狂騒　狂走

暑さが和らぎ涼やかな風が吹く今日この頃、私はアーレン家の広間で、エリクと算術の勉強をしていた。黙々と互いが出題した問題の答え合わせをしていくと、彼が思い出したかのように口を開く。

「ご主人とずっと一緒にいるには、どうすればいいか考えたんだけど、結婚ってどうかな」

頭痛がする。熱があるのかもしれない。

エリクが私をご主人と呼び始め、一か月。木々が徐々に紅く染まり始めているというのに、彼が主従ごっこに飽きる気配はいっさいない。

今に至るまで、なにも対処をしなかったわけではない。家庭教師イベントの再現をして別の家庭教師と恋愛関係になれば、「ご主人呼びってよくないな」と思ってくれると考えた私は、彼に家庭教師をつけることを勧めた。しかし彼は断固拒否、それどころか「そんなに言うならご主人が教えてよ」と私に言い挙句の果てに「ご主人が教えてくれないならいらない。ご主人としかお勉強したくない。僕ご主人のせいで馬鹿になっちゃう」と脅迫までしてきたのだ。

その結果私は二週間前からエリクに勉強を教えている。

教育は万人に受ける権利がある、誰もそれを阻害してはならない。そんな世界の理に、平凡な私が反することとなんてできない。よって今回で第三回目になる勉強会だ。修羅の道である。

場所はエリクの屋敷だったり、私の屋敷で、彼は私の屋敷に突撃訪問を仕掛けるようにもなった。元々はアウトドア派なのだろう。屋敷に訪れる彼は嬉々としていて、私も彼が社会に関わっている姿を見ることは好ましく、嬉しい。

エリクは日々変化している……けれど、ご主人呼びだけは一向に抜けない。

一歳下の人間を「ご主人」と呼び、頬に吸い付く彼の行動は一般的な視点からすればただただ異様である。

エリクは家庭教師失恋イベントを起こさなかったことでおかしくなってしまった。ご主人呼びも、頬に吸い付くのもすべては本編前にミスティアと出会ってしまい家庭教師イベントが起きなかったことによるバグだ。彼には深刻なバグが生じている。だからミスティアに対して結婚なんて狂ったことを言ってしまうのだ。

家庭教師に向けられていた依存心が私に向いているのだから、私が彼を傷つければと思ったものの、笑顔を見せ外出が可能となり、徐々に明るくなってきた彼に酷いことをすることに大きな抵抗がある。

それにもし傷つけたとしても正しい状態に戻らない可能性だってあるのだ。絶対に幸せになれる確約があるならまだしも、わからない以上無理だ。

状況としては詰んでいる。

しかし、道がないわけじゃない。

このバグを取り除ける存在がこの世にたった一人だけ存在している。主人公、その人だ。世界の理、絶対的ヒロインである彼女と恋愛をすれば、エリクのバグは解消される。貴族学園に入学した際は彼女と無理やりにでも出会わせ、恋に落として更生させる。

ただ、この計画には一つだけ大きなデメリットがある。

それは、エリクが主人公と関わることが幸せへの道である一方で、私が主人公と関わることは地獄の道ということだ。

なにが投獄死罪の布石になるかわからない中、絶対に関わりたくないというのが本音だ。でも一人の人生がかかっている。家庭教師イベントを潰した罪は重いし、大切な友人の幸せのためだ。

ここまで期待をして、主人公が存在していなかったらと不安になるけれど、きっといる、大丈夫。だって彼女はこの世界のヒロインなのだから、絶対にいる。

「私には親が決めた婚約者がいるからね」

突然の結婚の提案をしたエリクに冷静に言葉を返す。本当に辛く痛ましい事実だけど、レイド・ノクターとの婚約がいまだ破棄できていないことが幸いした。私の返答に、エリクは顔色一つ変えず、頷いてみせた。

「知ってる知ってる。だからはじめは側室っていうの？　僕そういうのでもいいよ。それで、正妻だっけ……追い出して僕が正妻になるから。でも僕は旦那さんだから、なんて言えばいいんだろう」

「いやいや」

エリクは無垢な瞳で首を傾げているけれど、全然笑えない。レイド・ノクターと結婚をする前提で話を進められるのもきついものがある。そして側室とは間違いなくエリクが設ける側だ。なんでそんな逆大奥みたいなことを言い始める。これもあれか、家庭教師イベントを壊してしまったからか。

……あれ？　私はいつ婚約者がいることを彼に伝えたのだろうか。

「ねえエリク、私婚約者がいるなんて言ったっけ……？」

「それよりさぁ、ご主人ずっと一緒にいてくれるって言ったよね、ね？　ご主人？」

「友達としてね？」

エリクはこちらをじっと見つめる。ずっと一緒というのは、友達としてだ。プロポーズ的な意味合いでは断じてない。しかし彼はまた首を傾げた。

「うーん、でもさぁ、この先ご主人とずっと一緒にいるには、結婚が一番だと思うんだよねぇ」

「いやいや、やってみなきゃわからないよ……？　何事もやってみなきゃわからないから、友達として、ね？　私には婚約者がいるし、エリクにはもっといい人がいるよ」

励ますように手を取ると、彼はその手を握り返す。良かった、わかってくれて。

「じゃあご主人、僕と結婚して」

「は？」

「婚約は婚約でしょ？　その前に結婚すればいいんだよ。そうしたらずっと一緒にいられるから」

「ええ、いや、それはちょっと……」

「相手のこと好きなの？」

「いや、まだ四回くらいしか会ってないし」

それに婚約者は、私の死に直結する地雷だから。なんて言えるはずもなく俯いた。なんだかエリクにどんどん言いくるめられている気がする。このままこの話を続けることはもしかして相当危ないのでは。

「その婚約者とは結婚したくないんでしょ？」

「まぁ……そうだけども」

「じゃあご主人も幸せ、僕も幸せ、なあんにも悪いことないよね？」

たしかにエリクと結婚すれば、一家使用人離散投獄死罪エンドは回避できる。でも彼は幸せになれない。彼は主人公と出会い恋をすることで幸せを知るのだ。私といてなにを知ることができるというのか。ただでさえ彼の人生を狂わせてしまっているのだ、これ以上狂わせていいはずがない。

嬉々として笑うエリクを前に、私は視線を彷徨わせた。するとちょうど窓の外から、ふわふわとした水色の髪が見えた。御者のソルさんが馬を連れ灰色がかった瞳をこちらに向けている。エリクは私の視線に気づき「ミスティア、お馬さん気になるの？」と問いかけてきた。

「いや、特には……」

「えー、お馬さん気になるなら、今度一緒に乗ろうと思ったのに」

エリクは座っていた椅子から立ち上がり、後ろから私の頭に自分の顎《あご》を乗せてきた。私の肩に手を乗せて、ぽんぽんと叩く。やめさせようと避けると、彼は「あっ」と声を上げた。

「リボン解けちゃった……ご主人結んで～」

「ああ、ごめん」

ぶつかったのか、エリクの襟元のリボンが解けてしまっていた。私は立ち上がり、彼に身体を向けリボンを結びなおしていく。

彼は、リボンを結ぶ――いわゆるちょうちょ結びが苦手らしい。普段は屋敷の使用人たちや夫人にやってもらっているそうで、私と二人の時には私が結んでいる。一人で結べるように練習をしているけれど、上達の気配は見えない。

「ねー、今度ぱーってどっか行こうよ。馬乗って二人でさ〜、かけおち?」

エリクは柔らかく笑う。そんな彼の言葉を聞いて、私はあることを閃いたのだった。

師は何を想う

エリクと三回目の勉強会を終え、一週間。私は澄み渡る青空の下、目の前に建つ荘厳で落ち着いた石造りの屋敷を眺めていた。

エリクをなにをしてでも、この世界のヒロインである主人公と出会わせなければならない。

ただしそれには、莫大なリスクが伴う。

ミスティアの投獄を早めるのはレイド・ノクターだ。つまりミスティア裁判において検事はレイド・ノクター、被害者は主人公、被告人は私だ。ちなみに弁護士はいない。

つまり私が被害者である主人公になにもしなければ、事件も裁判も起きないわけで、彼女に触れないに越したことはない。

しかしエリクを主人公に出会わせなければ、彼の幸福はない。

だから、私は考えた。馬に乗れるようになろうと。

今までの私は一家使用人離散投獄死罪バッドエンドを回避する手段について模索していたけれど、いざそうなってしまった場合のことは考えていなかった。

いや考えることを避けていた。辛すぎて。

両親が投獄される。さらに可愛いメロや、屋敷で今もなお一生懸命働く人たちがなんの罪もなく無職になる。恩人から人間らしい文化的な営みを奪ってしまった時の想像なんてしたくない。

でも、そうも言っていられない。逃げるのではなく一度現実をしっかり見据え、将来起こり得る惨劇の対処法を模索しなければいけない。

ミスティアは貴族学園に放火をして、その場で現行犯逮捕される。放火なんてするつもりはまったくないけれど、なんらかの自然現象で学園が燃え、私のせいになる可能性は否定できない。

徹底的に抗戦し裁判で争うことも視野に入れ法の勉強はしているものの、所詮は凡人。有能な弁護士を雇えばいい話だけれど、貴族学園に放火未遂をした人間を担当したい弁護士なんていないはずだ。

となると現実的な手段は——逃亡一択。そこで、馬だ。

馬で逃げるしかない。

投獄イベントが起きる数か月前に隣国へ逃亡するのが最善手だけど、両親をどうやって説得するかはノープランだ。逃亡は直前にしかできない。使用人の再就職先を用意してから「ミスティアの我儘」で皆をクビにする。メロもだ。

そして両親と私で馬に乗り逃げる。父は母を乗せ、私は荷物を乗せて逃げる。馬二頭あれば十分だ。よって私はエリクとの勉強を終えたその日に、すぐ馬術の訓練を受けたいと我が屋敷が誇る御者のソルさんに申し込んだ。しかし「……やだ」と断られてしまった。さらに「……俺、いらない……?」とものすごく悲しそうに言われたため、もう二度と頼めない。

だから「馬に乗りたい！」と父に頼んだけれど、父は馬に乗れない人だった。腰が良くないらしい。つまるところ私が二人を馬車で運ぶことが必須化され、私が馬術を覚えることが完全に義務と化しただけだった。

それから策を練っていたけれど、お願いして三日後、父は、「自分の代わりに教える人を紹介するよ」と、ある屋敷——このシーク家を紹介してくれたのだった。

ということで私はこれから一か月、毎週三回シーク家の屋敷に通い、馬術の訓練を行う。

ちなみに下調べはした。事前調べをせずエリクと出会ってしまったせいで、私は彼の家庭教師初恋イベントを妨害し人生を狂わせかけている。もうそんな痛ましい事件を起こしてはならない。

執事長のスティーブさん経由でシーク家について調べてもらった結果、そこに現在同い年の子供は存在せず、私より八つ年上の一人息子がいるだけらしい。名前はジェイ・シーク。もちろん偽名ではない。

名前を聞いてもなにも思い出さない。

つまりは非攻略対象だということだ。それどころかゲームとは無関係の人で、抜群の安心感に包まれる。レイド・ノクターを前にして、未曽有《みぞう》の重力圧が全身にかかっていたあのころが懐かしいくらいだ。

そしてこの地域の貴族は、きゅんらぶの舞台である貴族学園とは別の学園に通う。つまりは学区外。なんたる素晴らしい響きだろう。

希望によって輝いて見えるその建物を前に、私は一歩を踏み出したのだった。


屋敷でシーク家の伯爵、夫人に挨拶を済ませた私は、乗馬用の服装に着替え執事の案内のもと馬小屋に向かっていた。しっかりと馬術を覚えて、逃亡を……と意気込んでいると、小屋の前に青年の姿が見えた。

「お前が馬に乗りたい令嬢か」

「はい、ミスティア・アーレンと申します。よろしくおねがいしま……」

近づいたことで青年の顔がはっきりと見え、下げようとした頭が止まる。もしかして見間違いかもしれないと見直して目に入ったのは、流れる枯《かれ》色の髪と橙の瞳だ。射抜くようなその眼差しに、直感が働いた。

私は、彼を知っている。

どうして、なぜ。心に浮かぶ感情すべてがぐちゃぐちゃに混ざっていく。あれだけ下調べをしたのだ。名前を聞いてもなにも思い出せなかった。学区だって外れた地域に来た。でも、装いこそラフなもので教職員のそれではないけれど、顔だちも背格好もゲームとほぼ同じだ。

そんな彼を凝視して、はっとした。

そうだ……教職員だ。だからこそ彼だけ例外なのだ。

「どうした？」

「いえ、なんでもないです。よろしくお願いします」

青年の言葉に、慌てて頭を下げなおす。

彼は、きゅんらぶの攻略対象の中で唯一の教師だ。ゲームでの名前表記は通名、そもそも生徒でない彼には学区なんてなんの意味も成さない。

彼、ジェイ・シーク——おそらくは、いや絶対に後のジェシー先生は、きゅんらぶの攻略対象で、唯一学園の生徒ではないキャラクター、つまりは学園の教師だ。

ウインドウの名前表示も、メイン攻略対象はフルネームであるけれど、彼だけはジェシー先生としか表記されない。かといって名前を隠しているなど特殊な設定があるわけではなく、「あの人はジェイ・シーク先生っていうんだよ」というクラスメイトの言葉でさっとフルネームは紹介される。

主人公、レイド・ノクター、ミスティア、痴情のもつれ三人組が混入したクラスの担任として登場する彼は、基本的に口数が少なく、多くを語ろうとしない。しかしそれは、過去になにかがあったわけではなく、本当に「そういう性格」である。黙っているのが好き、話すのが嫌いというわけでもない。本当に「そういう性格」だ。ヤクザ教師、オラオラ先生などと呼ばれるのは口調が乱暴、身体つきが比較的鍛えられたものであること、鋭い眼光からその印象が強まるだけで、本人は至って普通の先生だ。

自分から主人公へなんらかのアクションをとり始めるほかの攻略対象と異なり、彼は主人公になにもしない。サブシナリオに近い立ち位置や、性格を考慮する以前に彼は教員、主人公は生徒だ。先生へなにかしら仕掛けることのほうが異常である。

きゅんらぶの学園でも、現代の一般的な規律に準拠しており、先生と生徒の恋愛は固く禁じられている……というのもあるけれど、なによりゲーム開始時の主人公は十五歳。つまり十八歳未満。なにかあればこの国の法に触れるのだ。

だからこそ過去にいろいろあったり、家族関係に問題を抱えるほかの攻略対象とは違い、彼との恋愛は恋に落ちたり落としたりする過程よりも、両想いになった後に波乱が待ち受ける。

学園で二人の噂が広まり、先生には退職の話が持ち上がる。一方主人公は嫌がらせを受け始め……、数多のすれ違い、諍いを繰り返し、二人は力を合わせ苦難を乗り越えハッピーエンド。めでたしめでたしだ。

一方、私はまったくめでたしじゃない。なんなんだここは。きゅんらぶ人口過密区域かなにかなのか。

混乱していると、ジェシー先生は私を見据え、静かに首を横に振った。

「敬語じゃなくていい」

「え？」

「かしこまるなと言ってる」

いや無理がある。初対面で、しかも年上を相手に敬語を外すなんて絶対無理だ。

「いや、でも」

「俺に気を使いすぎて馬から落ちても困る」

どんな暴論だ。敬語を外すほうが気を使う。ゲームでは「敬語を外せ」なんて言っていなかったはずだ。

「その、私なるべく外ではどんな相手でも……」

「ここでは例外だ」

それとなく拒否しようとしても、未来の先生は「馬から落ちても困る」と引こうとしない。そんな無礼なふるまいを目上の人間にするくらいなら、私は馬から落ちるほうがいい。

しかしこのままだと、どんどん乗馬練習の時間が失われてしまう。乗馬を教わらないと、逃亡ができない。こうなると一家の命と、私の目上に対す敬意、どっちをとるかになる。当然一家の命だ。けれど今後の布石になるのも嫌だし、やはり気後れする。

……いや、考えを変えよう。敬語をなくしても、心の中で敬語をつければいい。

エリクは十一歳という精神が未熟な、さらに不安定な時に関わってしまったから、イレギュラーな私の存在の影響を強く受けてしまった。

ジェシー先生は十八歳。精神的にも肉体的にも健やかな人間が、はたして十歳から影響を受けるだろうか。

私が産まれ、首も据わっていなかった時、彼はランドセルを背負い、放課後冒険のつもりで駆け回っていたら隣町に行っていましたくらいの年齢の差がある。ここで私が敬語を外したところで彼に与える影響なんてないだろう。……大丈夫だ。いける。

「わかっ…た……す」

「……俺の名はジェイだ、よろしく」

「よ、よろしく」

お願いしますと心の中で付け足して、私は絶対に馬に乗れるようになるのだと、固く、固く誓ったのだった。

リズム良く規則的に進む馬。その馬に跨《またが》り手綱を握る私の手に、筋肉質で武骨な手が力強く重なっている。

自己紹介を終えた私は、なぜかジェシー先生と二人乗りをしていた。

あれからさっそく乗馬講習に移行して、これから頑張るぞ、絶対馬に乗れるようになるぞ、と力む私を先生はひょいと担ぐと馬に跨ったのだ。「まずは馬に乗る感覚に慣れてもらう」と言って。そして今に至っている。

突然荷物のように馬に乗せられ、説明してくれたらいいのにと思った。しかしこれは先生の性格だ。端的に物事を伝え、事前説明をあまりしない。たしかゲームでも「説明……忘れていた」みたいな場面があった気がする。

馬に乗って屋敷から出て、今はシーク家付近の森を進んでいる。進んでいるといっても、私の背中は先生の身体で、左右は先生の腕で固定されている。シートベルトという単語が頭に浮かぶ。今私が振り落とされず優雅に馬に乗れているのは、ほかならぬ先生の支えがあってこそ。思考を放棄してしまえば、体温がある荷物。それが私だ。

でもまさか初日から馬に乗るとは思わなかった。馬に乗るなんてまだまだ早い、まずは馬小屋の掃除から始めろ、の掃除パターン。まずは馬と心を通わせろ、話はそれからだ、の交流パターン。とりあえず乗ってみろ、ほらな、乗れないだろうの落馬パターン。三種類を想定していた。乗馬の感覚に慣れろというのは想定外だった。

周囲を見渡すと、馬車の窓から見たうっそうと茂り、樹海のようだった景色は、絵本や童話に出てくる、明るい森に変貌していた。周囲にはナスタチウムが咲き誇り、遠くには泉も見える。どうやら場所やルートによって、地形が異なるらしい。

……ピクニックとかしても楽しそうだな。

駄目だ。体験気分でのんびり乗っている暇はない。しっかり手綱をとり、馬に乗る感覚に慣れてジェシー先生の技を盗まなければ。

気をとりなおして手綱をぎゅっと握りしめると、先生が不意に呟く。

「……お前はこっちが驚くくらい俺を怖がらないよな」

まぁたしかに、レイド・ノクターのような恐怖は抱かない。死罪との関係がないからだ。

……いや、唐突になんだ。しかも初対面でなんでそんなことを言われるんだ。先生の発言の意図が汲み取れない。先生はあたかも私がなんらかの発言をして、それに返答しているかのように話している。けれど私は一言も言葉を発していない。

実はぼそぼそ口からピクニックの妄想が出ていた？　一つ一つ思い返していっても、なにも思い当たらない。それに妄想が口から出ていたとしても、会話が噛み合わない。怖がらないってなにを……？　と考え思い出した。この台詞はたしかゲームでジェシー先生が主人公に言っていた言葉だ。

正しくは、「お前、俺が怖くないのか？」だ。少し違うのは対主人公ではないからだろう。なぜ本編も始まってない、主人公じゃない相手にこんな発言が飛び出してくるのだろうか。エリクのように、なにかしらイベントを妨害したからという可能性が一番高いけれども、先生の精神の根幹に関わるようなイベントなんてそもそもなかったはずだ。

ということは、先生の発言は「ただの他愛もない会話」だ。

しかし他愛もない会話といっても、ここで私が肯定しようものなら、後のイベントに響きかねない。ジェシー先生の「初めて俺を怖がらなかった相手」は主人公でミスティアじゃない。

かといってイベントを壊さないために「え、怖いです」と返すわけにもいかない。ならばいっそ、選ばないほうがいい。

とりあえず曖昧な笑みを返し、聞き取れなかったことを装うため振り返った。が、それと同時に身体が大きく揺れる。

重心が崩れ、先生の鼻と私の鼻が正面衝突するほどに顔が近づいた。ぎゅっと先生が私の身体を支える。馬が足元の障害物を避けたらしい。

「すみません、落ちるところでした。ありがとうございます」

「お前が無事ならいい……。ほら、前を見ろ」

「はいっ」

ジェシー先生に身体を支えてもらっていなければ私は確実に落馬していただろう。それもただの落馬じゃなく、助走をつけ勢いをつけた落馬だ。それに、もう少し振り返るタイミングが違えば先生と顔面の衝突事故を起こすところだった。たぶん主人公だったらここは唇と唇が触れて、恋愛イベントになっただろうが、私はヒロインではない。流血沙汰になってしまうし、先生の顔に傷をつけてしまうところだった。

「馬に乗っている時は、前を向いたまま聞いてろ」

「はい」

「先に伝えていれば良かったな、悪かった」

「いいえ、先生は謝らないでくださー……」

言いかけて、自分が振り返ろうとしていることに気づき、しっかり前を向いた。

「良い心がけだが、さっきから敬語に戻ってるぞ」

「え、あ、じゃあ、謝らないで……?」

「相変わらず慣れないな」

慣れない。家族以外の年上の人間に対してため口で話すなんて前世時代もしたことがない。このまま続けていても、一生不可能な気がする。

「いや、この話の仕方が通常なもので……外すほうが難しいという……もの……だよ」

「親にもか？」

「親はさすがに普通に話しま、話すけど、親以外は基本こうで、こうか、な」

「使用人にもそんな話し方なのか？」

「はい……ああでもメロは、ええと、専属の侍女にメロって女の子がいる、けど、彼女には敬語じゃなくても大丈夫で。小さいころから一緒にいて、慣れ、ですかね」

メロは年上だけど、彼女とは普通に話せる。それは目上の人間だと思っていないわけではなく、私にとって彼女は家族同然だからだ。というよりむしろ家族だ。年齢的にはメロの方が年上だけど、姉のようであり、妹のような存在の天使。それがメロだ。

「じゃあ、いつか慣れるだろ」

いや、無理です……と心の中で思う。メロとは六年の付き合い。家族だ。片や五年後に生徒と教師として会う存在。無理だ。

それにたぶん、先生が敬語を好まないということは徐々に薄れるはずだ。ゲームだとそのあたりの言及はなかったし。

「慣れますかね……」

あ、まずい、また敬語に……と思ったものの先生の反応はない。様子が気になるけれど後ろを振り向けないでいると先生が片手で私を支え、もう片方の手で手綱をぐいっと引っ張った。

「帰るぞ」

「え」

「しっかり掴まってろ」

今までの速さとは比べものにならないくらいの速度で馬が走り出した。

「あ、あの？」

「そのうち嵐になる、手遅れになる前に帰るぞ」

「あらし……？」

「秋の空は変わりやすい、この時期は少しでも油断すると手遅れになる」

見上げると、たしかにさっきまで澄み渡る青一色だった空が、どんよりとした灰色の雲に覆われ始めていた。

秋の空は変わりやすい。少しでも油断すると手遅れになる。

森の中を駆ける馬から振り落とされないように手綱をしっかりと握りながら、私は先生の言葉をよく覚えておこうと胸にしっかり留めたのだった。

天馬の渦

自室の椅子に腰かけながら、ぼんやりと上を見上げる。そこには青空も曇り空もなく、天井が広がるばかりだ。

シーク家の屋敷へ行って乗馬練習を週に三度繰り返すこと、三週間。

比較的穏やかに練習の日々が続いていた。

馬はシーク家の馬、要するに普段玄人を乗せている馬に気を使ってもらい、乗っているというより乗せてもらっている状態ではあるものの、一人で乗ることもできるようになり、速度も速くなってきた。心なしか馬が私を見て反応してくれているような気もする。

そしてジェシー先生と接するうえで、なんの事件も起きていない。そもそも先生と主人公のシナリオは、先生自身の生き方や考えを変えるシナリオではなく、「教師と生徒の恋愛」が主軸だ。

つまりエリクやレイド・ノクターのような「後の人生に多大なる影響を及ぼす重大な事件」は現時点のジェシー先生に起きない。私の行動で先生の健やかな精神の成長を妨げることはないのだ。

穏やかな日々。こんな日々がながらく続くことが幸せだ。太く短い人生か、長く細い人生、どちらがいいかなんてよく言うけれど私は断然長く細い、平穏な人生を所望する。

今日は乗馬練習はなく、エリクとの勉強会の日だ。もうそろそろ時間かな、となんの気なしに窓の方を見ると、門のところで馬車が停まっていた。玄関ホールに向かうと、エリクの見慣れたふわっとした暗い黒鳶色の髪ではなく、さらさらした金色の髪が開かれた扉から吹く風に揺れている。

「なんで……」

エリク――じゃない。玄関ホールに立っているのは、レイド・ノクターだ。

「こんにちは、ミスティア嬢。突然ごめんね、近くに寄ったものだから来てみたんだ」

「こ、こんにちは」

なんていう地獄のようなタイミングだろう。

さっきまでの穏やかな理想郷から一転、屋敷の中が突如ディストピアと化すとは思わなかった。このままではまずいことになる。エリクが来る。エリクとレイド・ノクターが鉢合わせをしてしまう。彼らの初対面は本編後だ。というかそれ以前に本編開始五年前の今、ミスティアの屋敷でエリクとレイド・ノクターが出会うなんてことはあり得ない。

つまり、今二人を会わせるということは、将来彼らに訪れるであろう、「攻略対象同士の初対面イベント」が破壊されるということだ。

エリクは私が家庭教師イベントを破壊したせいで、一つ年下の子供にご主人呼びをするバグを発症した。ミスティアが主人公に暴力を振るわなくなる、いわゆる「嫌がらせイベント」を破壊するのとは訳が違う。嫌がらせイベントを破壊すれば、主人公のストレスや身体、心理的被害がなくなり良好な状態になる。しかし彼らの出会いなど、親交、交流系イベントを破壊することは彼らの精神の健全な成長を阻害する可能性が出てくる。

現にエリクは私をご主人と呼んでいる。バグが生じているのだ。会わせるわけにはいかない。なにが起きるかわかったものではない。

「ごめんなさい。あの、実はこれから友人が来る予定でして……」

またの機会に、とさりげなく帰宅を促す。正直失礼極まりない行為だけど仕方ない。許さなくていいから帰ってほしい。

「なら、挨拶しないとだね」

品行方正、そして将来学級長になる少年、レイド・ノクター。社交性の鬼だ。しかし今、その姿勢を手放しで称えることはできない。婚約もいずれ破棄になるのだからわざわざ広める必要はないし、なるべく内密にしていきたい。

「えっと、こ、これから私がお迎えに出ようかなと」

「送っていこうか？」

優しい気遣いだ。皆に好まれ、尊敬されるのもわかる。これだけ私が失礼な態度をとっているのに相手を思いやれるなんて簡単にできることではない。眉を顰められても睨まれても仕方がない態度に対して彼はにこにこと笑顔を崩さない。眩しい。しかし今、その紳士さに素直に感謝できない。もう本当に、どうか私をこのまま見送ってほしい。

「いや、すぐなので、本当に」

玄関扉に手をかけようとして、空振りした。触れていないのに扉が開く。そんなわけがないのに。これは自動扉じゃなくて普通の木製扉だ。つまり、今まさに誰かが反対側で扉を開いたわけで。おそらく、それは――。

「ごーしゅーじんっ、お出迎えしてくれたの？　嬉しい！　だーいすきっ」

そう言って扉を開いた本人であるエリクは、私に向かって飛び込んできた。

「エリク……！」

いつもどおりの行動ではあるけれど、非常にまずい。エリクは私の背中に手を回し、さすっている。

「離れてくれないかな。場合によっては衛兵に突き出すけど」

私に抱きついたエリクを見て、レイド・ノクターはにこやかな表情を一変させ、エリクを引きはがしにかかった。その顔はまさに感情がすべて消え去ったと形容するに相応しい顔だ。

レイド・ノクターは健やかで、健全な正義の心を持っているとわかっている。わかってはいるものの、間違いなくエリクが去り次第、私は殺されるのだと直感した。

一方見えていないのか、気にしていないのか。エリクは私の頬に気が済むまで吸い付いてから、レイド・ノクターの正面に立ち一礼する。

「僕はエリク・ハイム。彼女の友達。よろしくね」

「僕はレイド・ノクター。彼女の婚約者だよ」

エリクを値踏みするような瞳で見つめた後、レイド・ノクターも自己紹介をした。もうこれで、双方ご紹介が終わったところで解散と願いたい。二人が本編前に会ってしまったのはこの際変えられない。もうここで解散をして、互いの認識を険悪でも仲良しでもない知人程度に留めておけば、そこまで本編や個々の精神的成長に支障はないはずだ。いや、そう信じたい。

「君がミスティア嬢の友達か。扉を開いて早々彼女に抱きついたから、不審者だと思ってしまったよ」

「気にしないでいいよ」

「でも、頬にキスをするのは良くないと思うよ。そういった挨拶をする国があることを僕は知っているけど、皆がみんなそうではないからね」

レイド・ノクターは一度私に視線を送ってからエリクに注意をした。エリクはその言葉に頷く。

「そうなんだ。じゃあ今度から君しかいないところか、誰も見えないところでしなきゃいけないね」

「いえ、頬に齧り付くのはどこでも禁止です」

エリクの言葉に私は首を横に振る。頬に吸い付く悪癖はその都度注意していたけれど、もっと厳しくすべきだった。それにしてもなにか違和感を感じる。エリクの様子……というより声色がいつもと違う……？

まぁいい。とにかく解散に持ち込もう。ミスティアの屋敷で会ったという事実も、五年も経てばきっと忘れる。入学して本編が始まり学園で出会っても、「会ったことある気がするけど、とりあえずはじめまして」になるはずだ。もう、今日はとにかく解散だ。解散。

「じゃあ、今日はとりあえず解散に……」

「あ、そうだ！　せっかくだし今日は三人でお茶会をしようよ」

エリクが良いことを思いついたかのように明るい声で提案をし、私の声はかき消された。

部屋に籠り他人を拒絶していた彼が、人とお茶会を提案するようになるまで社交性を回復している。友人として嬉しい。しかしタイミングがタイミングなせいで手放しには喜べない。

「いいのかな僕が入っても。約束してたんでしょう？　……二人で」

「うん。でも二人でならいつでも遊べるから大丈夫だよ！　……だめかな？」

そう言ってエリクがこちらを見る。やめてくれ、選択権を私に与えないでくれ。お願いエリク。

「じゃあ、お言葉に甘えようかな。ミスティア嬢は、僕がお茶会に加わるの駄目じゃないよ……ね？」

レイド・ノクターは怒っている。口元はあくまで柔らかく笑みが作られているけれど、その瞳には怒りの炎が燃えている。ここで断ったら、もう本編シナリオを待たずして明日告訴状が出るかもしれない。

断りたい。

断りたくて仕方がない。しかしレイド・ノクターの恨みを買い後のバッドエンドの布石になるのも怖いし、イベントを壊すこともしたくはないし、彼らの健全な精神的成長を破壊することも嫌だ。ぐるぐると頭の中を可能性やバッドエンドが渦のように回り、私は力なく頷いたのだった。


「大変だね、親同士が決めただけの婚約なんて」

「そんなことないよ、僕たちの希望も聞いてもらっているから」

テーブルを囲み、優雅に紅茶を飲みながら言葉を交わすレイド・ノクターとエリク。そしてその間に座って、私は紅茶の波紋をひたすらに見つめていた。

本来、麗かに時が流れるはずのお茶会。しかし、エリクの提案で始まったこのお茶会は、今にも闇の隷属である魔物や、それこそ魔王が招喚でもされそうな殺伐とした空気がそこらいったいに渦巻いていた。

要するに地獄である。

簡易的な地獄。

飲んでいるのはいつも慣れ親しんでいるはずの紅茶なのに、まったく味も香りも感じることができない。それどころか血に染まり鉄の匂いすら感じてくる。今までここまで帰りたい、解散したいと思うお茶会があっただろうか。

話題も話題だ。はじめのうちはクッキーや紅茶の話題であったのに、いつの間にかエリクと私がこの夏どんなふうに過ごしていたか、私とレイド・ノクターの婚約話にすり替わっていった。

「そういえば、さっきミスティア嬢といつでも遊べると言っていたけど、本当？」

「うん。どうして？」

思い出したかのようなレイド・ノクターの質問に、エリクが目を見開く。これはまずい。

「いやぁ、ミスティア嬢は忙しそうだなと思っていたから。屋敷に誘っても、なかなかいい返事を貰えないし」

「えー、タイミングが悪いのかもね。僕の屋敷にはよく来てくれるよ。さっき話をしたみたいに、夏の間はほぼ毎日遊んだかな」

否定したいけれど私は夏の間、エリクの屋敷にラジオ体操の如く通っていた。その間のレイド・ノクターの誘いはすべて断っていた、すべて事実だ。

だけどエリク、頼むから濁してほしかった。夏の間からのくだりはできればカットしてほしかった。

「僕のおうちにお泊りしたこともあるんだよ」

「へえ」

レイド・ノクターがあからさまに敵意を向けた目で私を見る。やましいことはなにもない。なにかあるはずがない。でも恐怖のあまりに反射的に目を反らすと、視線の先にいたエリクが意味ありげに微笑んだ。どうしたものか、今私が発言する番なのか？　わからない。やがてレイド・ノクターが口を開いた。

「いいなぁ、やっぱり婚約者となると、親は節度ある付き合いを求めてくるからね。本当はもっと君みたいに、自由に行き来したいんだけど」

レイド・ノクターの言葉を受けてエリクがこちらへ不安げな視線を向けた。反対はもはや見れない。険悪な雰囲気。完全な修羅場そのものだ。しかしこの二人の態度は、よくある三角関係のような、私を争ってというわけではない。

エリクのこの不穏な態度は、間違いなく部屋に籠っていた時期を抜け、初めてできた友人が取られてしまうかもしれない不安からだろう。

ずっと友達だよと約束したけれど、いざ友人の婚約者という相手を前にしてなにかしらの不安を覚え、友人より婚約者の方が大切なのではないかとかどっちが上か自分と友達でなくなるのでは、遊べなくなるなどおそらくそういった心配をしているに違いない。

エリクは大事な友人だし、そもそもレイド・ノクターと私の関係は、「屋敷で暴れられた被害者と屋敷で暴れた加害者」でしかない。これに尽きる。

それに仮にレイド・ノクターがまっとうな友人や婚約者であったとしても、エリクと友人であることに変わりはない。

一方のレイド・ノクターはといえば、自分の婚約者が不用意に異性に近づいていることに対する憤りを感じているのだろう。一見、恋愛関係にある者同士の嫉妬のようだけれど、本質は大いに異なる。

レイド・ノクターは誠実な人間だ。それゆえに不誠実を憎む。私に対し将来不貞を働く可能性があると感じているのだろうし、私の行動がノクター家とアーレン家の争いに繋がると懸念し怒っているのだろう。

もちろんのこと不貞ではないし、彼が疑っているような感情を私はエリクに持っていない。そしてエリクも持っていない。ご主人呼びなどの不穏要素はあれど一般的な友人関係である。それにいずれ、エリクもレイド・ノクターも主人公と恋に落ちるのだ。レイド・ノクターは今、私の行動に対して軽はずみだ、婚約についてどう思っているのか、と考えているかもしれないけれど、結局は婚約はなかったことになる。一方的な破棄か円満に解消するかで私の運命が決まるだけで、結局婚約はなくなるのだ。

よって今二人は、不毛な感情で敵意を向けあっている。

しかし、不毛な争いの原因がわかったところで、私にできることはない。この場で唐突にエリクに対し「エリクと私はずっと友達だよ」と示しても、状況的にその場しのぎの言葉だと捉えられてしまう可能性がある。レイド・ノクターに「最終的に婚約はなくなるので、アーレン家とノクター家の争いは起きません安心してください」とも言えない。

見事な八方ふさがりだ。この場でできるのは、場をどうにか荒立てないよう全力を注ぐことだけだ。

「会えない分、僕とミスティア嬢は手紙を交わしているから」

「へえ、僕とミスティアは屋敷に通いあってるけど」

「あのクッキーとか、あるんですけども……」

ばちばちと火花を散らす二人に、焼菓子をすすめ、さりげなく話題を変えようと試みる。「今は少し、彼と話があるから、先にどうぞ」とレイド・ノクターが、「うん、まだ気になることもあるから、先食べてて」とエリクが私に笑いかけた。

奇跡の意見の一致だ。

私は、どうかこのまま悲劇が起こりませんようにと祈り、もう湯気がたたなくなったティーカップを眺めていた。


疑似修羅場事故から一週間後の夕暮れ。私はシーク家にて乗馬練習を終え、ひたすら馬を撫でていた。というのもジェシー先生に「屋敷に取りに行くものがあるから、少し待っていてほしい」と頼まれたからだ。たぶん馬小屋の鍵を忘れた、とかなのだろう。要するに私は現在、馬の見張りを任されている。

「おー、よしよし」

尻尾を振り子時計のように揺らす馬を撫でる。返事はない。馬は生きている、ただ言葉が通じないだけだ。馬を撫でながら修羅場事故を思い出して、本日何度目かわからないため息をつく。

またイレギュラーを引き起こしてしまった。

レイド・ノクターとエリクが出会うのは間違いなく貴族学園に入学してからで、十一歳のころに出会うはずがなかった。ましてや初対面がミスティアの屋敷でなんてありえない。どうしてこうも私は間違いを繰り返すのか。私の学習能力は平凡だと思っていたけれど、それはそれは低かった。

幸い、エリクにはご主人呼び以上の異常行動は見られなかったし、レイド・ノクターにも異常は見られなかった。しかし今後はよりいっそう気をつけなければならない。もう二度と、イレギュラーを引き起こしてはならない。

「取り返しがつかなかったことをした時に、できることってなんだと思う？」

声をかけても、当然ながら馬に言葉は通じない。アニメや漫画みたいに「ヒヒン！」みたいな返事もしない。相手は馬。人間の言葉はわからないし、私も馬の言葉はわからない。今この瞬間馬に「お願いだから話しかけるのやめて」と言われていても、私はわからない。だから話を続ける。

「切腹だよね……」

もう投獄死罪断頭を待つ前に、責任を取って切腹するほうが現実味を帯びてきた。気が滅入る。でも家族と使用人を守るためならば、最悪そうするしかない。

もういっそどこか遠くへ行きたい。どこか遠くへ、海外にさっと——そう考えて、はっとした。

留学だ。

留学という手段がある。そもそも生きるのをやめる前に、学園に通うのをやめてしまえばいいのだ。けれどエリクを主人公に会わせる使命がある。いや、主人公に会わせてご主人呼びをやめたら、留学すればいいのか。

「いざとなったら乗せて遠くへ連れてってね」

さっきからじっと私を見ていた馬を撫でた。いや、この馬はシーク家の馬だから、実際練習が終わったら会うことはない馬だ。でもなんとなく撫でているうちに縋りたくなってしまった。ノクター夫人が襲われた時、両親はしきりに私を撫でていたけれど、こんな気持ちだったのだろう。

「好きなのか？」

振り返るとジェシー先生が立っている。馬に熱心に話しかけているのを見られてしまった。言葉が通じないことをいいことに、縋りつくさまを。取り繕い「そうなんですよ」と私は頷いた。

「……じゃあ明日、買いに行くか、鞍《くら》でも」

くら？　鞍？　ああ、鞍かと理解する。ちょうど今まさに私が撫でている馬の背中についている「これがあることで人間が乗りやすいよ」という座席のようなものだ。逃亡の時は馬に鞍をつけている暇があるかという問題や、馬車だから必要ないとあまり重要視していなかったために、よく知らない。

「明日の予定は空いてるか？」

「空いてます」

「なら、明日の昼に迎えに行く」

ジェシー先生は私に解散を告げ去っていく。流されるまま返事をしたけど、明日一緒に街に行くということだろうか。嫌な予感はするものの、先生と主人公が街へ行くイベントはなかった。それに、先生と街になにかしらの因縁があるわけではない。

私は特に気に留めることはせず、軽い気持ちで行くことを決めたのだった。

開廷していた狂気の宴

翌日、私とジェシー先生は乗馬用品店に来ていた。街の通りは賑やかな屋台や煌びやかな店が混在し、多様な人々が行きかっている。前を向いて歩かないと危険なほどで、店に辿り着くのに苦労した。

そうして入った店内は、鞍から、鞭《むち》、ブーツなど人間の使う乗馬用品から、馬の餌《えさ》まで揃っている。お客さんは私たちだけのようで、先生は店内を見渡した後、近くにあった呼び鈴を鳴らした。

「どうもどうもジェイ様！　ご注文のお手続きですかぁ？」

呼び鈴を聞きつけ、奥から店主であろうおじさんがこちらに向かってきた。私たちを見て目を輝かせ、嬉々としている。

「ああ。それとこいつ用の鞍が欲しくて……体格に合いそうなものは置いてあるか？」

「もちろん！　どんなご年齢の方にも合うとびっきりの鞍を揃えておりますよぉ！」

店主のおじさんは「お待ちくださぁい！」と言って店の奥にまた入っていった。そして箱を持ってきて、いくつか開くと空いている棚に並べてくれた。

「こちらになりますぅ！　色は後でお申し付けくださいねえ」

不思議と人を惹きつける笑顔だ。周囲を見渡すと、鞍を試乗するための等身大らしき馬の模型があった。馬の首には「お試し用！」と派手な赤字のポップが書かれ、とても目立っている。

「それにしてもジェイ様の婚約者様、随分しっかりしていらっしゃいますねぇ！　これから逢引きですかぁ？」

「ちっ違う！」

「ふふふ、ごまかさなくてもいいですよぉ！　ジェイ様のその恰好！　今日は本当にお洒落ですねぇー！」

たしかに先生の今日の恰好はいつもと違う気がする。でもそれはいつも乗馬の練習の時会っているからだろう。乗馬の時の先生は軽装で動きやすさを重視していて、今日はどことなく大人の人だなと思う雰囲気だ。

「やめろ、もう構うな」

「ふふふ。婚約者様の鞍はジェイ様が選ばれるのでしょう？　では、ごゆっくり」

「だから……！　……案内、ありがとう」

店主のおじさんはお辞儀をして店の奥に入っていった。先生はこちらに振り向き、どこか居心地の悪そうな顔をして私に頭を下げる。

「悪かった。ここの店主はいつもああいう感じで、気を悪くしないでほしい」

「いえ、お気になさらず。それよりどれを選んでいいかよくわからなくて……もしよろしければ、選んでいただけないでしょうか……？」

素人の私はどれを選んでいいのか判断がつかない。一応昨日の夜に乗馬の本を読み、鞍の選び方なるものを読み込んだものの、実物を前にするとなにを選んでいいかさっぱりだ。

ジェシー先生は私の言葉に頷くと、出された鞍からいくつかを選び取り、凝視して戻した。それを幾度か繰り返して、赤、白、黒の三つの鞍を取り出した。

「このどれかまで絞った。あとは乗ってくれ」

「はい」

模型に乗り、一つずつ試していく。赤と白の乗り心地はどちらを選んでも良さそうだ、後は色の好みか、と考えながら最後の黒い鞍に乗った。

「わっ」

「どうだ」

すごいぴったりだ。姿勢を正そうと思わなくても勝手に正されているし、なにより乗っていて楽だ。運命性すら感じる。すごい！

「これすごい、これすごいですよ、ぴったりです。ありがとうございます！」

「なら良かった」

ありがたい、三つまで絞ってくれたことでも感謝してもしきれないのにこんなにフィットするものを選んでくれるなんて。さすがだ。さすがジェシー先生だ。

「どうやらお決まりのようですねぇ！　ではそちらの鞍は当店からのご祝儀の前お祝いということで」

馬の模型から降りると、店主のおじさんがいつの間にか後ろにいた。そして私が乗っていた鞍をさっと取ると、そのまま店の奥へ向かおうとする。

「いえっ、きちんとお支払いします！」

「待て、俺が払う」

慌てて追いかけると、店主のおじさんがしー、と唇に指をあてた。足を止めるとおじさんは瞬く間に店の奥に入り、従業員用の扉を閉めてしまった。

「……お金は、払ってても受け取ってもらえそうにないな」

「でも」

「まぁ、今後その分買えばいい」

「……はい。たくさん買います」

両親の鞍を揃え、あと手綱も揃えよう。御者のソルさんの馬術用品を新しくするときもこの店を使おう。

私は親切に報いることができるよう、購入計画を立てて待った。そして包んでもらった品を受け取り、店主のおじさんにお礼を言って店を出たのだった。

ジェシー先生と一緒に通りを歩く。人通りはお昼時ということもあって、先ほどよりも人の勢いが増していた。買った鞍は先生が持ってくれている。自分で持つと申し出ても却下され続け、思い返せば十八歳の青年と十歳の子供が歩き、十歳の子供だけが大きな荷物を持っていたら世間の目は厳しくなると納得して、今現在お言葉に甘えている。

「……み、店に入るぞ。甘いものは平気か」

「はい」

「なら大通りの先に馴染《なじ》みの店がある、そこ曲がれ」

「わかりました」

ジェシー先生の言葉に頷き、大通りに出た。その直後——、

「いたぞ！」

突然数人の男たちが一斉に私たちを囲み、そしてジェシー先生を取り押さえた。先生は振りほどこうとするけれど、複数で取り押さえられているためかなわない。暴漢だ。とにかく周りに助けを呼ばなければ。そう思ったのも束の間、二人の男が割って入ってきた。一人は拳で何発も殴られたようで、顔を腫らしておぼつかない足取りだ。もう一人は屈強な体つきで、顔の腫れた男の襟首を掴みながら引きずるようにしてやってくる。

「おい、お前ジェイ・シークだな」

屈強な男が先生を睨む。先生は鋭い目つきで睨み返した。

「だったらなんだ」

「よくも店の絵を持ち去ってくれたな!!　俺の弟をぼこぼこにして！」

「は？」

屈強そうな男が兄で、顔の腫れた男が弟、二人は兄弟ということか。屈強な兄は「こいつだよな？」と先生を指で示すと、顔の腫れた弟がゆっくりと頷く。先生はそんな二人を前にため息を吐

いた。

「そんな奴は知らないが」

「嘘をつくな！　俺が昼に配達に出かけて、夕方俺が店から帰ってきたら弟がこんなになってたんだよ！」

　昨日の昼から夕方の間に変わり果てた姿に……、ということは、私とジェシー先生が一緒にいた時間だ。先生が馬小屋の鍵かなにかを取りに行っていたのは五分程度だったし、それで私は馬との会話を先生に聞かれたのだ。

「……あの、すみません。昨日の弟さんが被害に遭われたであろう時間、彼は私と共に屋敷にいました」

　私の言葉に屈強な兄はぎょっとした。目を泳がせ始めたかと思えば、ものすごい勢いで怒り始める。

「お、お前が店に来て、絵が欲しいって駄々をこねて弟を殴ったんだろ！　こんな子供に嘘までつかせやがって！」

「私、嘘なんてついてません。それに私を彼の屋敷に運んだ御者も、彼の姿を見ているはずです。おそらくなにか誤解が――」

「この泥棒野郎め!!」

　私の言葉を遮り、屈強な兄は怒鳴った。悔しいと言わんばかりの言い方だ。弟が怪我をしている。それも誰かに殴られて、冷静でいられないのは仕方がないと思う。それでもこんな突然、たくさんの人を連れて取り囲む手段が許されていいものか。むしろ、無理矢理ジェシー先生を犯人に仕立てようとする悪意すら感じる。

周囲には男たちだけではなく、街行く人々や屋台の店員すらも集まってきていた。

「ここで謝れ」

街の人々も聞いている中、場を収めたさで謝罪なんてしたら、それが自白と取られてしまう。間違いなくジェシー先生は冤罪《えん》だ。アリバイだってある。

しかしここで先生が強盗犯として周知されたり捕まれば、貴族学園で教師として先生が現れる未来は訪れない。シーク家の名誉にだって関わる。この事件によっていずれシーク家が没落する可能性も出てきてしまう。

ジェシー先生が強盗なんてあり得ないし、現にゲームのシナリオにもなかった。先生が強盗や冤罪について語ることも、それに近いトラウマもなかった。設定に、「過去に濡れ衣を着せられた」なんて表記もないし、「消せない過去がある」といった意味ありげな描写もない。

つまりゲームでは、強盗や冤罪の騒動なんて起きていなかったのだ。

ゲームで起きていないことが、なぜ今起きているのか。……間違いなく私が原因だ。そうとしか考えられない。

十八歳の精神に、十歳の影響なんてあるはずがないと思っていた。でもなにも影響は精神的なものだけではない。私というイレギュラーがジェシー先生に関わったことで、この異常事態を引き起こしてしまったに違いない。

しかし原因がわかったとして、この状況を打開できなければ意味がない。衛兵のもとへ行き無実の証明ができたとしても、街でその事実が広まるとは限らない。「シーク家の令息が強盗をして逃げ、次の日街で断罪された」という悪評に尾ひれがついて回り、シーク家の信頼が破壊される可能性がある。「シーク家の令息が警察に連れていかれた事実」が、今後どう作用するかわからないだけに、今なんとかしなければいけない。

どうすればいい。私の我儘が効くのは両親にだけだ。私になにができるのだろうか。

私には並外れた推理力も、洞察力も、真実を見抜く論理的思考もない。この場で全員抹消するなんてチート能力はない。お金で解決したら後にジェシー先生の名誉が傷つくのは明白だ。ミスティア・アーレンにできることは封殺されている。

「訴えるぞ！　早く謝れ！」

この状況は絶望的だ。ジェシー先生は俺が認めれば……みたいな顔をしている。目を閉じ、じっと考え……冤罪という言葉が頭を過った。

そうだ、裁判だ。私は自分が被告人側で裁判をする時の勉強をしていた。昨日は冤罪による名誉棄損で、逆に相手を訴える法律や手続きについて自主的に勉強をしたばかりだ。

推理で真犯人を捕まえることは不可能でも、相手を揺さぶり、その矛盾を指摘してジェシー先生の無罪をこの場で主張することは可能では？

現に屈強な兄は「私が一緒にいたよ」という子供の発言で一瞬、大いに揺さぶられたのだ。

元々ジェシー先生は無罪なのだ。別に真犯人を見つけなくていい。トリックなんて見破らなくていい。先生が無罪である事実だけを証明すればいいのだ。

ミスティア・アーレンは、己の非道にすら誇りを持ち、自信に満ち溢れ、いつも堂々とした表情、雰囲気を持っていた。中身はド平凡でも、私のこの表情筋は彼女のものであるはず。

ミスティアの怨念の籠った迫力ある睨み、人を責め立てる時の高圧的な声で、相手が矛盾点を現した時に、一気に畳みかけてしまえばいい。

背筋を伸ばし、肩を開いて胸を張る。しっかりと前を見据えた。心なしか周囲は私を見て、押し黙っていく。

よし、私はミスティア。私はミスティアだ。悪逆非道の最凶令嬢。私は高潔なアーレン家の令嬢。今から私の言うことが、世界のすべて。

「少々、お待ちいただけないでしょうか？」

私は覚悟を決め、その一歩を踏み出した。

すっと目を細め、首を傾げる。ゲームのミスティアの表情を意識して、屈強な兄を見上げた。

「本当に、昨日の昼から夕方の間に弟さんが怪我をされていたのでしょうか？」

「ああ、間違いない！」

まずは、相手の話をよく聞くことだ。ジェシー先生が私とその時間一緒にいたことは確実だし、兄弟が嘘をついているなら綻びが見つかるだろう。本当に誤解ならば、記憶違いに気づいてくれるかもしれない。

「ではその時間、お店には誰も来なかったんですか？　止める方は？　介抱してくれた方は？」

「いなかったよ！　弟は俺が配達に出かけて、一人でいたところを狙われたんだっ！」

お店の位置がどこにあるのかもわからないけれど、目撃者は被害者である顔の腫れた弟だけだ。念押しして、反応を見てみよう。

「では、弟さん以外に目撃者はいない、ということでよろしいでしょうか？」

「う、う、うるさい！」

「すみません。答えられないとなると、弟さん以外の目撃者がいないと判断せざるを得ないのですけれど、それでもよろしいですか？」

目撃者が被害者本人しかいないことがおかしいとでも言うように話をしていく。実際おかしくもなんともないけれど、揺さぶりが聞いたのか顔の腫れた弟は震え、動揺を見せ始めた。

このまま、勢いに任せるしかない。背水の陣だ。というかそれしか方法がない。兄の方は反論できなくなると、「うるさい」と押し通してくる可能性が高い。ならば弟に揺さぶりをかけ続ければいい。

しかし、なにも材料がない。ジェシー先生の方を見ると、先生はこうしている間にも男たちの腕を振り払おうとしていた。殴られたり、怪我をしていたりはなさそうだ。良かった。

そうして、先生の両手が目に入った。うん。打撲も切り傷も無い、綺麗な手だ。

……ん、綺麗な手？　人の顔が腫れるくらい殴れば、綺麗な手ではいられない。皮がむけたり、痣《あざ》ができたりするはずだ。私はすぐさま顔の腫れた弟に声をかけた。

「殴られたのは拳で殴られたのですか？　それともなにか武器のようなもので？」

「な、何発も、拳で殴られたんだっ！　お、俺が逃げようとすると、もっと酷くっ」

「すみません。ありがとうございます」

次にジェシー先生の方へ行き、先生を取り押さえている男たちに私は頭を下げた。

「すみません、腕だけ離していただけないでしょうか？」

「ああ……？」

「腕だけでいいんです、手が見たくて、すみません」

一礼すると、しぶしぶ男たちは押さえつけていたジェシー先生の腕を離した。お礼を言ってから先生の手を至近距離で確認すると、手の内側に乗馬でできた豆の跡があるだけで綺麗な手をしていた。先生に腕を上げるようお願いして、私は周囲の人を見渡す。

「見てください、この拳を。人の顔を何発も殴ったら、拳の皮はある程度むけるものです。しかしこの手は綺麗なまま、むけた後もない。治った、というのも考えられますが、それだってていくらかの時間がかかるでしょう。どんなに短くとも、昨日今日で治るものではありません」

「それはっやっぱり棒で」

「記憶違いですか？」

ミスティアが主人公に対し質問を投げかける時の表情を作る。これは学園祭のパーティーを一週間前に控えたころ、主人公に「あら、ドレスなんて持っているのかしら？」と問いかけた時の顔だ。兄弟たちはその表情にひるむ。もう一気に畳みかけるしかない。今一番怖いのは「ガキは黙ってろ」だ。実際私は十歳。そう言われるとぐうの音も出ない。

「先ほど私は彼と一緒にいた、と申しましたよね。私は証言台に立つことも厭《いと》いませんし、私を屋敷に運んでくれた御者もそうでしょう。彼は私が帰る時、必ず門までお見送りをしてくださいます。その際御者も彼の姿を見ているはず。ですから実際に証言台に立つのは十歳の子供ではありません。裁判に立った時、偽証として罪に問われる覚悟を問われますが、私も御者も、なんの迷いもなく証言をします」

ミスティアは、私の理論が正しい、私が法だと言わんばかりの悪逆演説を展開していた。ある時は怪我をした主人公を前に、またある時はずぶ濡れになった主人公を前に、「お前が悪いから私にこうされるの、お前は虐げられて当然」という内容をだ。その時の言い方、間の取り方、論法をできる限り真似る。声帯も表情筋もすべて同じのはずだ。

「あなたはどうですか？　偽証として罪に問われても、こちらが侮辱を受けたと、アーレン家、シーク家の連名で逆に訴えられる覚悟を持って証言できますか？　本当に、誤解と見間違いの可能性はありませんか？」

兄弟へ威圧的にそう言い放つと、ジェシー先生を押さえていた男たちは「アーレン家だと？」「話が違う」「割に合わないじゃないか」「ふざけるな」と口々に兄弟を責め始めた。その様子に周囲は兄弟に疑いの目を向け始める。

「くそ、ガキは黙って……」

屈強な兄が言いかけるも、不意に停止した。

なにか、集団が近づく音がする。

振り返ると衛兵が、こちらを取り囲む男たちの隙間から突入してきた。衛兵はジェシー先生を掴んでいた男たちをどんどん取り押さえていき、そして兄弟たちに手錠をかけた。

解放された先生はなにがなんだかわからない、といった顔で私を守るように肩を掴んでくる。

「お怪我は？」

「ない。……とりあえず隅に寄るぞ、お前が危ない」

二人で大通りの隅に寄っていく。中心ではわらわらと衛兵が男たちを取り押さえていった。するとその中をかき分けて、シーク伯爵が現れた。

「いやぁ間に合って良かった、ああミスティアちゃんも一緒だったのか。ごめんね怖い思いをさせて」

伯爵は私の頭を撫でて、すまなそうな顔をした。謝られているけれど、なにがなんだかわからない。

「アルゴー家が仕組んだことだよ、全部」

伯爵の言葉にジェシー先生は納得した。私はまだなにがなんだかわからない。

「あの、どういうことですか？」

「結構前からシーク家と仲が悪い家があってな……そいつらが、シーク家を貶《おとし》めるために一芝居うったってことだ」

「ジェイ、前から言っているだろう？　仲が悪いんじゃない！　我がシーク家はアルゴー家の不当貿易の摘発の協力をしただけで、全部あっちの逆恨みだ」

先生の説明に、伯爵が怒りを込めて付け足した。

「つまり……冤罪騒動を街で起こして、シーク家の評判を落とそうと仕組んだってことですか？」

「さすがミスティアちゃん聡明だねえ！　そうなんだよ！　何日も前から計画してたらしくて、こっちもなにかしそうなのはわかっていたから、衛兵と連絡を取り合ってたんだけど……まさかジェイを狙うとは思ってなくてね……」

ん？

ならば先ほどの出来事は元々ジェシー先生に起きていたことで、ミスティアの影響ではない？

ゲームで先生が冤罪の話をしなかったのは、聞かれたくなかったのではなく、取るに足らない、そもそも覚えていないくらいの出来事であったから？

衛兵はそもそもアルゴー家をマークしていた。突入したタイミングからも、今日のような派手な逮捕劇が繰り広げられていたと想像できる。街で悪評が立つこともなかったはずだ。

イレギュラーが……私が関わったことによる影響は、なかった？

つまり、私が行動を起こす必要はなかったということだ。

この事件は、ミスティアと会ったことによるイレギュラーで起きたものではない。先生の口から語られなかったのは、今のように真実が明かされ、何事もなかったからだ。ミスティアと関わったところで――、私さえなにもしなければ、異常事態は起きないのかもしれない。

良かった。

ジェシー先生の無実が証明されて本当に良かった。先生に、なにもなくて良かった。

「はぁ、良かったぁ……」

安心感と、そして人に対して高圧的に、攻撃的に接する慣れなさからきた疲労で全身の力が抜け、へたり込みかける。しかし間一髪のところで先生が私の手を取り、がっしりと支えてくれた。

「すみません」

「気にしなくていい。それより……、ありがとう。庇ってくれて」

「それこそ気にしないでください。鞍を選んでくださってありがとうございました」

体勢を立て直すと、シーク伯爵が「ねぇ」と私に視線を合わせるようにしゃがみ込む。

「ミスティアちゃん、突然だけれど今日は夕食にご招待してもいいかい？」

「え」

「危険な目に遭わせただろう？　おうちには連絡するから、ね？」

どうしよう。ジェシー先生の方を見ると、先生は力強く頷いた。

「食いたくないなら、無理強いはしない。でも、そうじゃないなら一緒に……」

「なら……、えっと、よろしくお願いします」

「やったぁ！　ミスティアちゃんとお食事だね！　なぁジェイ！」

「うるせえな」

「じゃあミスティアちゃん、さっそくだけど馬車があるから」

伯爵に、停まっているシーク家の馬車に促される。

そのまま馬車に向かおうとすると、ジェシー先生が私に鞍の入っていた包みを差し出してきた。

包みには傷一つない。先生が取り押さえられながらも守ってくれていたのだ。

「ありがとうございます！　……あ、あの、先生はお怪我ないですか？　鞍を守って先生が、怪我とかは……」

「特にない。それにもう二度目だぞ、その質問。ほら、乗れ」

包みを受け取り馬車に乗り込むと、ジェシー先生も乗り込んだ。シーク伯爵は別の馬車で帰るそうで、御者によって扉が閉められ馬車は走り出した。

ほっと息を吐いて、心からジェシー先生の無事と変わりない姿に安堵する。

イレギュラーの私が攻略対象に関わっても、別に異常事態は起きない。

私さえ気をつけていれば、相手のトラウマや、精神の根幹に関わるようなイベントの邪魔さえしなければ、大丈夫。

その事実に心が穏やかになっていくのを感じて窓の外に目を向けると、そこに嵐も、黒い雲もなく、ただ赤々とした夕日が沈もうとしていた。

異録　恋は妄目

SIDE：Jey

「乗馬がしたい令嬢がいるから教えてやれ」と親父に叩き起こされ馬小屋に向かい待っていれば、俺から会いに行かなきゃいけなかったはずのあいつがいた。

あの春の日街に出て、足を怪我した俺を手当てしたあのガキが。

俺は、自慢じゃねえが人を怯えさせる顔をしている。クラスの奴らだって俺に怯える。小さいガキは俺を見るなり泣いて逃げる。俺は絵本に出てくる化け物かなにかと思っても、本物のごろつきすら俺に対して同じような反応だった。

ごろつきもどきが足から血を流していれば、誰だって顔を背ける。当然だ。実際は散髪をするために店に行く途中、身体を看板に引っ掛けて転んだだけだが、誰かを半殺しにしてきた帰りだと思われても仕方ねえ見てくれだった。

なのに、そんな人殺しみてえな奴に真正面から向かってくるガキがいた。

ガキは俺を見るなり走って向かってきた。人から逃げられることはあっても、向かってこられるなんて初めてで、唖然とする俺の腕を掴むと、井戸水をぶっかけてきて俺の足を洗い、綺麗なハンカチを取り出して巻いた。そして駆け足で去っていった。

徐々にガキの姿が遠くなり見えなくなるのを確認してから、俺は状況をなに一つ理解できないまま屋敷に帰ってきてしまった。

それからは、ただ後悔の繰り返しだ。

どうしてあの時帰ってきてしまったのか、あの時追いかけて名前の一つでも聞いてりゃ良かったと後悔を繰り返した。名前でもハンカチに書いとけと思ったが、白地の布に刻まれているのは薔薇の紋章だけだった。

そこから見つけられる確率なんてほとんどないと落胆していたが、一縷の望みを託して親父に聞けば、さも当然のようにアーレン家の紋章だと話す。

親父の話によれば、その家には俺より八つ下の女のガキがいるらしい、名前はミスティア・アーレン。名前と所在がわかった俺はお礼の手紙を送ろうと、翌日散髪をした帰りに便箋と封筒を買った。やたら伸びてた髪も短くなり、さっぱりした気持ちで屋敷に帰れたことを憶えている。

だが、その日手紙を送ることはできなかった。

手紙は書いた。でも捨てた。内容が悪い気がして、書いては捨てるを繰り返した。お礼を書いて、見直して、捨てる。次の日もその次の日もだ。週が変わっても同じだった。ある時は封筒に入れた後、なんとなく出すか悩み破り捨てた。

感謝の手紙を書いて、洗ったハンカチを同封して、送るように遣いに命じ渡す。それができない。捨てた手紙の中身を誰かに知られるわけにもいかず、溜めた手紙を焼却炉で燃やすのが週末の決まりになった。

毎日毎日、手紙を書いては捨てるを繰り返す日々を送り、季節が二回変わったころ、奇跡が起きた。

ミスティア・アーレンが乗馬がしたいと俺の前に現れたのだ。

奴を前にして、親父が乗馬を習いたいガキの話を俺にした時、妙な雰囲気だったことを思い出した。親父は知っていたんだ。そう確信した。

目の前には、夢にまで見た姿がある。

しかし、何度も紙に書いた言葉の代わりに出てきたのは最低なもので、敬語を外してほしい、俺に気を使いすぎて馬から落ちても困るなどと、馬鹿な要求だった。でもミスティア・アーレンは戸惑いながらも受け入れていた。なにか話をしようにも、長く話すと口調の荒さのぼろが出る。なるべく単語で話すように努めた。

はじめは馬に慣れることが先決だ。初心者相手には餌やりをさせるか、馬の頭を撫でさせ、慣れさせてから乗せるのが普通だ。だが俺は奴を担ぐと馬に乗せた。しかも二人乗りだ。

ちゃんと教えて、あいつを馬に乗れるようにしてやりたいのに。俺はこんなガキになに考えてんだ。やっぱり頭がおかしくなったのか。

今からでも遅くない。こいつを馬から降ろして謝る。そう決意してようやく絞り出せた言葉は、「お前は、俺を怖がらないよな」だった。こいつは突然馬に乗せられて俺をどう思っているんだろうと思っていたら、口から出た。

それからどう話を展開させるか悩めば、馬が少し体勢を崩し奴は落っこちそうになった。支えてやればその体は馬鹿みたいに軽い。なんでこんなガキに緊張しなきゃならねえんだと思っても俺の緊張は一向に解けなくて、そうこうしている内に天気が変わり始め、練習は終わった。


それから、学園が休みの日はミスティア・アーレンと乗馬の練習をしていた。相変わらず俺は奴に怪我の手当ての礼も、ハンカチを返すこともできなくて、あいつずっと馬に乗れなきゃいいのに、なんて思っていた。

奴が乗れなきゃ、俺の屋敷に通い続けるはめになる。その間にハンカチを返す。礼も言う。そう考える俺の想いとは裏腹に、奴はどんどん馬を乗りこなすようになった。

だから、ミスティア・アーレンが屋敷に来ない日は、授業が終わるとあわよくば偶然出会わないものかとアーレン家の屋敷の近くをうろついた。

そんなある日のことだ。屋敷の前に見慣れない馬車が停まった。中から出てきたのは男で、奴と同じ年くらいのクソガキだった。

練習のない日は自分の屋敷に男を連れ込んでんのか。

……いや、あいつは十歳で、ただのガキのお遊びだ。そう思っても胸がざわざわして、注意深くガキと屋敷を観察しているとまた屋敷の前に馬車が止まった。またさっきのガキと同じようなのが出てきて、揃えるように屋敷の中に入っていった。

ガキ二人がアーレン家の屋敷に入っていくのを見た俺は、みょうに苛々しながら屋敷の近くを見張った。待っている間はずっと腹立たしかった。でもガキ二人、その後ろからミスティア・アーレンが出てきた時、俺の苛立ちは一気に霧散した。なぜなら屋敷を出ていくガキ共とは対照的に、ミスティア・アーレンは心底疲れきった顔をしていたからだ。てっきり楽しくやっているのだとばかり思っていた俺は、想像とはまったく異なる表情に混乱した。

それから屋敷に帰り、親父に今日見たことを偶然を装い話した。親父は「婿候補でも決めているんじゃないかな」と言う。今はガキでもこれから成長してあいつは誰かの嫁になる日が来る。そう考えると胸になにかが詰まった。


一週間後、ミスティア・アーレンがまた馬の練習に来た。俺は奴をなるべく見ないようにハンカチを返す文言を考えていた。考えながら、返してしまえばもう奴との繋がりが完全に消えるのだと思い、怖くなった。

いや、なんで俺は怖いんだ？

原因を考えようとしてやめた。

どうして繋がりが消えることを避けているのか、そんなことは関係ない。もう関わるのはごめんだ。俺は奴と出会ってから、ずっとおかしい。もうこんな馬鹿みたいに悩むのも、全部やめだ。

練習が終わると俺はミスティア・アーレンを馬小屋に引き留めた。ハンカチを屋敷に取りに戻るためだ。繋がりなんてもうどうでもいい。奴には婿がいる。この胸の詰まりもきっとハンカチを返せば元通りになる。

はじめはハンカチを返したかった。

お礼が言えれば良かった。

借りたハンカチとその代わりの新しいハンカチ、二つを渡して、ありがとうと伝える。手紙でも直接でもなんでもいい。それだけできればいいと思っていた。いや違う、考えるのはやめだ。それなのに、考えることが止まらない。

どうして、繋がりを消してしまうことが怖いんだ。

どうして、あいつに男が近づくのが、婿ができるのが気に入らないんだ。どうして俺は、こんなにもおかしくなっているんだ。

頭を振って思考を散らす。そんな疑問も消える。この苛立ちも胸の詰まりも悩みも、ハンカチを返せばすぐに消える。

全部消す。全部無くす。

もうどう思われたっていい。どうせもう会うのはやめだ。明日から適当な理由を言って断ればいい。もう苦しい、終わりにしたい。

なのに、いつの間にか俺の足は馬小屋に向かっていた。奴は馬を熱心に撫でていて、その瞳が馬鹿みたいに優しくて、泣きそうになった。

「いざとなったら乗せて遠くへ連れてってね」

柔らかく、だけど悲しげに微笑むその表情を見て、心のわだかまりがさっと消えた。

繋がりを消してしまうことが怖かったのは。男が近づくのが、婿ができるのが気に入らないのは。

俺が、こんなにもおかしくなっているのは、俺が目の前にいるこいつを、ミスティアのことを――、

「好きなのか？」

無意識に口に出した言葉を、ミスティア・アーレンは聞き逃してはくれなかった。俺の方を見て驚いたように振り向く。とりあえずなにか言おうとすると、奴は顔を赤くして口を開いた。

「そうなんですよ」

いや違う、これは、俺のことをじゃない。いや、でも。

もしかして。思いついた考えを慌てて否定する。

でも、もしかしてこいつも俺のことを……？　見つめると、ミスティア・アーレンは顔を赤くしたまま、俯いた。

こんな顔を、今までこいつがしたことがあったか？

頭の中で疑問が浮かぶ。ミスティア・アーレンはガキのわりに表情の種類がないと感じていた。特に会う前日に街へ出て同い年くらいのガキを見た後は特にそう思って、吐きそうとかどっか痛いのが表情でわかりづらいぶん気をつけて見てねぇとな、なんて思っていたくらいだ。

そんなミスティア・アーレンが顔を赤くして恥ずかしそうにしている。

もしかしたら、馬を習いたいのも、俺の敬語を外せという無茶苦茶な提案を受け入れたのも全部俺に気があったからか……？　もしかしてあの時、ハンカチを差し出してきた時から俺を想っている？　俺がこいつを好きで、こいつは、俺が、好き？

それなら、それなら、それなら、それなら。

相思相愛なら歳の差なんて関係ない。犯罪じゃない。こいつがでかくなるまで俺が手を出さなければいいってだけの話じゃねーか。

ずっと悩んでいたのが馬鹿みたいだ。

そうか、俺はミスティアのことが好きで、ミスティアも俺のことが好き。全部運命だったたってだけだ。そうか、俺のことが好きだから、屋敷に男たちが来て疲れた顔をしていたのか。俺じゃない男と結婚させられるのが嫌で。そうか、そうだよな。花婿候補に俺はいないから、俺のこと選べないもんな。

「……じゃあ明日、買いに行くか、鞍」

思い切って、逢引きに誘う。本当は男である俺から告白すべきだったのに、さらに年下であることいつからさせたのは痛い。こういうのは男で、年上である俺からすべきだったのに。だからせめて最初に出かける誘いはと様子を窺う俺に、ミスティアは戸惑いつつもこくりと頷いた。

俺は絶対明日、いいところを見せると決意をして、その日の乗馬練習を終えた。


そうして臨んだ恋人との初めての逢引きの行き先は、馬の用具の店だった。俺の馴染みの店。本当はお洒落な、なんか綺麗っぽい食堂とか、歌劇とかに誘うべきだったのに鞍でも買いに行くかなんて言ったばっかりに馬の店になった。

店に入ると主人はミスティアを見て俺の婚約者だと勘違いした。すぐ否定したものの、考えてみれば、まだ違うだけでいずれはそうなる。そこまで強く否定しなくても良かったのかもしれない。

主人は気を利かせてミスティアの鞍を俺に選ぶように促してくれた。

ミスティアの鞍選びは、ずっと奴を凝視していたからぴったりの鞍が選べた。間違いなくぴったりだと確信した黒い鞍、一応保険に赤と白の鞍三つを選んで決めさせると、黒を選んだ。やっぱり俺とミスティアは運命だ。

だがその後、俺の家の因縁のせいで、ちょっとした問題が発生した。前から親父と因縁のあるアルゴー家の奴らが、シーク家の評判を落とそうと俺を狙い冤罪を仕組んだのだ。幸い何事もなかったが、もしもミスティアが怪我をしていたら周りの男全員半殺しにしているところだった。いや、殺してる。冤罪どころじゃない。間違いなく俺は殺しで捕まっていた。

でも、俺を一生懸命庇うミスティアは強くて可愛かった。事態が収束したあと、怖かったのかミスティアはふらついていた。顔色が真っ青で、俺はミスティアがまだ十歳の子供であると再認識した。次は絶対怖い目になんて遭わせねえ、絶対俺が守ってやると強く、強く誓った。

その後は親父がミスティアを食事に誘い、一緒に夕食を食べることになった。親父には感謝してもしきれない。こいつは俺の彼女だとミスティアを紹介したかったが、結局しなかった。ミスティアも恥ずかしいだろうし、酷い目に遭った当日だ。紹介はもう少し大きくなってからにしようと思った。

屋敷での食事を終えると、馬車でミスティアをアーレンの屋敷まで送った。今まで外から見ているだけだったが、今はもう恋人。恋人同士の見送りなら、キスの一つでもしたほうがいいのだろうがまだミスティアは十歳で、健全な付き合いが必要だと別れの挨拶は普通に手を振るだけに留めた。ミスティアはずっとお礼を言い、「鞍大切に使いますね」と大事そうに包みを持っていて、馬鹿みたいに可愛かった。考えてみれば初めてのプレゼントだし、鞍を俺の分身かなにかだと思っているのかもしれない。それならもっと良さそうなものをやれば良かった。まだ俺たちは簡単に会える仲じゃないし、寂しさもあるのかもしれない。

でもいつか、帰る家が一つになる日がくる。

それまでの辛抱だと、想いを受け止めるようにミスティアの別れの言葉に頷いて、俺は馬車に乗り込んだ。

それから一週間が経ち、明日は俺たちの想いが通じ合ってから初めての乗馬練習だ。今までは教師と生徒みたいな状態で乗馬練習をしていたが、もう俺たちは恋人同士なわけで。

「あーっ、くそっ！」

馬鹿みてえに心臓がうるさくて眠れねえ。

明日に備えて寝台に横たわっているのに、いっさい眠れる気がしねえ。明日どういう顔をしていいかわからず闇雲に寝台の枕を叩く。しばらく枕に顔を伏せて叩いてを繰り返していると、ミスティアの声がふと頭に過った。

――いざとなったら乗せて遠くへ連れてってね。

ミスティアのあの悲しげな表情は、全部俺を想ってのものだった。俺との未来が叶わないものだと思ってあんなに切ない顔をしていたんだ。

……もしかしたらミスティアも、今ごろ眠れねえんじゃねえか？

望まない結婚に怯えて、俺を想って。心配なんかしなくていいのに。ミスティアと結婚するのはこの俺だ。俺たちは運命だから、誰だって邪魔できねえ。

「……そんなこと、恥ずかしくて絶対言えねえな」

ぼそっと呟いてから、ゆっくりと息を吐く。

そして俺はミスティアがぐっすり眠れるようにと、柄にもなく祈りながら目を閉じたのだった。

第五章　婚約者来訪

通いの蝶

紅く染まった木々が枯れ、風が凍てつくようなものに変わった冬。私は自室にて人生の岐路に立たされていた。

私の人生を大いに左右する存在。穏やかな日々を激動する嵐の中へと変える存在は、この世界にたった一人しかいない。要するにレイド・ノクターから手紙が来た。

春からそこそこの頻度で手紙は来ていたけれど、問題はその内容だ。

レイド・ノクターの手紙は基本的に庭の様子、家族の様子、最近読んだ本、最近聴いた音楽の四種類で構成されている。だから私も同じような内容で返している。はじめこそ投獄死罪がちらつき血眼になって不審点がないかと書いた手紙を読み返していたけれど、なにかしら作品の感想を書いておけばいいと気づいてからは、気楽に返事を書いていた。

よって、たまに来る屋敷への招待さえ断り続けていればいい。そんなふうに私は考え、慢心していた。

『今度御屋敷の中を案内してくれないかな？　都合のつく日を具体的に教えてね』

そして今朝届いた手紙の、最後の一文。

なんというか、「具体的に教えてね」に過去最大の圧力を感じる。

一般的な婚約者同士の手紙のやり取りであれば、微笑ましいやり取りだと思う。二人で仲良く庭園などを散歩して、優雅に紅茶を飲む姿すら想像できる。

しかし私にとっては、レイド・ノクターと私が二人で歩く映像から、徐々に周りが焼けこげ、次に映るは私や両親が投獄される姿が思い浮かぶ。メロや屋敷で働いてくれている皆が路頭に迷う姿も見えるし、最後に断頭台のカットの後に、漆黒の背景、鮮血の赤でゲームオーバーと文字が記され終幕という光景が、頭の中でムービーとして再生される。

先日、エリクとレイド・ノクターのまさかの遭遇事件が起きたことで、私はレイド・ノクターの誘いを断り続ける中、エリクとは高頻度で会っていることを知られた。

あの後、個々に説明しエリクに対しては誤解が解けた。が、レイド・ノクターは納得していないようだった。おそらくその弁明を求めているのだろう。

私は疲労を感じながらカレンダーを見て、空いている日を確認した。

緑の星が付いている日はエリクと勉強会の日。赤い丸が付いている日は乗馬練習だ。あれから馬に乗り走れるようになったものの、ジェシー先生の「続けてないと腕が鈍るぞ」との指摘により練習は続行している。

そういえば先生の冤罪事件当日、私がシーク家の屋敷で夕食を食べている時、アーレン家の屋敷では、私がシーク家とアルゴー家の争いに巻き込まれたことを聞いた父が、アルゴー家を潰そうと暴れだし騒ぎになっていたらしい。

そんな父を母が、「ミスティアはそんなこと望まない」と説得してくれたことで、第二の事件に至らなかったと聞いた。

本当にありがたい。罪は法で裁かれるべきだし、家族に手を汚してほしくない。私が受けたダメージは、「もしかしたら、ただの誤解だったかもしれない相手に高圧的に接した」ことへの罪悪感だ。兄弟には悪意があったけれど、本当に悪意がなくただの誤解による可能性だって十分にあった。反省しなければ。

ちなみに父は、ノクター夫人と甥の事件の時も甥に報復をしようとして、ノクター伯爵に「自分にさせてほしい」と頼み込まれ耐えたらしい。家族がなにもしなくて良かったような、複雑な心境である。

そうしてエリクと勉強をし、ジェシー先生と乗馬練習をするという攻略対象と関わった生活をしているけれど、私が攻略対象に関わるだけならバグや異常事態は起きないことがわかったため、気後れはない。

カレンダーを見ながら、便箋に空いている日を書いていく。バグは起きないけれど投獄死罪が直接的に関わるレイド・ノクターとのやり取りは気後れしかしない。

私は配送の手違いで三か月後くらいにこの手紙が届いてくれないだろうかと祈り、手紙を認《したた》めたのだった。

レイド・ノクターから返信が来たのは、それから翌日のことだった。驚愕《がく》した。意味がわからない。速度がおかしい。

混乱しつつ手紙を確認すると、彼が屋敷に訪問する日取りが綴られていた。目を凝らしてよく見ても、そこに記されていたのは二日後の日付であった。

埋め逢瀬

レイド・ノクターに手紙を送ってから三日、私は自室の窓から雪が降りつもる庭園を眺めていた。寒い。外気は窓と壁で遮断されているのに、冬将軍到来と言わんばかりに寒い。こんな日は屋敷に籠るのが一番だけれど、今日はレイド・ノクターが屋敷に来る日だ。

時計を確認すると、彼が屋敷に来訪する時間まであと二十分だった。彼が事前告知有りで屋敷に来ることは初めてだけど、彼の性格上約束の十五分前に来ることが予想できる。

そろそろ門の前で待っていなければならない。これから世界を救う勇者の気持ちでマフラーを手に取り玄関ホールに降りていくと、私の専属侍女であるメロがマフラーを持って立っていた。

「メロ、駄目だよ自分の部屋にいなきゃ」

彼女は立場上、私の専属侍女を務めていることをレイド・ノクターに知られ、なおかつ私と仲がいいというところを見られている。今後私が投獄される際に、メロを共犯として扱われたらたまったものではない。だからこれ以上メロを見られないよう昨日のうちに、レイド・ノクターが屋敷に来ている間は隠れておいてと彼女に頼んでいたのだ。

「いえ、よければ、こちらをと思ったのですが」

国の姫……もといメロがそっとマフラーを差し出してくる。私の持っているマフラーではない。

これはもしやメロのマフラーでは？

「これって」

「先日、美しい毛糸を見かけたので」

「あ、あ、編んでくれたの？」

「はい。ミスティア様のために」

「今つけてもいい？」

「もちろんです」

メロからマフラーを受け取り、さっそく巻く。長さと厚みもあるし、丁寧に編んであるのが素人目でもわかる。大変だっただろう。きっと仕事が終わった後、時間を作って編んでくれたに違いない。

「大事にする！　お守りにする！　ありがとうメロ！」

部屋にあったマフラーは小脇に抱えた。後でしまおう。元気出てきた。嬉しい。地獄の底に向かう足取りが一瞬にして浮立ったものに変わる。

「行ってきます。メロ、隠れててね。出てきたら駄目だよ」

念を押してから屋敷を出ると、敷地の柵の隅にノクター家の馬車が見えた。

タイミング的にはばっちりだ。メロの手編みマフラーに触れて心を落ち着ける。門の方へ歩いていくと、ノクター家の馬車は停車し扉が開かれた。やがてゆったりとした足取りでレイド・ノクターが現れる。

「やぁ、会えて嬉しいよミスティア嬢」

にこやかに馬車から降り立つその姿は、さながら王子様のようだ。

しかし、この笑顔をそのまま受け取ってはならない。

事実上、エリクと鉢合わせ事件によって、私はレイド・ノクターに将来的に不貞の恐れがある人間と判断された。

今でも、鮮明に思い出せる。エリクと共に彼が去ろうとした時の、口元は弧を描きながらもまったく笑っていなかった憎悪の瞳。その瞳はまさしくミスティアが主人公に向けるものだった。それも終盤の方の、めちゃくちゃに拗れている時だ。

不貞婚約者と考えられることは婚約解消のステップとして正しいと思ったけれど、このままだと主人公を陥れたゆえに訪れる投獄死罪が、レイド・ノクターに恨みを買ってのものになってしまう。

ミスティアの投獄は、学園への放火が決め手だった。

それまで主人公を崖から突き落としたり、張り倒したりし続けても捕まらなかったのは、ミスティアが事件を揉み消していたこと。主人公がミスティアを通報しなかったこと。そして、レイド・ノクターが泳がせていたからの三つだ。

彼がミスティアを泳がせていたのは、証拠集めのため。ミスティアが主人公を侮辱して崖から突き落した後など、彼が見つけるミスティアはいつも「断定はできないけどたぶんミスティアのせい」という場面ばかり。

だから証拠を固めるために、彼はミスティアを泳がせていたのだ。

しかし今ははっきりとした憎悪がある。早急に投獄を進められかねない。絶対に投獄の布石を打ってはならない。もう砂粒ひとつ撒いてはいけない。

そう思って、彼を迎えようと決意したものの――、

「さて、どこを案内してもらおうかな」

そう言って私の前に立ち笑うレイド・ノクターに、違和感を感じた。切迫しているような、それでいて元気がないような。彼の温和な微笑みに私はいつも不安を感じていた。しかし今日感じるのは彼自身に対する不安だ。

親と喧嘩して出てきた？　道中嫌な目に遭った？

ぐるりとアーレン家の敷地内を見渡すレイド・ノクターをよく観察する。

特に目立った異変はない。髪型も服装も普通……、つま先から眺めていくと、ふと白い首が露わになっていることに気づいた。

そうか。マフラーがない、彼は寒いのだ。なるほど、納得した。

「よければどうぞ」

小脇に抱えていたマフラーを彼に差し出す。ちょうどこちらは使っていない。後でしまおうと思っていたものだ。つまり使用前。一方彼はマフラーを見て困惑の表情を浮かべた。

「えっと……」

「大丈夫です。洗濯済みです。使おうと思っていたら、なんとなく、別のマフラーを使いたくなっ

て、ですのでこちらは持って移動しただけというか……使いかけではありません」

慌ててマフラーの来歴を伝えると、彼はじっと私を見つめた後、マフラーを受け取った。

「ありがとう」

レイド・ノクターはマフラーを自分の首に巻いた。良かった。これで暖は取れた。寒さは油断ならないし、十歳の身体だ。子供は風の子といえども、暖かくしていることに越したことはない。

さて屋敷を案内するかと屋敷へ振り返り、そして気づいた。……そうだ。屋敷の中に入れば暖炉がある。ここでマフラーの来歴を語るよりも、屋敷の中に入ってしまえば良かったのだ。

「すみません。寒いですよね。屋敷の中に入りましょう」

「いや……まずは庭園から案内をしてもらいたいな」

レイド・ノクターが庭園の方を指す。先ほどより顔色はいいけれど、なんだろう、まだ違和感は拭えない。

私は頷き、違和感を抱えながらも彼と共に庭園の方へ向かったのだった。


草花の柄が刻まれた煉瓦《れんが》の小道を進み、ハーブでできたアーチをくぐって庭園に入っていく。アーレン家の庭園は、屋敷からは中が見える。けれど、それ以外からは木々に囲まれ中の様子がわからない。だからか、レイド・ノクターは辺りを見回し、私の後ろに続いていた。

「あれは……」

しかし彼は近くに咲いていた花々ではなく、なにやら遠方をじっと見つめ足を止めた。彼の視線に目を向けると、庭師のフォレストが木に肥料をまいていた。

厚手のコートを着て、こちらに気づく様子もなく熱心に働いてくれている。

「君の家の庭師はずいぶんと若いんだね。僕らと五つくらいしか変わらないくらい……？」

「いえ、もう成人していますよ」

「そうなんだ……」

レイド・ノクターはすっと視線を落とし、目の前の花壇に目を向けた。そこにはチェス盤のように植えられた白百合と黒百合が咲いている。

「百合が咲いてる……冬なのにどうして？」

「庭師が冬も庭を楽しめるようにといろいろ工夫してくれているんです」

フォレストは、以前から冬の庭の景観について思うことがあったらしい。ここ数年、交配や試行錯誤を繰り返し、冬でもあたたかい気温を好む花々を咲かせることに成功した。彼の能力と根気強さには感嘆させられるばかりで、その成果を学会に発表することをすすめたけれど「好きでしているから」と断られてしまっている。

もったいないとは思うけれど、彼の選択、彼の人生だ。しかし彼の気が変わり「やっぱりやりたい」と言った時、すぐに行動に移せるように準備はしてある。

「この花は……」

興味深そうに一点を見つめるレイド・ノクターの手前のポットには、弟切草が色鮮やかに揺れていた。これはフォレストが、季節が過ぎた花をどれだけ長く持たせられるかと研究中のものらしい。

昨日、「婚約者様がいらっしゃるならば」と特別に分けてくれたのだ。

「レイド様が屋敷にということで、庭師が置いたのです。生薬にも用いられると聞きました」

「そうなんだ。では彼に礼を伝えておいてくれるかな」

「はい」

レイド・ノクターはじっと花を見つめている。それにしても冷えてきた気がする。そろそろ屋敷で暖を取らなければ彼が風邪を引いてしまう。

「では、そろそろ屋敷の中をご案内します」

「そうだね。庭園、見せてくれてありがとう」

「いえ……」

本当に、私はなにもしていない。ただただ、庭師のフォレストがすごい。私は遠方にいる彼に一礼し、庭園を出てレイド・ノクターと共に屋敷へと向かった。


「へえ、ここがミスティアの部屋なんだ」

私の両親に挨拶を済ませたレイド・ノクターは、「さっそくだけど、ミスティア嬢の部屋が見てみたいな」と調理場、トイレ、広間、廊下、客間、書庫、物置、など、あらゆる選択肢の中から私が最も、「一番最初に連れていくのは嫌だな」と思った場所、私の部屋を所望した。

なぜ私が自室に彼を入れるのが嫌なのかといえば、将来的に修羅場イベントがそこで起きるからだ。

ゲームが終盤に差しかかったころ、レイド・ノクターから婚約解消の意向を宣告されたミスティアは、彼を騙し部屋におびきよせ昏倒させる。そして自身は婚約者の酒乱により襲われた悲劇の令嬢を演じ、婚約解消が絶対にできないよう、彼を追い詰めるのだ。

しかしそれでもレイド・ノクターは徹底抗戦の意思を表明する。ミスティアは彼の態度に憤慨し、今度は妊娠したと偽造した診断書で彼を脅すのだ。もはや乙女ゲームの枠組みを超えている。

そんなストーリーの舞台となる部屋に、関係者であるレイド・ノクター本人といるなんてもはや自分が将来殺害される現場を見ているかのような気持ちになる。

もう大方屋敷の案内が済み、彼の帰宅の時間が差し迫ってきたくらいのタイミングで訪れるべき部屋だ。

私の部屋を少しずつ、そして注意深く観察していくレイド・ノクターは、さながら殺人現場を捜査する刑事のようにも見えてくる。

「ミスティア嬢はいつもここで生活してるんだね」

「はい……」

そういえば、ノクター家の屋敷に行った時、私はレイド・ノクターの部屋に入っただろうか。彼の屋敷に行った時は、とにかく恐ろしい気持ちでいっぱいだったからあまり記憶がない。

「ねえ、彼はここに来たことはあるの？」

「かれ？」

「ハイム家の彼だよ」

「あります……ね」

「ふうん」

彼はじっと私を見据えた。怖い、嘘じゃないか探られている気がする。完全に刑事や探偵の目つきだ。嘘はついていないのに恐怖を感じる。

「彼とは小さいころから仲が良かった?」

「いや、そういうわけでは」

「いつ、どこで知り合ったの?」

「今年の夏にハイム家主催のお茶会で」

さながら取り調べ、いや尋問だ。この場所だけ、私だけ普通より何十倍もの重力が上からかかっているに違いない。

「泊まったこともあると聞いたけどよくあるの?」

「い、一度大雨で、危ない日があって」

その日はいつも通りエリクと遊んでいて、去り際に突然土砂降りの雨が降ったのだ。バケツをひっくり返したような水量で、このままの帰宅は困難と判断し、帰ろうとするエリクを私が引き留めた。

「なら、このまま大雪が降ったら、僕のことも泊めてくれる?」

「へ?」

思いもよらない質問を投げかけられ、思考が止まる。てっきり、「本当に雨でも降ってたの?」とか、「それはいつの日?」とかの質問を想定していた。大雪が降ったら馬だって危ないし、路面凍結の恐れもあるから当たり前だ。レイド・ノクターが屋敷に泊まることは危険だけど、人命は優先されるべきだ。

「それはもちろんです。危ないですからね」

答えると、今度は彼のほうが驚きの表情を浮かべた。人に質問しておいて目に見えるほど驚かないでほしい。

「そうなんだ……。そろそろ別の部屋を案内してもらおうかな」

「はい」

レイド・ノクターがあからさまに動揺している。以前、彼の屋敷で我儘を言い暴れたことがあったけど、あの時の彼は冷静で、動揺というよりゴミを見る目に近かった。そんな彼が動揺している。

……お手洗いに行きたい？

気持ちはかなりわかる。人の家に行ってトイレの申し出をすることは緊張する。そもそも人の家に来ることすら緊張するのだ。

どうやら次の部屋の指定はないみたいだし、トイレに案内しよう。いやでも「トイレに行きたいことを気づかれた」と思わせてしまうのもかわいそうだ。

さりげなく近くの書庫を案内して、「すみません今日、鍵しまってるみたいですねー」とワンクッションをおいて、トイレを案内しよう。

私は動揺を隠せていないレイド・ノクターと共に、自室を後にしたのだった。

「調理場はこちらです」

立ち入り可能区域を回り終え、向かった先は調理場だ。料理長のライアスさんにはしっかり事前に許可を得ているため、仕事の邪魔にならないように細心の注意を払わなければ……と思ったものの――、

「料理長がいない……」

レイド・ノクターを連れていくと調理場はもぬけの空だった。がらんとしている。時計を確認するとちょうどおやつタイムだ。ライアスさんはこの時間いつも調理場にいる。なのに今はいない。

「おかしいな……」

壁に貼られているライアスさんの予定表を見ても、街に出かけている様子はなく今日のこの時間は調理場にいることになっている。しかし用具もすべて片付けられ、普段あるはずの仕込みもない。

「と、とりあえずここが調理場です」

気を取り直してレイド・ノクターの方を見ると、彼は一点を見つめていた。その視線の先は私の調理道具セットが置かれている棚だ。

棚は「御嬢様専用棚」と記され、中には子供の身体に適したエプロン、フライパン、包丁などが収納されている。私が両親に買い揃えてもらった調理セットだ。調理場が忙しくなく、かつ私が気が向いた時に料理するセットとも言う。

ちなみにその近くに、実食するための簡単な椅子と机もある。椅子は子供用だけど、机は普段料理長がレシピを考える作業台として使っているため、なかなかの大きさだ。

「もしかして、ミスティア嬢は料理ができるの？」

「まぁ妹によ……、い、芋をに、に、煮たり、焼いたり程度ならできますよ」

「へえ、ミスティア嬢は、料理ができるんだ」

含みのあるような言い方でレイド・ノクターが頷く。なんだろう、考えられる可能性を一つ一つ洗い出して、はっとした。

「……もしかしてお腹空いてます？」

「空いてるって言ったら作ってくれるの？」

「え」

質問を質問で返されるとは。そしてなんだこの流れは。不穏な気配がする。むしろ不穏な気配しかしない。

「お腹が空いてるなら、焼菓子がありますよ」

「僕はミスティア嬢の料理の話をしているんだよ」

おかしい、この流れ、私が作るみたいな流れになっていないだろうか。

「あの……、たぶん想像している料理とは違うと思います」

「想像もできないな、食べたことがないからね」

私の言葉に、レイド・ノクターがにっこりと笑う。出している圧力と、笑顔があまりにも一致していない。

「もしかしてハイム家の彼にはよく作ってたりする？」

「いや、一度もないですけど……」

「ふぅん……」

間が苦しい。無言が苦痛すぎる。

「た……食べます?」

「ありがとう、嬉しいよ」

作りたくない。できることなら作りたくない。ミスティアがレイド・ノクターに手料理を食べさせる……そんなイベントなんてない。しかしエリクの名前が出た以上、事態の悪化をさせないため作らなければいけない。意を決して、冷蔵庫を漁る。

「なにしているの?」

「私が使ってもいいものを、仕分けしてもらっているんです」

トレーを出すと、そこにはパンやハム、チーズにベーコンなどがあった。

このトレーは、料理長であるライアスさんがその日使わなかったり、余ったものを入れて、私がそれを料理するシステムが構築されているのだ。そしてトレーの中身の消費期限が迫ってきたら、ライアスさんがまたなにかに利用する。

「……甘いのと、塩みがあるもののどちらがいいですか? それと嫌いなものとか、食べたら身体に不調をきたす食材はありますか?」

「なにもないから、全部お任せするよ」

「では、そこに座っていてください」

レイド・ノクターに着席を促し、私は彼に背を向け、手を洗いエプロンをつけてから調理に取りかかった。

しかし、背中にびしびしと視線を感じる。もし視線が矢であるならば、確実に私は負傷兵となっているだろう。震える手を押さえながらボウルに目をとめる。……そうだ。金属は鏡のように物を映すから、後ろを振り返らずとも彼の現在の顔の向きを確認できる。

もしかしたら、こちらを見ていないかもしれない。

さりげなくボウルを選ぶふりをして確認し、即座に後悔した。

レイド・ノクターは、こちらに顔を向け手を振っている。こちらを見ている。さらにボウルで確認しようとしたこともばれている。

彼に振り返って一礼し、料理に取り掛かった。もうそれしかできない。とりあえず、卵とハムとチーズ、パンがある。賞味期限もどれも万全だ。

時間の問題を考えると、サンドイッチが無難だ。殺菌の意味合いも込めて焼こう。

いつもどおりの手順でサンドイッチを作り、バターをならしたフライパンで焼く。私はそうしてできたサンドイッチ、というよりホットサンドを盛った皿を、フォークとナイフを添えて彼に出した。

「えーっと、どうぞ」

「ありがとう」

レイド・ノクターはお礼を言って、ホットサンドを見つめたかと思えば、私の方に顔を向けた。

「君の分は？」

「いえ、私はまったくお腹空いてないので……」

「いいの？」

「はい」

「そうか……、いただきます」

レイド・ノクターが優雅な所作でホットサンドを一口食べた。簡単な所作なのにこうも美しく見えるのは、容姿からくるものなのか、その風格からくるものなのか。

しかし、一口食べてなにかしら言うかと思ったけれど、彼は沈黙した。ただただホットサンドを見つめている。口に合わないのを必死に隠しているというよりも、心がここにないような、でも表情が明るいような……よくわからない顔だ。

「塩足しますか？　それとも濃かったですか？」

「いや、とても美味しいよ」

レイド・ノクターは微笑む。私は行き場の失った塩の入った小瓶を握りながら、その様子を眺めていた。


「ごちそうさま、ありがとう、とても美味しかったよ」

「どうも」

食べ終わり空になった皿を前にレイド・ノクターは私を見た。このまま彼には着席したままでいてもらい、食べ終わった食器は、使用した調理器具と一緒に洗ってしまおう。

食器を下げようと伸ばした手は、彼によって止められた。

「食べさせてもらったんだし、僕が洗うよ」

一宿一飯というやつか。

しかし彼用のエプロンがあるわけでもない。今の彼の服装は、汚れてもいいものではないはずだ。でも彼はこちらの、「大丈夫です」を受け入れるようにも思えない。

……そうだ。皿拭き係なら服も汚れない。

「じゃあ、お皿拭きをお願いしてもいいですか？」

「わかった」

私の提案をレイド・ノクターは快諾した。

二人で皿や食器を流し台に運んでいく。二人で並んで、私が皿やフォーク、調理器具を洗い、隣に立つ清潔な布巾を持ったレイド・ノクターにパスをしていく。

話をしなくてもいいし楽だなと思っていると、そんな思いを裏切るように彼は口を開いた。

「今日は本当にありがとう」

「いえ」

「……料理人以外に料理を作ってもらうのは久しぶりだったから、とても嬉しかった」

また、彼に違和感を抱いた。なんだか彼は死に別れていくような言い方をしている気がする。料理人以外の料理を食べないなんて、貴族というものはわりと皆そういうものだし、いったい彼の身になにが起こっているのだろう。

「昔は、母がよくミートパイやキッシュを作ってくれたんだけど……」

お母さんの手料理が恋しくなったということだろうか。

いやでも彼の母、ノクター夫人は生きている。心身ともに健康なはずだ。事件以降、家族との時間が取れていないということか……？

「今は違うんですか？」

「まぁ、母は身重だしね。でも、子供がいるとわかるまでは作っていたよ。煮込み料理とか」

彼の悲愴な顔つきにはっとした。そうだった、彼の母は今身重の身体。おそらく伯爵は、出産を控えている夫人にかかりきりなのだろう。

私は前世の時、妹とそこまで年が離れていなかったから、物心がついた時には妹が隣にいる状態だった。でも彼は十歳。すでに物心もついているし、年のわりにしっかりしているけれど、それでも子供だ。妊婦がお腹の子に気を配るのは当然で、周囲が身重の夫人を気にかけるのも当然だ。おそらく彼に対して、おざなりになってしまうところがあるのかもしれない。

……手紙を送ってきたり、屋敷に突撃してきたのは婚約者としての務めからだと思っていたけれど、寂しさや孤独からきているのかもしれない。

もし、事件以降親しい友人と疎遠になっていて、まともに話しかけたりできるのが私だけだったとしたら、私は今まで彼にとんでもない仕打ちをしていたのではないだろうか。

いや、彼に親しい友人がいるのかすらわからない。私は彼についてなにも知らない。自分の将来のことばかり気になって、私は彼をちゃんと見ようとしていなかった。

「あの、レイド様」

……今も、一家の命や使用人の雇用問題がかかっている以上、バッドエンドは気になるしこれからも気にする。

だけど――、

「わ、私で、よければ、作りに行きましょうか、料理、とか」

「……いいの？」

レイド・ノクターの孤独は私に原因がある。彼にはもともと弟も妹もできないはずだった。しかし私が彼の母、ノクター夫人が死ぬはずだった現場に立ち会ったことで、そのストーリーを変更させた。夫人を救ったことに対しては、なんの後悔もない。今から時間が巻き戻ったとしても私は同じ行動を取る。だからといって、このままでいいとは限らない。行動には責任が伴う。彼の孤独を生み出した責任を取らなければいけない。

でも、家族や使用人の皆のことが第一だ。彼と悪戯に接触を増やすことは、将来的な投獄死罪の危険が高まってしまう。

「に、二週間とか、三週間に一回くらいなら」

妊娠から出産するまで十か月と聞く、以前の彼の報告から計算していくと、あと一か月くらいで出産のはずだ。さらに生まれる前も大変だろうけど、生まれた後も大変だろう。人ひとり、お腹から出てくるのだ。

……だいたい出産後半年くらい経てば、彼の家族は落ち着く兆しを見せるだろうか……。

そのうちに三週間に一度のペースであれば、最多でも屋敷への来訪回数は十回未満。そしてゲームの本編が始まる十五歳まで丸々三年はある。私がノクター家の屋敷に数回行ったところで、「弟か妹の誕生」というビックイベントに一瞬にしてかき消されるはず。

さらにこれからは「弟か妹と喧嘩」「弟か妹と一緒に遊ぶ」という、楽しいイベントが続々と発生するのだ。大丈夫。衛生面やアレルギーに気をつけ、中毒でも起こさない限り私が料理を作ったということが彼の記憶に残ることはないだろう。ああ、でも夫人は出産で負担があるはず。私の屋敷に来てもらうほうがいいのだろうか。

考えていると、レイド・ノクターは不思議そうに、それでいてつきものが落ちたかのようにこちらを見た。

「てっきり、君は僕のことが嫌いなんだとばかり思ってたよ」

突然の爆弾発言に、洗っていたフライパンを滑り落としそうになった。皿ではないから割れこそしないが、普通に危ない、落とさなくて良かった。彼の顔を見ると、先ほどの悲愴な表情は一変し、明るいものになっていた。

「は、はい？」

「でも、そう言ってくれるってことは、嫌いでもないんだね」

うんうん、と一人で納得し、頷く彼。しかしこっちは意味がわからない。おいていかないでほしい。

「二、三週間に一度か、じゃあ二週間に一度と考えて……」

布巾を置くと、すたすたとレイド・ノクターはカレンダーに向かって歩き出した。

もしかしなくても、私はさっき取り返しのつかないことを言ってしまった。彼を追いかけたいものの私の手は泡だらけで、手元には洗浄中のフライパンがありうかつに動けない。

一方彼は調理場のカレンダーを確認し、「この日は、大丈夫」「この日は駄目かな」とぶつぶつ言っている。

本当にどうしよう。私は頭の中が真っ白になりながら、茫然と立ち尽くしていた。

異録　一線を越える瞳

SIDE：Raid

春、ミスティア嬢を街で見かけた。隣を歩くのは彼女の侍女で、まるで身分の差なんてものは存在しないかのように二人で歩いていた。

本来のミスティア嬢は、こんなふうに笑い楽しそうにするのか。そう考えると、心が掴まれたように苦しくなった。声をかけると彼女の表情はまた強張ったものに変わり、自分がこうも抑えつけていたのかと罪悪感が強くなった。

僕は彼女と初めて会った時、嫌いだと思ったし憎いとも思った。どうでもいいと思っておきながら、顔合わせの時の僕は間違いなく彼女に敵意を向けた。

だから僕がミスティア嬢に避けられることは仕方がない。手紙を送りあうことはあっても、お茶会や屋敷への招待を断られても仕方がない。手紙は返してくれるし、とても真摯《しんし》に対応してくれている。このまま手紙でやり取りして、信頼を得ていきたい。

なのにこのままでいたらいけない気がして、アーレン家に押しかけたことがあった。お礼を言って、顔合わせの時の態度を謝罪した。けれど彼女は僕に怯えたままで、それに僕に妹か弟ができたことを知って、ほっとしたような、嬉しそうな顔をしていた。

もし弟が生まれてきたら、そちらと結婚したいと考えているのかもしれない。漠然とそう思った。貴族同士の結婚に年齢差はつきものだ。むしろ同じ年同士で結婚している者のほうが少ない。

その日、僕は初めてミスティア嬢と握手をした。彼女に触れたのは初めてで、手は繋げたけれど、心の遠さをにょじつに感じた。

それからしばらくして、エリク・ハイムという少年の存在を知った。彼はミスティア嬢に抱きついて頬にキスをした。彼女は彼に怒って注意をしていたけれど、自分がされて嫌だからではなく同意のない状態でそういった行為をしたことに対して怒っており、彼を心配しているように見えた。

ミスティア嬢は僕との誘いを断って、エリク・ハイムとは会っていたらしい。

それほどまでに僕が嫌われているのか。それほどまでに彼女は彼が好きなのか。どちらにしても、胸が苦しくて辛くなった。

それから僕は悩んだ末に父にミスティア嬢と婚約を解消したいと伝えた。彼女に想い人がいること、その相手がノクター家と同列の家で、相手も彼女との結婚を望んでいるだろうことも。

一度は進めてほしいと言った婚約だ。反対も承知の上だった。しかし父は僕の身勝手な意思を汲もうとしてくれた。

「……お前には、長年寂しい思いをさせてきた。ノクター家を継ぐ者として、必要以上に厳しく接しすぎていた。でもこれからはお前の好きなようにさせたいと思っている。お前が望むなら、婚約を解消できるよう尽力する」

そう言った父は、穏やかな目をしていた。昔、もう二度と見ることは叶わないと諦めた目。母に向ける目も昔とは全然違う。

以前の父は母を明確に拒絶していた。しかし今、身重の身体でなにかあっては困ると、母を無理やり別荘に住まわせ始めた。助産師や医師を常駐させ、どこよりも安全な場所を作り上げそこで母を守るのだと心配と愛情の目で僕に話をした。

父の変化もミスティア嬢がいなければなかったものだと思うと、また胸が痛んだ。そんな僕を見透かすように父は僕に言ったのだ。

「だが、お前はもう一度アーレン家に行って、よく見て、聞いて、もう一度考えろ、それが婚約解消の条件だ。その後どんな判断をしても、私は止めない。きっと、母さんもそうだろう」

父は心のどこかでまだ迷いのある僕を見抜いていたのだろう。

一度会って決心が鈍るならやめておけ、でも意思が変わらなければ解消してやると。父の言葉を、僕はそう理解した。

ミスティア嬢に手紙を送り、アーレン家の屋敷へ向かった当日。彼女は僕を門の近くで待っていてくれていた。首に巻かれたマフラーの色はミスティア嬢の瞳の色とまったく同じで、僕は綺麗だと思うと同時に今日は寒かったのかと認識した。

案内は茶番のつもりだった。このよくわからない想いを断ち切るための。

しかしままならないことに、彼女は僕にマフラーを差し出してきた。

自分が差し出したマフラーが使い古しではないことを熱弁し、寒そうだから使ってくれと僕に言う。

彼女は優しい。以前青年を手当てしているところを見たことがあった。目の前に困っている人間がいたら、放っておけない気質なのだろう。

僕はミスティア嬢の好意に甘え、彼女のマフラーを巻いた。そして庭園を案内してもらった。

そこで見た庭師の瞳は、恐ろしいものだった。年齢は庭師にしてはだいぶ若く、ミスティア嬢と同じ黒髪で、柔和な顔立ちをしていた。髪色よりもやや薄いその瞳は射貫くように彼女を捉えていて、一目で彼女に度し難い執着を持っていることがわかる異常な瞳だった。それは行動にもよく表れていて、彼が僕に用意した花の花言葉は、敵意、恨みの意味合いを持つものだった。

そして、おかしな瞳でミスティア嬢を見ているのは彼だけではなかった。屋敷の中で確認できた使用人全員だった。今までどうして気づかなかったのかと思いながら屋敷の中をめぐり、最後に調理場へ案内された。

そこで僕はミスティア嬢に料理を作ってもらった。はじめは彼女が料理ができると聞いてすごいと思った。でも途中からエリク・ハイムへ対抗するような気持ちが出てきて、彼女に料理を作ってもらうよう強くお願いをしてしまった。

彼女の交友関係は、決して広くはないと聞く。だからもしかしたら彼女の手料理を食べるのはアーレン家の人間以外では僕が初めてかもしれないと思うと、仮定の話でも気分が良かった。

そうしてミスティア嬢に作ってもらった料理は本当に美味しかった。

彼女の料理を食べた後、食器を洗うくらいはさせてほしいと言ったけれど彼女はしばらく考え込み、僕に皿拭きを頼んだ。僕の服をじっと見つめていたから、服が汚れることを危惧してくれたのだろう。

二人で洗い物をしているうちに、ふと父と母のやり取りを思い出した。父は母の作る料理が好きで、僕も母の作るミートパイやキッシュが好きだった。しかし母はそれらをあまり作らなくなった。

理由は、父が母に構うからだ。

父は母が料理をしている間中、調理場の近くをうろつく。作業中に近づいたりする。だから母はある程度料理を放置しても大丈夫なように煮込み料理を作り、底の方がやや焦げ付いた鍋は、父が熱心に洗っている。僕はそんな二人のやり取りを見ることが好きで、でも最近は見る機会がないなと思いつつ、ミスティア嬢に話をした。

そうして僕は気づいた。自分のことをしっかりと話すのは、彼女が初めてだということに。

自分でも馬鹿だと思った。問い詰め、怯えさせ怖がらせて、強要することしかできない。なのに彼女に対して、自分を知ってもらいたいとも思っている僕に憤りを感じた。彼女と出会って僕は後悔ばかりしている。おかしくなってしまった。

でも、ミスティア嬢は言ったのだ。僕をまっすぐに見つめて、自分で良ければ料理を作りに行くと。彼女から、言った。

「でも、そう言ってくれるってことは、嫌いでもないんだね」

アーレン家の調理場で、水場から離れられない彼女を横目に、さっとその場から離れていく。

怯える相手に食事を作りに行く人間がいるだろうか。期待したくなる心を抑えて、彼女が優しすぎるだけだと思い直した。彼女は目の前に困っている、悲しそうな人間がいたら放っておけないのだから。

ミスティア嬢のまっすぐな優しさに打算は感じられない。彼女にとっては、当たり前のこと。意味なんてない。

それでも、今は構わない。

僕には彼女しかありえない。彼女しかいない。もう諦めない。きちんと僕自身と、そして彼女と向き合う。

「二、三週間に一度か、じゃあ二週間に一度と考えて……」

僕は日付を確認するふりをして、静かに覚悟を決めたのだった。

第六章 巡る季節

プロローグ・バースデイ

今日は私、ミスティア・アーレンの十一歳の誕生日だ。

つまるところ前世を思い出して一年。状況はなにも変わっていないどころか日々悪化の一途を辿っている中、私は十一歳になった。

十歳から十一歳になって、魔力が突然芽生えただとか、特殊能力が発現したなどの変化はない。

ここはきゅんらぶの世界。魔法や特殊能力は存在しない。なにかしら戦いがあるとしたら、血で血を洗うドロドロの修羅場だけだ。

そしてそのドロドロ要因の一端どころかすべてを担っている私は、十一歳になったことで悪のカリスマが開花することもなかった。中身はド平凡なまま、五年に迫っていた貴族学園入学が四年になっただけだ。

思い返せば一年前の今日、前世の記憶を思い出し、自分がミスティア・アーレンとして二度目の生を受けたことを知った。それから春に婚約者であるレイド・ノクターと出会い、彼の母が死ぬストーリーを変え、夏にエリク・ハイムと出会い、彼の家庭教師初恋イベントを破壊し、彼の性癖を変えてしまった。秋に乗馬を教わったジェイ・シーク――ジェシー先生は特になにもない。

そして春がごくわずかに見えてきた現在、レイド・ノクターと夕食を共にしたり、エリクに勉強を教えたり、ジェシー先生に乗馬を教わっている。

問題は山積みだ。婚約は解消できていないし、エリクはいまだ一歳年下の人間に対してご主人などと呼ぶ。


変わったことがあるとするならば、レイド・ノクターに弟が産まれたことだろうか。今から三週間ほど前、ノクター夫人は元気な男の子を出産した。名前はザルドくん。ザルド・ノクターくんだ。母子ともに健康で、出産に立ち会ったノクター伯爵は安堵により失神したらしい。レイド・ノクターとは夕食を二週に一度共にしているけれど、母子の健康状態を見るにそれも半年で終わるだろう。

大きく伸びをして、寝返りをうつ。夜も更け、もうベッドに入っているから後は眠るだけだ。けれどなんの気なしに目を開けてみる。ベッドの隣には、月明かりに照らされ、今日の誕生日パーティーでもらったプレゼントが並べられている。ここ最近、新しく門番として屋敷に勤め始めたトーマスから貰った十二指腸ぬいぐるみは、ほかのプレゼントに巻き付くように置かれている。トーマスは幼いころから孤児院で過ごしていて、慰問に行く度に「僕、いずれ御嬢様の御屋敷で働くから待っててね！」と言っていたけれどまさか本当に働くとは思っていなかった。昔を懐かしみながら今日皆に貰ったプレゼントを、一つずつ眺めていく。

十歳の誕生日が盛大に行われたため、十一歳の誕生日くらいは落ち着いたものになるだろうという私の予想に反して、父が誕生日パーティーの会場に指定しようとしていたのは船だった。

父はプレゼントとパーティーの会場を船にしようとしていたのだ。

プレゼントと会場を一緒にする。なんて合理的なんだろうと呑気に受け入れられるはずもなく。

私はただだやめてほしいと父に懇願した。

説得する私。泣く父。祝われる側と祝う側のさぞかし狂った光景だっただろう。母はどちらかといえば父側の人間で「船よ？　いいのミスティア？　ボートじゃないのよ？」などと言っていた。

両親の気持ちはわかる。私を愛してくれているということも。愛する人の誕生日は盛大に祝いたいというのは、私も両親に対して同じ思いだ。でもその気持ちは派手で、煌びやかで、豪華絢爛なパーティーを開かなくても充分伝わっている。

私が屋敷にエリク——友人を連れてきたことに対し、裏で泣いて喜んでいたし、乗馬練習がしたいと私が自分の意思や希望を伝えることに対してはしゃぐ様子も私はすべて知っている。

だから顔を涙で濡らす父に、誕生日だから家族と屋敷の皆だけで祝いたいと何度も要求したのだ。

そうして父は折れ私の要望どおり十一歳の誕生日パーティーの会場はアーレン家の屋敷で、参加者は家族、メロ、そして使用人の皆だけのパーティーに決定した。ちなみに大規模すぎるプレゼント予算も十分の一の金額に縮小してもらった。

大々的に招待状を各方面に送った昨年と異なり、今年は内密に行われ、アーレン家以外の人間には今日のパーティーについてほとんど知られていない。世間話程度に私が話したジェシー先生くらいしかこの件について知らない。まるで危険な取引でも行われていたかのようだけど、実際は立食パーティー。ドレスコードもなく無礼講。普段屋敷で働いてくれる皆の慰労会も兼ねた。

そうして十一歳の誕生日パーティーは、ほのぼのと始まりほのぼのと終わった。

華やかさも豪華さも昨年とは異なっているけれど、屋敷の皆が美味しそうに食事をしている姿や、楽しそうに過ごす姿はなによりのお祝いであり贈り物だ。

大好きな両親、大好きなメロ、大好きな皆が楽しそうにしている。私の十一歳を、ただ生きていただけで経過した一年を喜んでくれる。中身がド平凡の私は、ずっとこうしたパーティーがいいと思った。

だからか、十一歳の誕生日の夜は想像よりずっと穏やかな気持ちだ。去年は前世の不安感でいっぱいで、半ば不安を殺すように眠ったけれど、今は皆を守るぞ、頑張るぞという強い気持ちのまま眠れる。

また明日から、頑張ろう。

私は昨年よりも穏やかな気持ちで瞳を閉じ、睡魔に身を任せたのだった。

十一歳

【春　Jの将来計画】

雪が解け、暖かな日差しが俺の恋人を照らしている。

今日も俺の恋人、ミスティアは世界で一番可愛い。

屋敷の庭で馬を呼ぶと、俺の隣に立つミスティアは慣れた様子で馬に跨ろうとする。

本当は手を貸さなくても大丈夫だ。だが男として、恋人として俺はミスティアに手を差し出した。

「あ、ありがとうございます」

遠慮がちに俺の手を取り、馬に跨ると礼を言う。そんな姿も可愛い。俺も自分の馬に跨って、二人で近くの泉へと出発した。

いつもの流れ、いつもの逢引き。

俺の八歳年下の恋人は、この春十一歳になった。一歳年を重ねたといっても、別に俺たちの年の差は埋まらない。ミスティアと交際を開始して半年、相変わらず関係は秘密のままで、デートはもっぱら乗馬デートだ。

雨の日は、勉強会と称して屋敷で馬の話をする。たまに備品調達なんて名目をつけ、馬具を買いに二人で街へ出ることもある。

俺は一人前じゃない。だから「理由」を作らないと会えないし、その頻度も多くは作ってやれない。周りを見ていると恋人という関係にしては健全で清すぎる関係だと思う。でも互いに半人前、両想いで、交際しているだけで充分だ。

ミスティア自身、幼いながらにそれを理解している。恋人の俺と過ごせないのならと、ミスティアは自分の誕生日パーティーを家族と使用人だけで行った。俺が腑甲斐無いばかりに辛い思いをさせてしまったが、ミスティアの気持ちは嬉しかった。

結婚さえすればいつだって祝ってやれる。なにも一年に一度祝うんじゃなく、今まで我慢した分たくさん祝ってやればいい。約束された未来について考えれば、いくらでも耐えられる。

だが、決してこのままでいていいわけじゃない。

ミスティアには婚約者がいた。先週、些細な会話から花婿候補ではなく、婚約者がいると聞いた時は目の前が真っ暗になったが、結局それは親同士が決めただけのこと。ミスティアが好きなのは俺だということに変わりはなく、不安がる必要なんてどこにもない。

それに、ずっと俺に言い出せず、俺はかわいそうな思いをミスティアにさせていた。俺に言って、俺にふられることを考えて泣いていたかもしれない。そう考えると胸が潰れそうに苦しくなった。

もうそんな思い、絶対させたくない。

ミスティアの恋人としてしっかり頼られるように、ミスティアが辛い思いをしなくて済むように。きちんと頼られる男になって、ミスティアを幸せにする義務が俺にはある。

だから俺は真っ当な人間になる。別に元から曲がった人間でもないが、それでも真っ当に、誰が見ても一人前だと認める男になってミスティアを迎えに行く。

二週間前、親父から教師の道を打診された。家を継ぐ前に人を導く者として経験を積めということらしい。

教師と聞いて真っ先に浮かんだのはほかでもないミスティアの顔だった。

ミスティアは俺を「先生」と呼ぶ。乗馬を教えていた名残だろう。二人でいる時くらい名前で呼んでほしいもんだが、まぁ誰が見ているかわからない。それにミスティアから先生と呼ばれることについてはなかなか悪い気はしないと思っていた。

でもまさか、親父から教職の道を推薦されるとは思わなかった。

十五歳になった貴族は貴族学園へ入学する。ミスティアだってそれは同じだ。

今からなら、ちょうどミスティアが入学するころに俺は教師になっているはず。

もしも二人が同い年だったらと考えない日はなかった。それはどこへ行っても同じで、屋敷にいても街にいても、森にいても学園にいてもそうだった。同い年だったらきっと同じ授業を受けていたんだろうとか、一緒に飯が食えてたんじゃないかとか。いつだって、どこにいたってミスティアの姿を探していた。でも教師になれば同じ校舎にいられる。担任にだってなれるかもしれない。そうしたら、もっと会える時間だって増える。

それに、婚約者の無粋な魔の手からも守ってやれる。

教師と生徒では手は出せないが、俺はもとからミスティアがきちんと大人になるまで手を出す気はなかった。

さすが俺の運命。神は常に俺に味方している。

そう考えた俺は今までならばしぶしぶ受けていた親父の打診を即決で受けた。

「俺さ」

並走するミスティアに声をかけると、奴はこっちに顔を向けた。可愛い、じゃなくて危ねえな。落ちて怪我でもして顔に傷でもできたらどうすんだよ。そのときは責任とって俺が嫁に貰う――いやなにもなくても貰うが、普通にミスティアが怪我すんのも落ちるのも嫌だ。

「前見て聞け、危ない。話をするときはちゃんと前見ながらって言ったろ」

「はいっ！」

慌ててミスティアが顔を前に向ける。こいつの横顔も好きなんだよな。綺麗な顔している。日に日に綺麗になっていくな。いやそうじゃない。ミスティアが綺麗で可愛いのは今は関係なくて、将来の話をすんだよ俺は！　馬鹿か！

「俺、教師目指す」

ミスティアはまた俺の方を向いて、驚いたように目をぱちぱちとさせている。この反応はなんだ。いい反応か。悪い反応か。くそ、気になって待ってらんねえ。

「どう思うんだ。お前は、俺が教師になるって」

「……本当ですか？」

「おう」

「……応援します！　すごくいいと思います！　きっと天職ですよ!!　運命です！」

興奮した様子でミスティアが何度も頷く。こいつも、運命だと思ってくれているのか。こんなに喜んでくれるなんて想像していなかった。ほっと安堵していると、またミスティアがこっちを向いていることに気づいた。

「あ、危ねえ、前見てろって言ったろ」

「っはい！」

俺に言われたミスティアは前を向き手綱を持ち直した。くそ。咄嗟に言ったせいで、つい乱暴な言い方になっちまった。怖がらせないように言い方には散々気をつけていたのに。

「言い方、きつかったな。悪い」

「いえ、大丈夫ですよ」

「嫌じゃないか？」

「はい」

そう言ってミスティアはしきりに嬉しそうにしている。別に、俺のそのままの話し方でいいってことか……？

こいつはそのままの俺が好きなのか。

俺の夢を応援してくれる。ありのままの俺を受け入れてくれる。

「さすが、俺の、運命だなぁ……」

小さく呟いた愛の言葉は、馬の走る音にかき消され、俺の恋人の耳には届かない。だが今はそれでいい。俺たちはまだ健全で清く正しい関係でいる必要がある。

でも、その関係を終わらせる時が来たら、たくさん、たくさん好きだと、愛してると声に出して伝える。

それまでの、少しだけの辛抱だ。

愛してる。

声に出さず心の中で伝えると、まるで俺たちを祝福するかのように二人の間に春の風が吹いていった。

【夏　執事の観察結果】

アーレン家に勤めて六年、御嬢様は十一歳になり、はじめのころはやる気なんかなかった俺も、今や立派な執事として働いている。

前までは着辛いとしか思わなかった深紅の燕尾服《えんびふく》もしっくりくるようになったし、胸元につけた懐中時計の時刻も正確に時を刻んでいる。最近では片眼鏡なんかもつけてみた。はめ込まれているのはただの硝子だけど。

ということで、片眼鏡をつけいかにも執事らしい歩き方――執事長の真似をして、廊下を歩いてみる。でも外は普通に茹《う》だるような暑さで、すぐに肩を落とした。

アーレン家で迎える六度目の夏。今年も面倒な季節がやってきた。「使用人の増員雇用」の夏だ。

春にはなにかと当主様が忙しく、煩わせないよう使用人も機敏に動く。その時期に新人教育などしていられないと、アーレン家では毎年夏に新しい使用人を雇用する。

人が増える。それ自体はいいことだ。一人当たりの仕事量が減り、仕事が早く終わり、その分休める。給料はいつも通りで身体はいつもより楽。いいことしかない。

しかしアーレン家で勤めるにあたっては、むしろ悪いことしかない。一人当たりの仕事量が減り、仕事が早く終わることは、御嬢様と関わる時間が減るということだ。

それどころか御嬢様を慕うものが増える。もしかしたら御嬢様を狙う屑の可能性もある。むしろ最悪なことしかない。なんて面倒な季節だ。最悪だ。使用人は今のままで十分だし、もっと減らしたいというのが使用人の総意だ。

しかし当主様は毎年使用人の数を増やそうとする。ほかならぬ御嬢様の進言によって。というかあの人は基本御嬢様の言葉か自分の妻の言葉でしか動かない。昔はもっと金や権力に対して欲深く活動的だったらしいが……。

ともかく御嬢様はどうやら俺たちが人手不足の中、死に物狂いで人員をやりくりして働いていると認識しているのだ。他の屋敷と比べて使用人が圧倒的に少ないと感じているらしい。たしかにそのとおりだ。でも別に人がいないのではなく、俺たちが自主的に減らしている結果だ。

御嬢様が心配をしてくれるのは嬉しいが、人員の増員だけは別だ。人が増えれば御嬢様を慕う危険人物が増える。だから俺たちは減らしてやらなきゃいけない。

基本的に害虫の雇用は、希望職の長……執事長、掃除婦長、料理長などが、送付された書類の審査と面接、そして採用から新人指導までを担う。

よって屑処理の機会は書類審査、採用面接、雇用後の解雇と三回だ。少しずつ振り落としていき、増員を抹消する。全員書類審査で落としても当主様が不審がる。面接で落としても不審がる。だから段階を踏む。

……面倒臭え。

当主様から受け取った害虫の素性や経歴が書かれた書類を持って溜息を吐く。これを各使用人の長に届けに行かなければならないのだ。我が屋敷の倫理観も道徳心も普通じゃない狂人たちに。憂鬱だ。

まずは料理長、ライアスとかいうおっさんからだ。御嬢様は昼食を終わった時間だろうから、忙しくはないだろう。

……ああ面倒だ。料理長は、使用人長連中の中で最も面倒臭いのだ。俺はうんざりしながら調理場へと向かった。

調理場に入ると、料理長は御嬢様の夕食になるであろう肉を叩いていた。打撃音が響いてうるさい。

「料理長、これ、今年の雇用の書類です」

「ああ！　ルークじゃないか！　なんだ今年もそんな時期か！　ははは！　ありがとう！　その鍋の近くに置いておいてくれないか！」

料理長の指す方向には煮立った鍋が置かれている。そんなものの近くに置いたら燃える。こいつは過去にいた料理人、菓子職人や、パン職人を、「御嬢様が食べるものを、俺以外が作っている。それをただ眺めることに耐えられない」と嫉妬に狂い解雇した過去があると聞いた。ほかならぬ本人から。

それからずっと、アーレン家の食事はこいつがすべてやっているらしい。菓子もパンも、なにもかも。初めて聞いた時は冗談かと思った。でも御嬢様がいる時のこいつの挙動と、毎年この時期の様子を見れば納得する。

こうしている間にも料理長が肉を叩く速度が速まり、どんどん力も込められていった。

ああ、きっとあの肉は「御嬢様に食べさせるわけにはいかない」と、こっちのまかないになるんだろうな。

料理長は力任せに肉を叩きながらも口元は無理やり笑みを浮かべているが、しかしその目は間違いなく怒りの炎が揺らめいていた。きっと想像したのだろう。自分以外の人間がここで御嬢様へ料理を作る姿を。

……今年も料理人は増員されないんだろうな。八つ当たりされる前に、はやく出よう。

そそくさと調理場を出る寸前、料理長が叫びだした。俺は振り返らず、今日のまかないは肉団子で、下手したら明日もそうなるだろうと覚悟しながらその場を後にした。


調理場を後にした俺は、相変わらず鬱々とした気持ちで庭園へと歩いていた。次は、庭師のフォレストだ。こっちは料理長ほど情緒不安定でもないが、危険人物に変わりはない。

かつて屋敷には三人の庭師がいたらしいが、四人目として奴が入った三か月後……ほか三人、奴以外の庭師が一斉に辞めた。

辞めた庭師の退職理由は「良い就職先が見つかった」「親の病気」などさまざまで全員異なる。不審点は見つからなかったが、同時期に三人だ。いまだになにをしたのかわからないが、奴の仕業に違いない。

それに奴が来てから、毎年の庭師志望の害虫たちは害虫のほうから書類審査や面接の取り消しを求めてくるのだ。奴は裏で絶対なにかやっている。

だから庭師は現在奴一人だ。しかし奴は庭師の長を名乗るわけでもなく、庭師としてこの庭を取り仕切っている。この屋敷で庭師として在り続けるのは、永遠に自分だけだと宣誓するように。

庭に入ると、奴は脚立に乗って枝を剪定《せん》していた。

「雇用書類を届けに来ました」

「その下にお願いします。飛ばされると困るので」

庭師は手を止め、書類の置き場を指定すると剪定を再開する。

言われた通り脚立の傍にあった作業道具の下に置き、風で飛ばないようにしてから俺はさっさと庭を出た。

奴とは関わらないに限る。

情緒は普通で、取り乱した様子もなかったが、書類と聞いたとたん規則的だった枝を切り落とす音が力任せなものに変わった。

身震いをしながら振り返ると、広大な庭が視界いっぱいに広がる。普通なら五人体制でも手入れが困難な広さだ。奴はこの広さの庭を一人で整え、さらに独自の研究を行っている。もはや人のなせる業ではない。研究も、「御嬢様のために季節が異なる花を咲かせたい」なんて言っているが実際はどうかわからない。

毒物だと認識されず嗅いだだけで人を死に至らしめる花、人の精神に作用する花、くらいは研究していそうだ。美しく咲く花壇の下だって、一人二人いてもおかしくはないだろう。俺は半ば逃げるようにして、屋敷へと戻っていった。

「はぁ、やっと終わった」

誰も見ていないことを確認して襟を広げ、籠もった空気を逃がしていく。

ちょうど広間を歩いていた御者のソルに書類を渡し、順番に使用人の長の元を尋ねて回っていれば、青かった窓の景色は赤みを帯び始めていた。

この屋敷で働く人間は総じて癖が強い気がする。それらの長を務める人間は、さらに酷い。簡単な会話をするだけでも疲れる。どうせ疲れるなら御嬢様のために働きたいのに。

「最後は執事長か……」

焼かれるような暑さにも消耗しつつ髪をかき上げていると、不意に窓の外、屋敷の敷地内を歩く御嬢様の専属侍女の姿が視界に入った。進む方向を見ると御嬢様が敷地内の散歩をしていた。

御嬢様へとまっすぐ向かっていく専属侍女の歩き方は規則的で、人間のものには見えない。俺がアーレン家に勤めるほんの少し前に孤児院から引き取られてきたらしいあの女は、精巧に作られた人形と表現する方が腑に落ちる。今は後ろ姿しか見えないが、表情は見なくてもわかる。感情を削ぎ落としたような無表情だ。あの女はいつだって感情を表に出さない。機械人形だ。

しかしその人形も御嬢様の前では人間に変わる……らしい。御嬢様はあの女について「笑顔が可愛い」「すねてるとこも可愛いね」なんて声をかけているが、俺にはあの女はいつだって同じ表情をしているように見える。

でも、俺にもあの女の感情の機微がわかる瞬間がある。御嬢様の婚約者が屋敷に来た時、あの女の義眼のような瞳は、御嬢様への執着と独占の欲で揺らめくのだ。

さすが専属と言うべきか、あの女は上手くやっていると思う。自分が万能になりすべてを担うことで、最初から雇用の席を用意させない。

今や御嬢様の専属侍女は、通常の学びのみならずピアノ、作法、ダンスレッスンまで、御嬢様に関するものすべてを任されている。あの女が役割として得ようとしないのは御嬢様の傍を離れなければいけないものだけだ。たいした執着心だと思う。

窓の外を見つめていると、専属侍女が御嬢様に声をかけたらしい。御嬢様はあの女に向かって柔らかく微笑み手を振っているが、あの女は無表情で御嬢様を見つめている。やはりあの女の心は、御嬢様にしか理解できないのだろう。

あの女が御嬢様の婚約者を殺さないのは、御嬢様が婚約者のことをどう思っているのかわからないからだ。かくいう俺だってわからない。御嬢様は婚約者から手紙が届くと顔色が極端に悪くなるし、手紙の返事を送る時もこの世の終わりという顔をしている。二週に一度婚約者相手に食事を作ってやってはいるけれど、楽しそうではない。

好意は持っていないだろうが、だとしたらなぜ手紙を交わしたり屋敷に向かうのか。

答えはいまだ見つからないが、なんとなく御嬢様は当主様と夫人のことを大切に想っているし、二人が勧めてきた婚約だから無下にはできないと考えているのだと思う。

……やっぱり邪魔だな、御嬢様の婚約者。

当主様は御嬢様に最もいい相手を選んだと自負し、相続については今後の状況を見てという話だった。そして婚約者には弟ができた。おそらく奴はこっちに婿入りする形になるのだろう。御嬢様が望む相手ならば許せるが、変なことをしたら殺す。その場合この屋敷に来るほうが都合がいい。

……でも、俺がしなくても同じことを使用人全員考えていそうだな。

俺が手を下すまでもないと結論づけ、執事長の執務室をノックをする。返事が聞こえてから部屋に入ると、執事長は机に向かいなにやら書類に記入をしていた。

「失礼します、執事志願者の書類です」

「ああ、それはそれは」

その目はとても静かで、今までの使用人の長とは一線を画している。そこにはなんの感情の揺れ動きも無い。

しかし執事長は、絶対に新人を雇用しない。

当主様の目を気にして雇用するそぶりは見せるものの、面接で落とし続けている。書類で全部落とすのではなく、脱落は半数にとどめ、面接ですべて落とすあたり手慣れていると感心した。

俺が雇用されたのは、本当に人が足りない時で仕方なくだったのだろう。

「今、不採用の文書を書き終えたところなんですよ」

「どうぞ」

書類を渡すと執事長は記されている名前を確認し、不採用通知書面に写していく。執事長の下で働いて六年。俺はこの人の名前が「スティーブ」であることと、

「……毎年、蛆《うじ》のように湧いて出て……、十一年前の疫病のように皆死に絶えてしまえばいいものを」

御嬢様に対して並々ならぬ想いを抱えていることしか知らない。

十一年前に起きた疫病の流行は水を媒介するもので、周辺には公爵家の家々が連なり、貴族も平民にも多数の死者をもたらしたものだと聞く。平然とした顔で例えていい事象ではない。

部屋を出て、こちらの様子が悟られないよう即座に扉を閉めた。

……この屋敷の使用人で、まともな奴なんて一人もいない。俺がしっかりして、ちゃんと御嬢様をお守りしないといけない。

いっそ夜、御嬢様の部屋の前を警備するのもいいかもしれない。

自分の考えに頷いていると、そんな俺の思いを肯定するかのように廊下の端からぬるい夏の風が吹き抜けていった。

【秋　Rの希望維持】

「あの、どうですか、味とか」

アーレン家の屋敷でミスティア嬢と夕食を共にしていると、彼女は不安げな顔で僕に問いかけてくる。

「美味しいよ」

ミスティア嬢が僕に夕食を振る舞うようになって半年。二週間に一度という当初の約束を、一週間と少しまで縮めた。彼女の屋敷に訪れる際は昼間から屋敷に向かい、会う時間も増やしている。

けれど心の距離が縮まっているとはとうてい思えない。

今年の夏のはじめ、彼女は僕の母と弟の体調が良好であることを理由にこの食事会を打ち切ろうとした。「また僕は一人で味のない夕食を食べるのか」とわざとらしく呟けば、彼女は瞬時に僕の言葉を信じて、かろうじてこの時間は継続された。

でも、騙しておきながらこんなことを思うのはよくないけれど、ミスティア嬢はとても騙されやすいと思う。

物事への注意力や警戒心はかなり強いほうだと思うし、なにかしら行動を起こす際に考え葛藤していることは見ていればわかる。しかしなにかしらの拍子に注意や警戒を無にする瞬間があり、その点に関して不安はあるものの、僕はそこにつけこむことをやめられない。

そうしてミスティア嬢の善意や同情を利用して会う頻度を縮め、その時間を増やしても彼女との信頼関係がいまだに築けない。

少ないながら、進展はある。会うたびに彼女が僕という存在に慣れてきているように感じる。

今までは、僕の顔を見ただけで冷や汗をかき目を泳がせ俯いていた。しかし最近は、俯かなくなった。常に下を向いていた彼女の視界は、今や僕の首元くらいにまで上がり、もう少しで目が合いそうだ。

あとは普通に会話してくれればいいと思う。

「そ、う、い、えば」

唐突にミスティア嬢はスプーンを置き、僕の目を見ようとする。

人の目を見て話すのは礼儀……ということは心の中にあるらしい。しかし僕のことが怖いのか、彼女はなにかを話すとき、常に僕の首元を見ている。

「こ、こ、この間、ピアノの演奏会、優勝したとか……」

「ああ……」

たしかに一週間ほど前、僕はピアノ演奏会で優勝した。ミスティア嬢との手紙を通して、彼女が音楽に興味があると感じたことはない。だから彼女には伝えていなかった。

きっと、僕の両親から聞いたのだろう。ぼんやりと思っていると、ミスティア嬢は意を決するようにこちらを見た。

「お、お疲れ様です練習とか、いろいろ」

「え」

予想と異なる、ミスティア嬢の言葉。

……おつかれさま？　おめでとうではなく？

疑問を感じた僕を見て、彼女はしまったというような顔をした。

「えっと……、あ！　優勝おめでとうございます」

目を泳がせ俯き始めた彼女を観察する。一番初めに出た言葉は優勝に関するものではなく。僕をねぎらうものだった。

今まで僕の周りの人間は、僕が優勝することを、僕が一番であることを当然ととらえて、両親以外労う言葉なんてかけてこなかった。たしかに彼女とはまだ会って一年しか経っていない。だから僕が優勝することを、一番でいることを当然ではないと思っていても、不思議ではない。

「ありがとう。優勝って言っても、実感は湧かないんだけどね」

僕は前、たしかにその実感を得ていた。優勝した喜びを感じていた。けれど今は欲しいものを手にしたという感覚よりも、日課を消化する感覚に近い。

「……だから、なんて言うか。……ごめんね。君の反応に驚いてしまったよ」

口にしてからすぐに後悔をした。正直に話しすぎてしまった。どう考えても今の話題は返答しづらいものだ。彼女の顔色はどんどん悪くなっている。なにか、別の話題に変えないと。話題を考えていると、彼女は「あの」と躊躇いがちに口を開いた。

「……演奏会に向けて、練習とかするわけじゃないですか……。努力しようと、いやなにかしようと思うだけで、もうそれだけでも十分すごいと、思いますよ」

「え……？」

「それがなんであれ、結果がどうであれ、なにかに努力した、しようとした姿勢はすべて誇っていいと思います。ああ、演奏会に出ようと思うのも……すごいことだと思いますし」

ミスティア嬢は考え考え言葉を話し、一生懸命僕の目を見る。

……もしかして彼女は僕を褒めようとしている？

「あっ、一番をとるってことも、すごい大変で……難しいことで……すごいと思います。私は今まで生きてて一番になれたことがないので……私から見れば本当にすごいと思っていて……。……えーっと、以上です。な、なにも知らないくせになに言ってるんだって感じですね、ごめんなさい」

練習をすることが、すごい。出ようと思うのもすごい。今まで当然のように思っていた行為を、ミスティア嬢はすごいと思うのか。

彼女がそう思うなら、今まで当たり前に取ってきた優勝も、賞も意味のあるもののように思えてきた。

一方のミスティア嬢は、僕が黙ったことに焦り冷や汗をかき始めた。

ただ話をしただけで、僕の今までの行動へ意味を持たせた。重たかった心をふわりと軽くしてしまった。でも自分がなにをしたかなんて、ミスティア嬢はまったく考えていないのだろう。それどころか彼女はどんどん目が泳ぎ始める。

初めて出会った時は無表情で、無機質だと思っていた彼女の表情。でも、本当はこんなにも豊かで、そして今その機微がわかることがこんなにもうれしい。

「君がそう言うのなら、これからはもっと頑張ろうかな」

ミスティア嬢の顔が完全に下に向けられる前に返事をすると、彼女が顔を上げた。喜ぶというより、「助かった」という顔だ。

今僕は、彼女の心を重くすることしかできない。だけどいつか僕の存在が、彼女の心を軽くするものになってほしいと思う。

そう願いながらシチューを一口食べる。窓の外では僕たちを傍観するように、秋風が木々を揺らしていた。

【冬　Eの肯定対象】

ミスティアへのクリスマスプレゼントを買うため、僕は街へ出た。

彼女は家族を大切に想っている。だからクリスマスも誕生日の時みたいに家族と使用人だけで過ごそうとしていると知った僕は、イブに一緒に遊ぼうと誘った。彼女はしばらく考えこんでいたけど、何度もお願いをして駄々をこね、泣き真似もしてなんとか約束を取り付けられた。

だから、クリスマスは一緒に過ごせなくても、イブは一緒に過ごせる。誕生日プレゼントはなんでもない次の日に渡したけど、クリスマスプレゼントはちゃんとその日に渡せる。

ミスティアに渡すプレゼントはもう決まっている。彼女はよく本を読むから本がいいかもしれないけど、どうせなら身に着けるものをあげたくて手袋にした。専属の侍女に貰ったマフラーを大事そうにしていたから、僕は手袋を渡す。本当はマフラーを渡したかったけど、僕がさらにミスティアにマフラーをあげたら優しい彼女は困ってしまうし、今回は侍女に譲ってあげる。

どんな手袋をあげれば、ミスティアは僕のことをもっと好きになってくれるんだろう。お店がたくさん並ぶ通りを歩いていると、周りにいる僕と同い年くらいの女の子たちがこちらを見ていることに気づいた。

僕が視線を合わせると、女の子は皆顔を赤くして俯いたり、笑いかけてくる。そんな女の子たちに手を振ると皆揃えるみたいに嬉しそうな反応を示してきた。

今までなら、こちらに視線を向けられただけで僕は怖くて震えた。相手の顔を見るなんて、絶対にできなかった。でも今は簡単にできる。

ミスティアに会ってから、僕は自分が変わったなあと思うようになった。徐々にその回数は増えつつある。

怖くて、気持ち悪くて仕方なかった皆の視線が今はまったく気にならない。それどころか自分に向けられる好意的な目がちょっと面倒だなあと思うときもある。

僕にはミスティアさえいればいい。彼女の隣に、そして彼女の一番が僕ならそれでいいから、ほかの誰かの視線なんてどうでもいい。ミスティアと僕以外、全部どうでもいい。彼女を傷つけない、嫌な思いをさせない存在なら、僕は構わない。

だから、レイド・ノクターは嫌いだ。彼女の婚約者、邪魔な奴。僕はあいつが大嫌い。消えちゃえばいい。

たまにあいつについて質問すると、ミスティアは悲しい顔をする。彼女が疲れたり、なにか思いつめたりしているとき、彼女の予定表にはたいていあいつの名前が書いてある。

レイド・ノクターはミスティアの幸せの邪魔をしている。

でも、それなのにあいつは、ミスティアのことが好きだ。そこが一番嫌い。

前に彼女とあいつ、三人でお茶をした時すぐにわかった。あいつは彼女が好きなのに、彼女に不安そうな顔をさせる。彼女の幸せを邪魔するくせに。

それに、親同士が勝手に決めた婚約でミスティアに選ばれたわけでもないのに、婚約者面するところも嫌いだ。

僕がもっとミスティアと知り合うのが早かったら婚約者は絶対に僕だった。

あいつさえいなければ、絶対今僕は彼女の婚約者だった。

苛々しながら周りに目を向けると、ちょうど手袋や小物を扱う店の通りまで来ていた。

服屋や帽子屋、髪飾りや耳飾り専門の店など、さまざまな店が立ち並んでいる。人の流れもどことなく色んな色を纏っていて、お洒落な人が多くなってきた気がするけど、僕はその光景に首を傾げた。

「ん?」

通り過ぎていく女の人が皆、似たような髪飾りをしている。そういえば、僕を見ていた女の子たちもしていたかもしれない。

まるでお揃いにしているみたいだ。

髪飾りもいいかもしれないと専門店の前を通ると、行列ができていた。

店の壁には、「現在流行の髪飾り、一日入荷二十点」と注意書きがされている。その注意書きの下には、皆が揃えるようにつけていた髪飾りが描かれていた。

……流行っているから、皆つけていたのか。

ミスティアは髪飾りや首飾りに興味を示さない。だから僕も流行について調べたりしていなかった。

大変だな、と並ぶ女の子たちを眺めてからはっとした。

売っているものを普通に買ったら、ミスティアは僕以外の誰かと知らない間にお揃いになっちゃう。すっごく嫌だ。彼女の知らない人間が、彼女に認められていない人間が、彼女とお揃いになるなんて許せない。

……一から注文しよう。ミスティアの手はよく握っているから大体の大きさならわかるし、サイズが調整できるものにしてもらえばいい。

髪飾りの店の前を通り過ぎて、仕立て屋へと足を進めていく。

ミスティアに似合う、とびきりの手袋を注文しよう。そして僕も、お揃いの手袋を作ってもらう。僕が黒で、彼女は白がいいかな。冬だから厚めの生地でお願いするけど、白い手袋って花嫁がつけるやつみたいだし。

そして、いつか僕が選んだマフラーもつけてもらおう。

ミスティアが喜ぶ姿を想像しながら仕立て屋の扉を開くと、店の中で温められた風と、外の冷たい風が混ざりあい、僕の前を吹き抜けていった。

十二歳

【春　Rの偶像】

鮮やかなドレスを身に纏う令嬢たちから距離を置くように、ダンスホールの隅を歩いていく。

雪解けが始まり春の訪れを感じさせるころ、僕は辺境伯の主催するパーティーに来ていた。

辺境伯の別荘に泊まり、初日から二日目まではゆっくり過ごし、三日目からはパーティーに出席する毎年恒例の旅行は、父と母に距離ができてからなくなり、去年の母の出産を経て今年から復活した。

家族で綺麗な景色を見て、この辺りの伝統ある歌劇を見ることは楽しい。家族揃ってパーティーに出席し教養を得ることが正しいことだと僕は思うし、ノクター家……まぁおそらくアーレン家を継ぐ者としても正しいことだ。

それなのにどこか上の空になってしまうのは、今月にホワイトデーが迫っているからだろう。もうホワイトデーまであと少しだというのに、僕はミスティア嬢に贈るプレゼントが決まっていない。

無難に選ぶのだとしたら、焼菓子、ドレス、首飾りなどの装飾品、花などだ。しかしミスティア嬢は基本的に贈り物に対して良く思っていない節がある。

アーレン家は伯爵家ながら領地から得る税収は公爵家と並ぶほど、しかし領民を圧迫して搾取しているのではなく領地の特産品に銘をつけ街に卸したり、雇用を増やすなどのやり方で莫大な富を築き上げている。

普通、そこまで伯爵家が力を持てば、浪費癖や賭博などで消費されている傾向がない限り国や公爵家に潰されてしまうだろう。しかしアーレン家は自分の財をそのまま医院や孤児院に寄付をし、薬の研究所を造る資金に充てている。そして、領民が災害に見舞われた際に避難する建物を造るなど、貯めこむ様子も見られない。

だからこそアーレン家に、そしてその一人娘ミスティア嬢には贈り物が多い。アーレン家に支援を求めたり、動かす医院や孤児院に携わり、自分もその財に目をつける者が跡を絶たないからだ。

しかしミスティア嬢は自分に送られてくる贈り物を受け取らず、日持ちしない食品であれば毒が無いか調べた後に使用人へ、日持ちするものは孤児院に分配、花などはきちんと調べてから花細工を売る領地に送っているらしい。気に入ったものはないのか尋ねても、「別にあるもので間に合っているので……」と困ったような顔をしていた。

一度僕の贈り物もそういうふうにしているのか問えば、一度も会ったことのない相手の場合にのみで、知り合いからの贈りものはきちんと保管していると彼女は答えた。

僕はミスティア嬢の中で、知人程度にはなっているらしい。

そんな彼女は、バレンタインにチョコレートを手作りしたらしい。それが贈られたのは婚約者の僕ではなく、使用人だ。使用人……ほぼ全員。

ミスティア嬢曰く、使用人たちが彼女の手作りを所望し、作らざるを得なかったらしい。

そう聞いた時、彼女はバレンタインという行事を理解していない。あるいは誤解しているのだろうと思った。

バレンタインは、男女間でチョコレートを贈る日だ。

元々彼女は、誕生日は必ず使用人と家族のみで過ごそうとするなど、普通の令嬢より使用人に対して距離が近いとは思っていた。けれど、普通はあり得ないはずだ。使用人が仕えている令嬢に手作りのチョコレートを乞うなんて。

アーレン家の使用人は、観察すればするほど普通の使用人とはかけ離れている。

彼らはミスティア嬢に対して、絶対的な神を信仰するような目を向ける。アーレン伯爵や夫人に対しては向けず、ミスティア嬢に対してだけだ。

だから僕は前に、使用人と距離が近すぎることを彼女に指摘した。でも彼女はその指摘を受け止めた、というより僕に恐怖していた。なるべく言葉を選んだつもりだったけれど、危機感を感じてほしいという思いが先行して棘のある言い方になってしまったのかもしれない。いや、確実になっていた。

ミスティア嬢のためを思っての言葉だけど、彼女に伝わらなければ意味がない。そして彼女が今月、使用人からホワイトデーのお返しを大量にもらうことは明白だ。

贈り物は、それらに埋もれないものを選ばなければならない。

なにかいい案でも見つからないかとパーティー会場を眺めていた僕は、一人の令嬢が複数の令嬢に囲まれている姿が視界に入った。

囲まれているのはルキット家の子爵令嬢だ。何度か辺境伯の主催するパーティーで見たことがあるし、言葉も交わした。彼女を取り囲んでいるほかの令嬢たちも同じ。

近づいていくと、「ほかの殿方に色目を使って」「下品」とルキット嬢を糾弾する声が聞こえてきた。

たしかにルキット嬢が涙を耐え俯く姿は、助けを待っているようにも見える。振る舞いもどことなく媚《こ》びていて、言ってしまえば自業自得といえるかもしれない。

……でも、ミスティア嬢なら助けるのだろう。

「ねえ、どんな話をしているの？　僕も話に混ぜてくれないかな？」

にこやかにルキット嬢と彼女を囲む令嬢たちに微笑む。囲んでいた令嬢たちは即座に取り繕い笑みを浮かべ始めた。

「いえ、……その。淑女の嗜《たしな》みのようなお話ですわ。ノクター様にお話するような話ではありません」

「なるほど、一人を囲んで色目を使った、下品だと糾弾するのがこの地の嗜みか。このパーティーに参加するのは久しぶりだったけれど、ずいぶんと変わってしまったんだね」

僕の言葉に令嬢たちは顔を見合わせた。そして狼狽えながらこの場を後にしていく。涙をこらえ震えるルキット嬢に目を向けると、彼女は「ありがとうございます」と呟いた。

「別に、方向性がどうであれ、なにかに努力した、しようとした姿勢はすべて誇っていいことだからね。こんなふうに糾弾されるべきではない。だから当然のことだよ」

ミスティア嬢ならどう言うか考えて、ハンカチを差し出した。するとルキット嬢は甘く微笑んで僕を見つめる。

「ありがとうございます……レイド様」

「気にしないで。ではこれで」

微笑みで返してから、彼女のもとを離れる。

こんなふうにミスティア嬢と接することができればいいのに。

彼女の前ではどうしてできないのだろうか。ただ優しくすべきなのに、いつも責めたような声色になってしまう。彼女といると僕は感情に支配され、冷静な判断ができない。

完璧に近いと思っていた自分が、実はまったくそうではなかったとミスティア嬢と会うたびに思い知らされる。

彼女と出会って二年。ただ時間だけが過ぎるばかりで、彼女に近づけている気がしない。考えたくはないけれど、日ごと心の距離は離れていっているようにも感じる。

夕食を共にすることも、今はない。

本当は誰よりも優しくしたい。なのになぜそれができないのだろう。

無理矢理距離を詰めないと彼女は離れていく一方だ。かといって強引に事を推し進めようとすれば、さらに嫌われる。そう思うのに実行してきたせいで、僕は幾度となく彼女を怖がらせ続けてきた。

ミスティア嬢の心を得るためには、どうすればいいんだろう。……なにを犠牲にすれば、彼女の心を得られるんだろう。

ああ。駄目だ。暗くなる。しっかりしないと。今は仮にもパーティーの最中だ。

僕は気を取り直して、令息たちが歓談する方へと歩いていった。

【夏　Eの欲望】

「あの星は、勇者座かな、あそこが剣で、隣が盾で」

「いいねえ！　じゃあ僕はどれにしようかな」

今日、ミスティアと一緒に夜空を見上げて、星々に名前をつけていく。

て、ミスティアは僕の屋敷に泊まる。昼に来た彼女と遊んで、勉強もして、一緒に夕食を食べた。遊んで、一緒にお風呂に入っ
だからお風呂が終わった後、星を見ようと誘ったら、「湯冷めするし夏風邪は長引くから危ない」と断られて、僕は駄々をこね続けた。するとミスティアは折れてくれて、僕の屋敷で一番窓が大きく、よく星が見える書斎で星座を作って遊んでいる。

「じゃあ、あそこは弓の戦士座にしよう！」

ミスティアは一生懸命星座を作る。その様子はいつもより元気……というより、無理に場を明るくさせようとしている。理由は僕のせい。というより猫のせいだ。

今日、庭で飼っていた――というか庭に居着いていた猫が死んだ。ミスティアと一緒に庭園を散歩している時に見つけたけど、死んでからしばらく経った後で手遅れだった。

猫の死体は二人で庭園に埋めたけど、ミスティアは猫より僕の心配をしていて「今日、泊まっていきましょうか？」と聞いてきた。

だから、泊まってもらった。

猫。僕が本当に小さいころから庭の周りをうろうろしていたし、寿命で死んだんだと思う。猫が

死んだことは悲しいと思ったけれど、すごく悲しいってわけでもなかった。でもミスティアがそうなっちゃったらどうしようと思って、彼女のことをずっとずっとぎゅってしていたいと思った。

「ねえ、ご主人。だっこして」

「え」

ミスティアは戸惑った顔をしている。星明りに照らされて、赤くて綺麗な瞳が揺れている。

「お願い、ご主人」

わざと弱々しい声でお願いすると、彼女は僕を抱きしめて落ち着けるように背中をさすってきた。

僕は縋りつくようにして彼女に問いかける。

「……ねえ、死んじゃった時、猫も悲しかったのかな」

「悲しいとは、思うよ。でも、それより周りの人が心配だったと思う」

ミスティアはなにかを思い出すように話をした。僕も死んじゃったとき、彼女は僕のことを心配するのかな？

「でも、知らない道路とかじゃなくて、エリクがすぐに見つけてくれるような庭で、眠るように死ねたことは幸せだったんじゃないかな」

聞こえた言葉に目を見開く。たしかに猫はいろんなところをうろうろしていたし、僕の庭じゃない場所で死ぬこともあっただろう。それに病気や事故で死ぬこともあった。そういう可能性の中で、今日の終わり方は良かったことなのかもしれない。そんなふうに考えたことはなかったから、驚くとともに納得した。

ミスティアにぎゅっとしてもらいながら窓の外を見ると、きらきらした星が視界に映った。

一昨年も自分の部屋で夜空を見上げていた。けれど星なんて見えなかった。どこもかしこも真っ黒だった。

でも今は、しっかりと輝いて見える。

これも全部、二年前ミスティアが庭園で僕を見つけてくれたからだ。僕を見つけて、僕と一緒にいてくれて、酷いことをした僕を許してくれた。それからも遊んでくれて、誕生日を祝ってくれて、傍にいてくれたからだ。

あの時ミスティアに見つけてもらえなかったら、僕はずっと真っ暗な部屋の中で過ごしていたのかもしれない。誰にも見つけてもらえないまま、誰も知らないままに死んじゃってたのかもしれない。

……でも、ミスティアが、見つけてくれた。

僕に幸せを与えてくれるのは、彼女だけだ。彼女に幸せを与えられるのは僕だけじゃないのが残念だけど。

それに、彼女が幸せを与えようとするのも僕だけじゃない。優しい彼女が大好きなのに、なんだかすごく残念な気持ちになってしまう。

本当はミスティアが優しいのも、全部僕だけがいい。

「僕と一緒にいてくれて、僕を見つけてくれてありがとう」

素直に思った言葉をそのまま伝える。これも以前はできなかったことだ。それが今は普通にできた。

「えーっと、こちらこそ、私の話を面白そうに聞いてくれたり、話をしてくれてありがとう」

ミスティアは肩越しに、戸惑ったような声でそう話す。

嬉しくてつい彼女の頬にキスをしたくなったけれど、今日はやめた。今のままで十分幸せだったから。

今の僕は、場所も人の目も気にすることなく過ごせる。怖いものなんてなにもない。僕の毎日は変わった。間違いなく幸せな方向に。

……でも、たまに思うことがある。ミスティアとならあの真っ暗な部屋に閉じこもっていても幸せだと。

彼女と、僕。二人だけの世界。誰にも邪魔されることのない場所だ。そうすれば、猫のもしもの可能性みたいに、彼女を一人ぼっちにしないで済む。

でもそんな場所どこにもない。もしそんな世界が作れたらいいなと思う。だけどそれを彼女が幸せと感じるかは別だ。僕は彼女を幸せにしたいのであって、閉じ込めたいわけじゃない。彼女は家族や使用人を大切にしているしそんなことは望まないだろう。

……でも、もしもミスティアが望むなら、望んでくれるのなら。

僕はすぐにでも、彼女と二人きりになる。周りを皆消して、無くして、本当の二人きりに。

「ね……ご主人。そろそろおやすみする？」

「ああ。たしかにもう遅い時間だね、寝る時間だ」

僕の問いかけに、ミスティアは頷く。

二人で書斎から出て、僕はいつの日か来るかもしれない、彼女と本当の二人きりになったときのことを考えながら、扉を閉めた。

【秋　Jの我慢】

「これから、採用試験がある。悪いが合格まで会えない」

愛する恋人ミスティアにそう伝えてはや二週間。俺は国立図書館の自習室にて、参考書を前に精神の限界を感じていた。

漠然と次の逢引きの行き先を考えてから、問題を解いていたペンが完全に止まっていたことに気づく。我ながらなんて意志薄弱なことだろうかと頭を抱えた。

ミスティアに会いたい、だが、会わない。これはけじめだ。

あいつと会うと、頑張ろうと思う反面、その前後一週間俺は使い物にならない。一週間前はあいつと会える期待と喜びで、一週間後はあいつと会えた喜びと嬉しさでいつもおかしくなる。

だからしっかり勉強をして、合格して立派な教師になり、ミスティアを嫁に貰い幸せにするため、俺は試験に合格するまで会わないことに決めた。

しかし毎日、毎時間、毎秒「試験が終わるまでミスティアと会えない」という事実が俺を蝕む。

今までも会う頻度が減ったり期間が空くことはあったが、今は違う。

会わないとミスティアに宣言した以上、会いに行けない。行くわけにはいかない。もしも会うとするならばあいつが危険なときくらいだ。

理性ではそう考えられるのに本能がミスティアを欲して邪魔をする。ああ、駄目だ。早く会いたい。このまま会いに行きたい。会って、動いているところが見たい、声が聞きたい。

……駄目だ。我慢しろ俺。今ごろミスティアも俺と会うことを我慢している。寂しさを必死でこらえながら、俺が教師になれるよう祈り信じて待っているあいつを裏切るわけにはいかない。

それにミスティアは、去年の冬ごろから育児本を読むようになった。「傷つけない叱り方」「悪癖の直し方」「更生大辞典」など、俺との未来を考え、俺との子供のために今から育児の勉強をしている。そんな健気な、母親になろうとしている女を裏切るなんて、父親として最低だ。

ぐっと拳を握り、問題集に目を落とす。自習室で勉強を始めて三時間。解いた問題の正誤を確認し、すべてに丸をつけていく。問題用紙から顔を上げると、自習室に飾られた絵画が視界に入った。

銀で描かれた馬の絵だ。いつかあんな馬に乗って迎えに行ってやりたい。あの絵は、元は貴族学園の運営に関わる上層部……、理事を務めるような公爵家が住んでいた地域の川の絵だったが、未曾有の疫病が流行り多数の死者が出てからは絵が取り換えられたと聞いた。親父から聞いた時は特になにも思わなかったが、今見るとそういう危ないものが流行ったときは絶対ミスティアを外に出さないと思うし、自分も持ち込まないよう気をつけようと思う。

ミスティア、会いてえなあ……。

ぼーっとしているとペンを落としかけた。慌てて問題用紙に視線を戻す。

正直筆記試験は悪くないと思うが、問題は面接だ。口の悪さを正そうと気をつけてはいるが、目つきと顔は直らない。だからなるべく筆記で点数を取りたい。黙々と問題用紙に向かっていると昼を知らせる鐘が鳴った。

なにか食って少し落ち着こうと図書館を出ると、目の前を見覚えのあるガキが通り過ぎた。

忌々しい金髪。ミスティアの花婿候補だか婚約者のガキだ。そのガキは花束を持って通りを抜けていく。

花束……。ミスティアにあげるってことか。

ミスティアのことは信じている。ミスティアが好きなのも愛しているのも俺だけだ。万が一でもほかの男になびくなんてありえない。でも、それでも俺以外の奴がミスティアを好きでいる、優しくする、なにかをあげることに腹が立つ。

……クソガキ。今すぐ捕まえてどうにかしてやりたい。それかもう、ミスティアを攫ってどっか遠くへ行きたい。クソガキの手の届かないところに。でもそんなことをしたら秘密の関係がばれる。教師になってミスティアを嫁に貰う計画が台無しだ。

そうしていられるのも今のうちだからな。てめえは今、我が物顔でミスティアを自分のものだと思ってるかもしれねーけど、あいつの心はずっと前から、そしてこの先も俺のものなんだよ。てめえが入る余地なんてどこにもない。覚えてろよ。

心の中で宣言し花束を抱える背中を睨み続けると、その姿は小さくなり見えなくなった。

ミスティアはクソガキから貰った花束をどうするんだろうか。誠実だから捨てはしないだろうが、きっと俺を思って困っているんだろう。俺の未来の嫁を困らせやがって、やっぱり追いかけてどうにかしてやろうか。そう考えて駄目だと首をふる。

ミスティアに会えていないから苛々しているのもあるだろうが、ミスティアに関することになるとどうも俺は怒りっぽくなるらしい。

俺もまだまだガキだ。あいつに会わない間に、しっかり余裕のある男になっておかないと。

飯食って、さっさと勉強に戻るか。

俺はクソガキとは逆の方向へ、一歩足を踏み出した。

【冬　ミスティア・アーレン　バレンタイン前夜の怪】

夜も深まったころ、私は一人、調理場に立っていた。目の前にあるのは製菓用チョコレートの……山だ。

私、ミスティア・アーレンにとってバレンタイン前日は戦いである。使用人約四十人ほどのチョコレートを用意する責務があるのだ。その量、個人経営の業者に近い。いや、もっとか。

事の発端はいつだろう。たしかかなり前のバレンタインに私が、メロ含む屋敷で働く使用人の皆からチョコレートを貰うことに対して異議を申し立てたことかもしれない。

日頃の感謝を込めてとバレンタインにチョコレートを贈ってくれる使用人の皆、その気持ちは嬉しいけれど、こちらは元々皆に働いてもらっている立場だ。皆が掃除をしたり、ご飯を作ったりいろいろお世話をしてくれているから、私は楽に過ごせている。

それに、この屋敷の使用人の皆は、「御嬢様は口を開けているだけでいいんですよ」と食事を食べさせてくれようとしたり、「屋敷の中は俺が運ぶので動かなくていいんですよ」と運ぼうとしてくれたり、「御嬢様はなにもしなくていいんですよ。ただここにいるだけでいいんです」と肯定してくれたり、とにかく良くしてくれる。良くしてくれすぎてこちらが駄目になりそうになるため、すべて丁重にお断りしているものの全部受けていたら本当になにもできなくなりそうだ。

よって日頃の感謝の気持ちを込めるのはこちらのはずで、立場が逆である。

だからバレンタインにボーナスを出すことを父に進言したけれど、どういう訳か「それなら御嬢様からのチョコが欲しい」という御者のソルさんと、彼に同調した使用人皆の発言で私がバレンタインチョコを皆に届けるという話になったのだ。

ならばボーナスが貰いたい人はボーナスで、チョコレートが欲しい人はチョコレートで、希望制にすればいいと思い私は了承した。

元々、約四十人からチョコレートを貰い食べきることは大変で、せっかく貰ったものを賞味期限を気にして食べることに申し訳なさを感じていた。それに本来私が感謝を皆に示す立場なのだ。だからいい提案かもしれないと思っていた。

……その道がいばらの道であったことに気づいたのは、昨年のバレンタインデー二週間前。

アンケート片手に使用人の皆に要望を尋ねて回ると、なぜか使用人全員がチョコレートを所望していた。さらにどこの店のものがいいか希望を聞くと、全員が手作りを所望した。

私の想像ではボーナス九割、物珍しさでチョコレート一割を所望されると思っていたけれど、まさかの手作り配給が総意となったのだ。

全員の好き嫌い、アレルギーを調査し、衛生や食中毒に気を使い約四十人分のチョコレートを用意することは簡単なことではない。バレンタインデー前日のチョコレート作りは戦場である。私は去年の今ごろ、たしかに戦地を駆け抜けた兵士であった。

しかしその辛さも、チョコレートを受け取った皆の笑顔ですっかり吹き飛んだ。

だから忘れていたのである。二月に入るまでバレンタインデーの存在自体を。そして先週両親の「今年も、レイドくんへのチョコレート選びで街に出るんだろう？　お父様も行きたい」「お母様もミスティアと出かけたいわ」という誘いの言葉で思い出したのだ。

レイド・ノクター宛のチョコレートは、すでに手配した。きゅんらぶの世界においてバレンタインデーは、「男女間必須行事、婚約者同士であるならばなおさら」な行事であり、若者のみに流行している行事ではなく、ほぼお歳暮、お中元と同義の行事だ。さすが恋愛シミュレーションゲーム。よってレイド・ノクターとハッピーな婚約の解消ができていない現在、チョコレート贈答は、「常識」になってしまっているため、なるべく今後に支障がないチョコレートを選んだ。

ハートがなく、赤やピンクの雰囲気がなく、幼いレイド・ノクターの弟ザルドくんが誤飲の恐れのない包装で、原材料に酒類のないもの。その条件を満たしたものを店で見つけ、バレンタインデーにレイド・ノクターのもとへ届くよう配送の注文をしたのだ。

母はハート形にしなくていいのか再三尋ねてきたし、挙句の果てに手作りでなくていいのかと聞いてきた。しかしそんないかにも本命みたいな雰囲気のものを贈りたくはないし、そもそも彼はバレンタインデーになんらかの思いを抱いているらしく、去年の今ごろ使用人のチョコレートは手作りなのか尋ねてきて、私が肯定すると、「バレンタインに手作りはちょっと……」と敬遠するよう言ったのだ。これから先解消しない婚約関係にあったとしても、手作りが苦手な人間に手作りを贈ることはよくない。

ということでレイド・ノクターのチョコレートは手配を終え、戦地にリターンズだ。

確認のためまずはアレルギー表に目を通す。また今年新しく一人ずつ聞いたものだけれど、見た目は去年と同じだ。アレルギーの内容から、人数……。人数まで……？

夏に使用人の増員があったはずなのに、使用人の数が増えていない。

そんなはずはない。毎年毎年増員されているはずだ。なのにずっと変わらないなんておかしい。増えた人間は、いったいどこに行ったのだろう。

背筋に冷たいものが走る。

これ、もしかして七不思議的なやつじゃ……。そう思ったのと同時に背後でカチャンと金属の音がした。おそるおそる後ろを振り返ると、そこには長い黒髪を垂らしこちらに虚ろな目を向ける女も、おかっぱ頭でニタリと笑う花子さんもいなかった。ただ調理器具がずれただけだろう。

安心した。良かった。これがホラーゲームなら確実にやられていた。

深呼吸をして手を洗い、またチョコレートの山に目を向ける。

さて、今年も皆の笑顔のために頑張ろう。

私は去年見た使用人の皆の笑顔を思い出し、チョコレートの山に手を伸ばした。

十三歳

【春　Rの引き金】

ミスティア嬢の誕生日から十日が経ったころ。僕は自室で彼女から送られてきた手紙を封も切らずに見つめていた。

今年も彼女の誕生日パーティーには呼ばれることがなかった。昨年、彼女の誕生日を祝えていないことを持ち出してはみたものの、十三歳の誕生日も家族と使用人の会だから招待できないと断られてしまったのだ。

なら、誕生日の一週間後に会ってほしいと誘ったものの、彼女はそれも渋った。

強引に押さないとミスティア嬢に会えないことを知っている僕は、「そういえば、クリスマスイブは去年も一昨年もハイム家の……」と半ば脅すような形で、一昨日アーレン家の屋敷へ出向き彼女の誕生日を祝った。

プレゼントは花にした。ダリアの花束だ。さまざまな色を組み合わせたもので、中でもミスティア嬢は黄色のダリアをじっと見つめ、どこか寂しげに花の名前を呼んでいた気がする。なにかしら思い出があるのかもしれない。もしかしたら、昔誰かに同じものを貰っていた可能性もある。

だから来年は、僕だけしか贈らないものをミスティア嬢に贈りたい。

たしか彼女は冬の時期、侍女に貰ったマフラーや、ハイムの子息から貰った手袋などを身に着けている。

僕も彼女へ身に着けるものをあげたい。

ペーパーナイフを引き出しから取り出して、そっと手紙にあてる。おそらく内容は、ダリアのお礼の手紙だろう。書いてある中身を予想していると、ふとある考えが過った。

身に着けるものを贈るとしたら、僕はなにを贈っていたのだろうかと。けれど考えても、思いつかない。そして思いつかない自分に愕然とした。

僕がミスティア嬢について知っていることは、甘いものは嫌いではない、音楽に興味はあまりない……など、当たり障りのない好みだけだ。明確になにが好きでなにが嫌いか、まったく思い当たらない。

ミスティア嬢の好きな色――彼女の好きな色はなんだろう。黄色のダリアを見つめていたから、黄色？　でもそのあと赤い色も見つめていた。

僕はミスティア嬢についてなにも知らない。今まで僕は知ろうとしていなかった？　見ていなかった？　いやそんなはずはない。

頭を横に振っていると、ミスティア嬢の周囲の人間の顔が思い浮かんだ。きっと彼女を笑顔にさせる人間は、皆彼女の好みを知っている。なにが嫌いなのかも的確に把握していて、彼女を喜ばせることができる。

でも、僕は知らない。婚約者のはずなのに、ミスティア嬢の好みもなにもかも、もう出会って二年経つというのになにも知らない。興味がないわけじゃないのに。きちんと調べようとしていたはずなのに。

頭が煮えたかのように熱くなり痛む。荒くなる呼吸を抑え、息を整えながらミスティア嬢の様子を思い出していく。すると一つだけ、思い当たった。

初めて出会った時の、チェスボード。

たぶん僕に関わるものの中で、ミスティア嬢が最も興味を示したのはチェスボードだ。チェスをした後の彼女の発言で、僕は憎しみを覚えて気にとめていなかったけれど、今思えばチェスをしている最中、彼女は楽しそうにしていた。

あの時さえなければ。

あの時、僕は彼女に僕のことが嫌いかと尋ねた。ほんの少し意地悪をしたつもりだったけれど、彼女は酷く怯えた。

時間が巻き戻ればいいのに。記憶を持ったまま、ミスティア嬢への感情を残したまま、やり直すことができたらいいのに。

そんなことはいくら願ったところで叶わない。考えるだけ無駄だ。結局大切なのは今で、未来だ。後悔なんてしている場合ではない。考えを変えよう、僕があげられるもので、彼女が喜びそうなものはなんだろう。彼女の言動を思い返していると、ふいに以前彼女に言われた言葉が蘇った。

――私は、レイド様が大切に想う方を見つけた際には、婚約解消ができるよう必ず尽力したいのです。

ミスティア嬢が初めて僕にお願いしたこと。僕が運命を感じる人に出会ったときは、彼女に話すこと。

それがどんな意味を持つのか、今ならはっきりとわかる。そうだ。彼女の願いは、欲しいものは、最初から決まっていたのかもしれない。

「自由、かな……」

呟いてみて、自分の声が震えていることに気づいた。

ミスティア嬢と初めて会った日、彼女は言った。いつか僕に運命の女性が現れ、そして婚約を解消する日が来るかもしれない、と。

ミスティア嬢は僕に運命の女性が現れると言ったけれど、もし運命の人がこの世界にいるならば、間違いなく僕の運命はミスティア嬢で、彼女の運命は僕じゃない。いつか、彼女はほかの、彼女の運命の男と結ばれようとする日が来る。そうして僕のもとを去る日が来る。

その時が来たら、僕は必ず彼女の障害になるだろう。

僕は好きな人の幸せを願えない。

そう認識すると、さっきまで熱を持っていた頭が急速に冷えたように感じた。

ミスティア嬢のマフラーを、手袋を褒めた時、彼女はたしかに微笑んでいた。その時僕は、ただただ悔やむような、炙《あぶ》られるような嫉妬を感じた。

——婚姻は、愛する者同士でするものですからね。一生を添い遂げるのですから。

初めて会った日、ミスティアはそう僕に言った。はじめこそ受け入れられなかったその言葉を、僕はたしかに心に留めた時期があった。

でも、今は違う。愛するもの同士でなくても、婚姻をすることはあるのだと、ミスティア嬢は身を以て知ることになるのだろうと思う。

僕は手元の手紙に目を向けると、封を一気にナイフで切り裂いた。

【夏　Jの逢引き】

今日はミスティアと一年ぶりの逢引きだ。はやる気持ちを抑えているつもりが浮足立つ。早く会いたい。会いたい。早く、俺のミスティアに会いたい。

恋人断ちをして勉強に励み、教員採用試験に無事合格した俺は来年の春から教師として働く。それも赴任先の学園は、学区的にミスティアが通うことになるであろう貴族学園だ。あと二年経てば、あいつが生徒として通う。

ミスティアを嫁に貰う第一歩が踏み出せたことが嬉しいし、あいつと会う時間も増えて嬉しい。

さらに合格によりあいつとの接触が解禁された。

そして今日、とうとうミスティアと逢引きだ。気持ちが抑え切れず足踏みをしながらの馬車に乗っていると、あいつの屋敷の前で停まった。御者が扉を開くのも待たずに馬車から降りると、すでにミスティアは門の前で待っていてくれた。身長が伸びあどけなさが減って、顔立ちが凛としたようにも見える。

「よう、久しぶりだな」

「お、お久しぶりです」

ミスティアは少し緊張しているようだ。もしかして俺と会うのが楽しみすぎてなにを話していいのかわからないのかもしれない。俺も同じだ。馬車に乗るよう促し手を差し出すと、ミスティアは遠慮がちに俺の手を取る。

座席についたのを見計らってから御者に合図を出すと馬車が走り始めた。

今日は街に行く。街に行って一緒に歌劇を見て、食事をして服屋を見る。今日くらいは、恋人同士らしいことをしても許されるだろう。

でも、今から楽しみすぎて駄目だ。口元が緩む。悟られないよう窓に視線を移すと、ミスティアが「あの……」と包みを差し出してきた。

「あの、よければ、これ、合格祝い、です」

「合格祝い……?」

小ぶりの箱だ。ミスティアが、俺に合格祝いを……？　まだ目の前で起きていることが理解できない。

「あと、乗馬練習のお礼もかねて」

ミスティアが付け足すように話す。なんだか引っかかる言い方だ。なんでだ、と考えて俺は思い出した。

……今日は、ミスティアと俺が初めて会った日。怪我をしていた俺を、こいつが介抱してくれた日。俺たちの出会いの日だ。なんで乗馬練習のお礼を今と思ったが、合格祝いと記念日のプレゼントじゃねえか。大事な日なのにミスティアと会えることに浮かれてすっかり忘れていた。駄目な恋人だ俺は。ミスティアはしっかり俺との記念日を覚えていてくれたのに。

「開けてもいいか？」

「どうぞ」

包みを開けると、馬をモチーフにした置き物が現れた。小さな宝石……俺の瞳の色と同じ色があしらわれている。

「えーっと、本立てです。最近たくさん読まれると聞いて……」

「ありがとう、嬉しい」

ミスティアは俺への贈り物を悩み、親父から最近俺が本を読むということを聞いたのかもしれない。健気だ。たしかに最近の俺は本を読む。教師として必要になるであろう教材資料だったり、いい恋人、いい夫になるための手引書だったり、恋愛小説を読む。

親父の前では恋愛小説なんか読まないから、なにを読んでいるかは知られていないはず……だよな？

ミスティアのためといえども、恋愛小説を読んでいることが知られたら少し恥ずかしい。出ている登場人物たちを、自分とミスティアを重ねて妄想している、なんて思われたら死ぬしかない。俺はただ出てくる男の、主人公の女と結ばれる男の言葉や行動を見て勉強しているだけだ。

でも、勉強しているだけで、実行は全然できていない。それに奴らはガキみたいに悪口を言ったり合意なく触ったりすることもあって、参考になるのはだいたい主人公の女とくっつかない男の言葉だ。

くっつかない男の言葉なら参考にしても駄目だと思ったが、まぁそもそも俺はミスティアとくっついているしと気にすることはやめた。

「大事にする」

俺が礼を言うと、ミスティアはそれだけで照れたような顔をする。可愛い。大切にする。一生かけて、お前ごと。

心の中で呟いて、おもむろに馬の置き物を窓から差す光にかざした。まるで宝物のように光っている。それは目の前のミスティアも同じだと思いながら、俺は指でなぞった。

【秋　Eの駆け引き】

「僕、来年学園に行くんだよね」

ティーカップを見つめていたミスティアに声をかけると、彼女は顔を上げた。今日はアーレン家の屋敷で二人だけのお茶会だ。邪魔者もいない。とても嬉しいはずなのに、僕の気分は晴れないどころか沈むばかりだ。

来年僕は進学する。毎週五日間朝から夕方まで学園にいなければいけない。だからその間は、ミスティアに会えないのだ。週の二日は休みだけど、彼女にも用事がある。絶対会えるわけじゃない。

来年の一年間はミスティアと会う時間が今よりもずっと減ってしまう。

一年耐えれば彼女も同じ学園に入学するけれど、それまでは会えない。

僕はミスティアさえいればいいのに。なんで離れなくちゃいけないんだろう。

彼女との年の差なんて、一歳だけだから考えたこともなかったのに、今はその一年の差がすごく遠いものに感じる。彼女は一年遅く入学して、僕は一年早く卒業する。それが遠くて苦しい。

僕が一年早く生まれただけで、ミスティアが一年遅く生まれただけで、こんなにも会える時間が減ってしまう。同じ年だったら離れなくて良かったのに。

一緒に学園に行けて、一緒に卒業して、学園でもずっと傍にいるのに。

「ご入学、おめでとうございます」

ミスティアは祝いの言葉をくれた。彼女から貰う言葉はなんでも嬉しいのに、今日だけは喜べそうにない。

「ご主人と一緒に行けないのは寂しいけど、僕ずっと待ってるからね」

僕の言葉に彼女は考え込んで俯いた。でもすぐに顔を上げて、焦ったように口を開く。

「え、え、りゅ、留年とか、駄目だよ、絶対駄目だからね？」

ミスティアは不安げな目で僕を見る。彼女の目が僕だけを映している。嬉しい。留年は僕が何度か考えたことだ。僕が留年すれば彼女の学園生活三年間を一緒に過ごすことができる。先輩後輩なんて隔たりもなくなる。

……でも。

「そんなことしないよ。僕にはしたいことがあるからね」

ミスティアとずっと一緒にいるためには、しなければいけないことがある。

三年前は勇気を出すだけで良かったけれど、今はもうそれだけじゃ駄目だ。僕はまた一歩踏み出さなきゃいけない。

彼女と一緒にいるために、彼女の傍にずっといるために。そのためにちゃんと、彼女より一年早く卒業する。彼女が学園にいる間に、彼女が学園生活に追われるうちに、僕は二人でずっと一緒に、永遠に幸せでいられるそんな場所を作るんだ。

三年前に作った街みたいに、僕たちの理想の世界を。僕たちだけの幸せの世界を。

「でも、留年もいいかもしれないね。そうしたら入学式も一緒に出られるし！」

道化たように笑うとミスティアは目に見えて顔を青くした。可愛い。僕の一言で、彼女の表情はころころ変わる。どんな表情も欲しい。でも泣いた顔はあんまり見たくないかな。

「冗談だって、からかってごめんね？　ご主人」

そう言うと、彼女の表情から不安の色が消える。いつもの顔だ。いつもの顔も笑った顔も、ミスティアの顔は全部僕のものだ。ほかの誰かになんて絶対あげない。

……だから、僕がちゃんと君の名前を呼べるようになるまで、ちゃんと、待っていてね。

「ご主人だーいすきっ！」

ミスティアに向かって、笑みを浮かべる。彼女はちょっと困ったものを見るように僕を見た。その表情もぜーんぶ僕のもの。

僕は彼女に微笑みかけながら、手元のティーカップに残っていた紅茶をすべて飲み干した。

【冬　ミスティア・アーレン　神隠しの怪】

冬の寒さが僅かに和らぎ始めた今日このごろ。私はいつになく焦っていた。

事の起こりは遡ること昨日。朝食をとっていた際、父の知り合いの伯爵の娘が留学するのだと聞いた。

伯爵家の令嬢が、貿易を学びたい。世界を自分の目で見て見聞を広めたいと留学に発ったらしい。父はその話を聞いて不安を抱いてしまったと話をしていた。

私は留学をするなんて一言も言っていないのに寂しいと泣く父を横目に、料理長のライアスさんが一生懸命作ってくれたオムレツを食べながらふと気づいたのだ。

そうだ、留学しようと。

一向になくならないレイド・ノクターとの婚約話はここ最近、「卒業を期に式を挙げて」と具体性を帯びてきていた。

当初、私と彼の婚約は決定ではあるものの、挙式、婚姻の手続きに至るスケジュールはふわっとしていた。それはそもそも私が一人娘であり、さらに両親は私以外に子供は儲けず三人で仲良く生きていくということが決定しており、そんな私の婚約者がノクター家の一人息子であるレイド・ノクターに決定したことで、家督の問題が立ちふさがっていたからだ。

その矢先、夫人が懐妊し男児を産んだ。

要するに、ノクター家には後継ぎができたのだ。さらにレイド・ノクターは「僕はミスティアと結婚する以上、アーレン家も大事に思っている。だからきちんとアーレン家のことを考えていきたい」と、ある種の相続放棄を表明した。

よってレイド・ノクターの婿入り、そして結婚式の日取りなどの話が具体的になってきたのである。

だからこそこれ以上具体的に婚姻話が進む前に、婚約の解消をしなければいけない。

これまで私は両親に対し、婚約解消について表立って働きかけることはなかった。

十歳の時はまともに取り合わないだろうと話をしなかった。十一歳の時は、ノクター夫人はザルド君を出産、不安にさせると思い話をしなかった。十二歳の時も同じだ。育児は肉体的、精神的にも負荷がかかると本で読んだ。息子の婚約解消まで出てきたら夫人が危ういと話をしなかった。

そして今私は十三歳。本来ならば中学一年生。小学校も卒業している年齢だ。両親に婚約の相談をして、まともに取り合ってもらえる年齢に達した。

ノクター伯爵や夫人に伝えるのは後にして、まずはレイド・ノクターにその旨を話そう!

そう決意した私は、この夏彼に「あの、本当に勝手なんですけど……」と前置きしてから、「婚約を一度解消してみませんか」と言おうとした。

言おうとしたのだ。

しかしそれは叶わなかった。途中で何者かに邪魔をされたわけではない。私が、「婚約を一度解消してみませんか」の「婚約」の「こ」を言った瞬間、彼が「婚約は絶対解消しないけれど、なにが勝手の話なのかな？」と笑ったのだ。

さらに、「同じことを何度も聞かれるのって楽しくないよね」と続けた。私の心は一瞬にして恐怖に支配され、折れかけた。だが、それでもなんとか己の心を奮い立たせ、口を開こうとしたら、「僕の話、聞いていたよね？」と睨まれたのだ。

私の心は折れた。折れて、欠けた。

それから半年が経過してもなお鬱々とすごしていた私にとって、伯爵家の令嬢の留学話は天命のように感じた。

私もその令嬢のように、「ミスティア留学したーい」と我儘を言って要求を通せばいい。

エリクとは徐々に適切な友人関係を築こうとはしているものの、一向にご主人呼びは取れない。貴族学園に入学し、エリクと主人公の出会いイベントがきちんと発生し、彼が更生したのを確認して、そのまま外国に飛び立つ。完璧なシナリオだと思った。

後はただ、海外で勉強するだけでいい。きっと一年が経ったころには、誰かが主人公と思いあっているはずだ。

仮に相手がレイド・ノクターであったとしても、留学して婚約がうやむやになった感じと、その間にいい人できちゃったなら仕方ないよねという雰囲気の組み合わせにより、私は彼と自然に婚約を解消できるはずだ。

両家に被害もない。完璧な作戦だ。

そのあまりの完璧な作戦によって調子に乗った私は、朝食を終えると執事のルークになるべく早く留学資料と書類を用意してもらうよう頼んだのである。

留学書類一式はその日の午後に届いた。運命を感じた。

それらは、取得制限がある。一人三部しか貰えず、それ以降申請できない。その家の使用人が申請することもできないと聞いた私は、一部は予備として引き出しにしまい残りの二部をすべて記入し終えたころには、すっかり日が暮れていた。

今夜はぐっすり寝られるぞと就寝し、夜が明け目覚めるとなぜか机の上にあった留学の申請書類が部屋からいっさい消えていたのだ。

部屋の中を大捜索し、朝食を食べて捜索を再開。書類は見つからないまま現在に至る。

「なんでない……？　なんで？　なんでだ？」

私は半ば絶望しながら、念のためにと廊下を探し始める。ロッククライミング中に命綱をなくしてしまったかのような不安感だ。いやロッククライミングなんてしたことがないし、そんなことを考えている場合ではない。

捨てたわけでもない。机の上に置いていたはずだし、窓も開けてない。一昨日あたりからずっと無風だ。どこを探しても見つからないし、パンフレットの姿すら見えない。

間違えて捨てた……？

でも、昨日はなにも捨てていない……。思考を巡らせていると、いつの間にか後ろにメロが立っていたらしい。「なにかお探しですか」と尋ねてきた。

「うーん、留学の資料がなくて……」

「そうですか……私もご一緒にお探ししたいのですが、これからどうしても所用がありまして、お力になれず申し訳ございません」

「大丈夫だよメロ。私のことは気にしないで」

「すみません御嬢様。済み次第すぐにお手伝いいたしますので……」

申し訳なさそうに去っていくメロを見送る。

大丈夫とは言ったものの非常にまずい。全然大丈夫じゃない。汗が滝のように流れていく。

なにがまずいといえば、留学申請書類は取得制限がある。なくしたら終わり。もう留学できない。

それがなくなるということは私の国外逃亡、もとい留学の道が途絶えてしまうということだ。

とりあえず廊下を後にして、玄関周りを探していく。でもなにも見つからない。焼却炉も探してみるかと向かってみれば、すでに掃除されていた後だった。

どうしよう、三部貰ってフルに失くすとかありえない。

「……あれ？　三部？」

自分の記憶に、引っかかりを見つけた。……私が昨日記入したのは、二部だけだ。残りの一部は、未記入のまま引き出しにしまった。

そこには絶対に触っていないから絶対にある。これはいけると自室へ向かって私は駆けた。息を切らしながら辿り着き扉を開くと、なんの運命のいたずらかレイド・ノクターが部屋の中にすでにいた。

「やあ、ミスティア」

「え……。こ、こんにちは」

優雅に笑うレイド・ノクターが、机に不自然に手を置いていた。視線をそちらに向けると、転がった花瓶と――ずぶ濡れの留学申請書類があった。

「え」

「ごめんね、花を見てたら手が滑って、机や床は無事だったんだけど、ちょうど、これにかかってしまったんだ」

「りゅ、留学、私の、留学書類……」

書類は文字が水に溶け、白紙と化していた。元に戻すことは不可能だ。レイド・ノクターは私の言葉に驚き、肩を落とした。

「へえ、留学の申請書類だったんだ、水でインクが流れてもう駄目かな……本当にごめんね」

意味がわからない。理解が追いつかない。なんで部屋に彼がいるのかわからないし、引き出しに入っていたはずの留学書類がなんで出てきたのかもわからない。

「……そういえば、留学の書類って取得制限があったね？　責任を持って僕が取り寄せるから、安心して」

レイド・ノクターは私に近づいてきて、安心させるように肩を叩く。申し出はありがたく感謝してもしきれないが、得体のしれない怖さを感じる。それは彼がどことなく安心しているように見えるからだ。まるでロッククライミング中に落下しかけて、安全装置が作動したかのような、まるで危機をぎりぎりで逃れたような。

「本当にごめんね?」

そう微笑むレイド・ノクターの瞳は、あまり笑っていない。こちらを巣食うようだ。私は身震いするように、おそるおそる頷いたのだった。

十四歳

【春　Jの日常】

学園の中にあるパン屋の袋を持って職員室へと歩いていく。袋の中は果物のパン、チーズのパン、クリームのパンだ。

ミスティアが入学した時うまいものを教えてやりたいと、食堂でもパン屋でも毎回違うものを頼むようにして今日の昼はこれだ。ほぼ甘いやつ。正直甘いもんは得意じゃない。それどころか普通にきつい。だがあいつのためだと思えばなんでも食える。愛の力だ。

でもパン屋も、食堂に置いてあるパンも甘いものが多い。さすがに全部甘いパンは堪える。少しくらい魚や肉を使ったような……それこそパイや、キッシュのひとつでも置いてもらいたい。パンみたいなものだし。

だがそれらしきものはいっさい見当たらなかった。

ミスティアが入学するころには増えるか……？　しかしパン屋と食堂のメニューは約六年ごと、周期的に変わり去年一新されたばかりだと聞いた。ならミスティアの入学する年も今年と同じものだろう。

……うまいもの、探さなきゃな。

ミスティアが入学した時、おすすめとかがわかるやつになりたい。

恋人のことを考えつつ、袋の中身から視線を外す。欠伸《あくび》を耐えていると、ふいに学園長室に向かって白い髪の男が歩いていくのが見えた。後ろ姿しか見えないが、長い髪を揺らして従者や学園長を伴い進んでいる。その髪の色合いの感じが一瞬ミスティアの専属侍女の感じに似ていて驚いたものの、よく見ればなんとなく違う気もした。

男の隣を歩く学園長は、媚びるように頭を何度も下げている。学園長より上のやつ……莫大な寄付をしているような保護者や理事会あたりの奴だろう。

それらを横目に廊下の窓を眺めながら進んでいくと、今度は窓の外で生徒が昼食をとっているのが見えた。外の庭園に置かれたベンチで、各々パン屋の袋、屋敷から持ってきたピクニック用のバスケットを広げている。

……そうだ、食う場所も探さなきゃな。

なるべく人目のつかないところ、それでいて空気のいいところがいい。あと景色もよくて……、
候補を思い浮かべていると、見覚えのある顔が女子生徒を引き連れているのが見えた。

たしかミスティアの屋敷から出てきた、婚約者じゃない方……、花婿候補の予備。この学園の生徒だったのか。

ガキがこれから昼を食べに行くのかはわからないが、まるで後宮の主であるかのように両腕に女をはべらせている。ミスティアのことはもういいのだろうか。

でも、ミスティアは可愛い。正直人間の顔なんて興味無かったし皆同じ顔に見えたが、そんな俺でも可愛いと思うほどあいつは可愛い。

そんな可愛いミスティアを前に、女癖悪そうなガキが手を出さないわけがない。絶対触っている。

触っていなくても嫌がるミスティアになにかしようと思ったことはあるはずだ。

腹立ってきた。

ぶっとばしてやりたい。触っていたならもう二度とミスティアに触れられないように、触っていないならこれから先ミスティアに触れることがないように腕二本とも折ってやりたい。

……いや、そんなことを知ったらミスティアは悲しむだろう。優しいし。平和主義だし。正義感強いし。あのクソガキ、いっそ突然消息でも絶てばいいのに。

「せーんせいっ」

忌々しく床を睨みつけていると、突然肩を叩かれた。慌てて振り返ると同期の教師が立っていた。

「もう、ジェイ先生ったら！」

「え」

「お昼、終わっちゃいますよ？　全然来ないから探しました」

ああ、ミスティアのことを考えて、ぼーっとしちまった。様子を見るに、何度か声をかけられていたのに気づかなかったのだろう。来年担任を任せてもいいと思われるよう、同期とはいえ教師陣の信用も得ておかなきゃならねえのに。

「すみません、生徒のことで、つい……」

「熱心なのはいいことですけれど……あんまり思い詰めないでくださいね」

「ありがとうございます」

ちょっと生徒のぶっとばし方を考えていたもので、なんて言えるはずがなく言葉を濁すと、同期は俺のことを思い悩む新任教師と捉えたようだった。去っていく背中を見送り手元の時計を見れば、昼休みの時間はもう半分になっていた。

俺はせめて一個はパンを消費するぞと覚悟を決め、職員室へ向かう足を速めた。

【夏　Eの普遍】

「つまんないなぁ」

授業の合間の休憩時間。教室にいる気にもなれず、僕は裏庭のベンチに座っていた。周囲には誰もいない。僕一人だ。すごく落ち着く。

ミスティアと一緒にいるときを除いて、基本的に僕は一人でいることが好きだ。でも学園に入学してから一週間くらい経ったころから、人に……特に女の子に囲まれる機会が増えてきた。というか最近はほぼ毎日、学園に来たら囲まれる。

女の子たちは僕を囲むと、口々に昼食、放課後に出かけること、屋敷や茶会に誘う。僕を優しい、かっこいい、美しいと褒め称え、まるでどれだけ僕に気に入られるか競争しているように見えた。

そんな女の子たちの相手は心底うっとうしくて僕はこうして休憩時間、人目のつかない場所へ避難することが増えた。

ミスティアが、学園にいない。

入学は来年で、今ごろ彼女は自分の屋敷で過ごしているから当たり前だ。だけどそんな当たり前のことがすごく辛い。

学園に入学してから僕の予想通りミスティアと会う時間が減ってしまった。なんとか会いに行こうと時間を作ってはいるけれど、会える時間は入学前の半分以下になってしまった。

それだけじゃない。ミスティアは僕をハイム先輩と呼び始めた。今までエリクと呼んでくれていたのに。「学園でうっかり呼ばないように」なんて、敬語で話すことも増えた。どんどん彼女は僕と距離を取っていく。

ミスティアは、人の目を気にしているんだろうと思う。でも僕は、ほかの誰かなんてどうでもいい。彼女さえいればいい。

「はぁ」

僕は溜息を吐いた。本当にすることがない。楽しいこともなにもない。

ミスティアが入学した時、学内を案内できるようにとくまなく散策して、一通りどこになにがあるのか把握してから、いっそう退屈になった気がする。

授業もミスティアに教えられるよう勉強していたら、今年の学習内容のすべてを網羅してしまった。だから来年の分の勉強を始めたけれど、それももう終わる。

あとこの空虚な時間を半年以上過ごさなきゃいけない。考えるだけでうんざりだ。

今まで会おうと約束したら確実にミスティアに会えていた日々が懐かしくて恋しくて仕方ない。

忌々しく地面を睨みつけていると、ふいに爪先に影がさした。見上げると知らない女子生徒が僕の前に立っていてこちらに笑いかけてきた。

「ハイム君？」

「ああ、こんにちは」

とりあえず笑顔を作り挨拶したものの、目の前の女子生徒が誰なのかさっぱりわからない。名前もわからないし、顔も見たことがない。なんの用だろう。

「教室いないから探しちゃった」

そう言って女子生徒は隣に座ってくる。距離が近い。さりげなく横にずれて身体がつかないようにすると、彼女は僕にお礼を言った。

ミスティアなら、近づいても平気どころか落ち着く距離なのに。学園に入学してから、ミスティア以外の人間に近づかれることが不快だと気づいた。

人には、他人に近づかれると不快に感じる範囲があるというけれど、僕はたぶんそれが極端に広いんだと思う。それが、ミスティアに対してだけ消滅するのか、ミスティアがすでに僕の一部という存在になっているのかはわからないけれど。

「ごめんね、僕になんの用かな」

「実はちょっと話があって」

女子生徒は僕の手を握り、照れながらはにかんだ。

「あのね、私、ハイム君のことが好きなの」

まただ。また僕が知らない女の子が、僕を好きだと言う。
二、三会話を交わしていればまだいいほうで、今みたいに名前も知らなかったり、顔すら見たことがないときのほうが多い。こうして突然現れて告白してきたり、呼び出されたり、机や靴箱に手紙を入れられていたりする。
「皆と仲良くて、優しいところとか、相手のためを思って行動できるところ、すごくいいなって思ってて」

それはミスティアが入学した時、僕が集団から孤立していたら心配するからだ。他人に優しくするのも、僕が他人に酷い態度をとっていたらミスティアが悲しい顔をするからだ。結局誰のためでもない、ミスティアに好かれたいだけの、僕自身のためだ。

「ハイム君の笑顔が好きで、ずっと見ていたくて」

僕が学園で本当に笑ったことなんて一度もないのに。この子はなにを言っているんだろう。僕のことなにも知らないのに。なにも知らない人間のことをどうして好きになれるんだろう。

「突然言ってごめんね、でも、ずっとハイム君のこと、好きで」

「そうなんだ。でも君の気持ちには答えられないや。ごめんね」

女子生徒の手を外し、そのまま立ち去る。目には涙が溜まっていたけれど、慰めて期待させると余計面倒なことになるのは、先々週に学習した。

「きもちわる……」

握られた手も気持ちが悪いし、馴れ馴れしく話しかけられたのも気持ちが悪い。

一時、ミスティアが入学して、僕がほかの人間に告白されるところを見てもらったら、嫉妬してくれるかもと期待したことがあった。だけどこの調子だと、ミスティアとの時間を奪われたと女の子たちに僕が酷い態度をとって、ミスティアに怒られてしまう可能性のほうが高そうだ。

うん、絶対そう。僕は絶対酷い態度をとるし、ミスティアは絶対怒る。

ミスティアが入学したら、学園自体の煩わしさは消えるだろうけれど、彼女以外の人間への煩わしさは倍になるんだろう。

僕は人気のない別棟のトイレで手を洗おうと、その場を後にしたのだった。

【秋　Rの平常】

窓から覗く赤い木々から視線を移し、机の上にある予定表を確認する。今年も、もう終わろうとしている。ぱらぱらと来年までめくっていくと、入学式と記されているところでめくる手を止めた。次の春、僕は貴族学園に通う。ミスティアも一緒だ。

春は、彼女と出会った季節。それから四年経った今、彼女はあまり僕の名前を呼ばないということに気づいた。

ミスティアが僕の両親や彼女の両親との会話の流れで、「レイド様は」と口にすることはあるけれど、彼女が自発的に僕を呼んだことは思い出して数えられるほど。

そんな彼女はハイム家の子息のことを、「エリク」と当然のように名前で呼んでいる。僕の弟のザルドも、「ザルドくん」と嬉々として呼ぶ。僕だけが名前で呼ばれていない。

僕を呼ぶときミスティアは名前を呼ばず、「あの」「すみません」「ちょっといいですか」で済ます。少し腹が立つ。

ほかの者には当然のように与えられて、僕だけがそれを与えられない。

彼女は以前兄弟や姉妹に憧れがあると言っていたけれど、僕の弟によってその欲求が満たされているらしく彼女は弟に酷く甘い。

そしてそれを受けてか弟であるザルドも彼女を酷く気に入っている。あろうことか誕生日のプレゼントの希望を聞いた時、プレゼントはいらないからミスティアが欲しいと言い出した。母は、「あらあら、お兄ちゃんと取り合いね」と笑っていた。父も、「でも、ミスティアお姉様は、物じゃないからあげられないよ」と優しくあやす。僕は全然笑えなかった。

なにより気に入らないのは、ミスティアがザルドから好意的な感情を向けられると嬉しそうにすることだ。ザルドに当然のように笑いかけるミスティア。いくら幼い弟だとしても、憎悪の感情が湧く。

彼女は僕にこの四年間一度も向けることがなかった表情を、簡単にザルドに向けた。

僕に向けるのはいつだって怯えた顔、警戒する顔、困惑した顔、思いつめた顔なのに。

この四年間、僕はなるべくミスティアに優しく、好かれるように振る舞ってきたつもりだ。でも、彼女の態度は一向に変わらない。最初こそ徐々に僕に慣れてくれていると喜んでいたけれど、本当にただ慣れただけだった。

どんなに会話をしても、会いに行っても贈り物をしても、彼女の態度はある一定から絶対に変わらなかった。なにをしても超えられないその一線を、弟のザルドは軽々と飛び越えていった。

僕にはわかる。ザルドもきっとミスティアのことが好きになる。姉としてではなく、一人の女の子として。

今はただザルド自身が幼いだけだ。時が来たらいずれ気づく時が来る。その時、きっと争うことになるだろう。

弟だからと、ザルドがなにかを欲しがると僕は譲ってきた。……でも僕はミスティアだけは譲れない。

僕は誰であろうと、それが弟であろうと彼女を奪うものに容赦はしない。

……彼女は、身も心も、僕のものではないけれど。

夏にミスティアが、「あの、本当に勝手なんですけど……」と前置きをして、なにかを話そうとした。その前置きがあまりに深刻そうで、「婚約解消なら絶対しない」とはじめに封じたところ、彼女は真っ青な顔で俯いた。

それからしばらくして、なんの気なしにアーレン家の屋敷へ向かうと、焼却炉でミスティアの侍女が焼けた紙片を集めているのを見かけた。その紙片は特徴的な青色で、遠目から見てもすぐに留学申請書類だとわかった。

この国の留学申請書類は皆独特な青色をしている。一度親戚が留学する前に見せてもらったものと同じ青色が、焦げた状態で侍女の手の中にあった。

嫌な予感がしてミスティアの部屋に向かい、部屋の主人がいないままに引き出しをあさると、同じ青色──申請書類が出てきた。まさか留学してまで僕から離れようとするとは思っていなかった。

僕は驚き、そして気がつくと青色のそれに花瓶の水をかけていた。

直後にミスティアが現れ適当にごまかしたけれど、あの時自分がどんな表情を彼女にしていたのかよく覚えていない。

それからだ。ふと自分が自分じゃない感覚に陥る。今までは彼女に嫌われることが怖いと思っていた。

でも、ここ最近は違う。ミスティアの自由を奪い真っ暗な部屋にでも閉じ込めて、彼女の生活を管理してしまえば、いずれ僕を愛するようになるんじゃないかと思うようになった。

僕に縋りつかなければ、生きられないように。彼女の大切なものを、家族を、使用人に危害を加えると、彼女を脅して。

それで今より線を引かれても、彼女のその心ごと壊しておかしくさせて、彼女の精神を支配してしまえばいいんじゃないか、そういうふうにばかり考えるようになった。

それにミスティアを見る使用人の目は、普通ではない。彼女を守るためならば、それが一番正しいと思う。彼女が想っているのは僕じゃない、だけど彼女を一番に想っているのは、僕だ。僕しかいない。

ミスティアが学園にいる間に、僕の傍に留まっている間に、頑丈な檻《おり》を作ればいい。そこに閉じ込めて、もう外に出してやらない。僕だけにしてしまえば、僕を愛するしかなくなる。

ミスティアの愛するものを全部、全部壊してしまえば。彼女の引く線も、きっと壊れるだろう。そうしたらきっと、彼女は、僕を——。

突如、窓の外から轟《とどろ》くような雷鳴の音が聞こえた。はっとして振り返ると、青かった空はまるで最初からなにもなかったかのように、どんよりとした厚い黒雲に覆われていた。

【冬　ミスティア・アーレン　婚約者の怪】

最近、レイド・ノクターが怖い。

いや彼の存在は地雷爆弾に変わりなく、日々私は恐怖を感じている。しかし将来的な物事に対してではなく、それとは違うなにか言い難い物理的な……身に迫った恐怖を彼から感じる瞬間がある。

そして最近その正体に私は気づいてしまったのだ。

レイド・ノクターは、彼の弟ザルドくんが私と仲良くしていると、必ず絶対零度の冷えた視線をこちらに送ってくるということを。

「みすてあおねえさまっ」

アーレン家の屋敷にて、レイド・ノクターの弟ザルドくんがこちらに駆け寄ってくる。さすが彼の弟ということもあり、充分童話の登場人物になれる整った容姿をしている。

その天使のような笑みは皆を魅了し、周囲には小鳥が集まり足元には花が咲き、一瞬にして天国を作り出してしまうような……そんなパワーがある。メロが可愛いの擬人化ならば、ザルドくんは純粋の擬人化だ。性格も、優しく、純朴で天真爛漫。ふざけて「空はソーダの味がするんだよ、だから雨はソーダ水だよ」なんて言えば信じてしまいそうだ。

そんな可愛いザルドくんだけれど、この場で駆け寄ってこられると非常に困る。

「ザルド、走ると危ないよ」

そう言ってザルドくんの後ろを追うように向かってくるのは、私とザルドくんの接触を異常に嫌うレイド・ノクターだ。

今日は私の母とノクター夫人が、別の伯爵家の夫人限定のお茶会に行っていて、二人はアーレンの屋敷に来ている。ちなみに父とノクター伯爵は釣りに出かけた。

「みすておねえさま、すきー！」

きゃっきゃとはしゃぐザルドくんの頭を撫でる。彼は幼少期特有のすべてに対し疑問を浮かべる、「なんで攻撃」を私がすべて答えていたことで、私を気に入ってくれたらしい。「みすておねーさま」と呼んで懐いてくれる。

正直彼がレイド・ノクターの弟であることと、「家族間で親交を深めることによる婚約解消の難化」は懸念しているものの、てちてちと擬音がつきそうなおぼつかない足取りで「おねえさま」と舌足らずに呼ばれれば、冷たく返すことができない。

でも、問題はそれだけではない。

レイド・ノクターは、私がザルドくんの傍にいることを異常に嫌うのだ。

私が少しでも会話をしようとするものなら、瞬時にザルドくんを遠ざけ、隔離していく。私がザルドくんの名を少しでも口にしようものなら、ものすごい形相で睨んでくる。その時の雰囲気は貴族というより鬼人に近く、覇気というより怒気に近い。

そして極めつきは、二週間ほど前に言われたこの一言。「誰もいないところに、閉じ込めてしまいたい」だ。

本当に、レイド・ノクターはぼそっと言ったのだ。私がザルドくんとごっこあそびをしている際に。

過保護というレベルに収まらない病的、というか完全な弟狂いである。狂っている。

思えば兆候はあったのだ。四年ほど前に、レイド・ノクターが私に「弟か妹ができる」と報告した日。あの時私が激しく動揺した時、彼は怪訝な目で私を見ていた。

たぶん、あの時彼は私のことを少年に常軌を逸した愛情を注ぐ者と勘違いしたのだと思う。実弟が変態の毒牙にかからぬよう、レイド・ノクターは私を警戒している。もちろん私はそんな愛情は抱いていない。盛大な勘違いだ。

私もかつて前世では大切な妹がいた。本当に大切で、今でも兄弟や姉妹の冒険談を読むとそれこそ強く感情移入をしてしまうくらいだ。だから弟を大切に想うことも、変態かもしれない人間に近づけさせるのは嫌だと考える気持ちもわかる。けれどレイド・ノクターの発言は、兄弟愛としては完全に度を越しているものだ。

レイド・ノクターは、弟に狂っている。

しかし私と婚約を解消し、早急に弟と私を離れさせよう……と、彼がすることはなかった。

基本的に、家督は長男が継ぐ。基本的に次男はどこか婿に入ったりする。私はアーレン家の一人娘であり、レイド・ノクターと結婚する場合、私がノクター家に嫁ぐか、レイド・ノクターがアーレン家に婿に入るかの二択があった。

しかしレイド・ノクターは、家督の相続を放棄し、アーレン家に入る宣言をした。ということは、次男であるザルドくんが、円満にノクター家を継ぐということになるのだ。どこに婿入りすることもなく。

レイド・ノクターは、ザルドくんにノクター家を継がせるため、婚約を維持しようとしている可能性が極めて高い。そう考えた当初は、「ないない、ふつうそこまでしないって、考えすぎ」とも思ったけれど、私とザルドくんのごっこ遊び中にぼそっと言い放った「誰もいないところに、閉じ込めてしまいたい」発言は、完全に本気だった。ザルドくんにノクター家を相続させ自分はアーレン家に婿入り計画を実行しかねない本気の声色だった。

以前イレギュラーを起こしたことでの、攻略対象の精神影響について考えたことがあったけれど、今まさにレイド・ノクターにイレギュラーの影響が出ている。

私がエリクの家庭教師初恋イベントを破壊して彼が主従ごっこ狂いになったように、レイド・ノクターが弟か妹ができる報告を私にした際、私が不審な対応をしたことで彼は弟狂いになってしまったのだ。

エリクに続き、レイド・ノクターにも早急な治療、主人公と恋愛することによるヒロインセラピーが必要になってしまったのである。

ここにきて、留学の切り札が得られなかったことがとても痛い。まさかエリクに引き続きレイド・ノクターまで更生が必要になるとは思っていなかった。

「随分と仲良くなったね、まるで以前から姉弟だったみたいだ」

ザルドくんの頭を撫でながら考え込んでいると、ぽんと背中に手を乗せられて現実に引き戻された。

「いや、その、このくらいの子は、ね、じゅ、純粋ですから」

対レイド・ノクター時、危機的状況に陥った場合どう逃げるのが最善か私は知っている。そう、お手洗いだ。お菓子を持ってきますと言えば、「僕も一緒に行こうか」。おすすめの本があると言えば、「僕も一緒に運ぼうか」。いい音楽があると言えば、「あれ、ミスティア、音楽に興味が？　なら今度一緒に歌劇でも……」と切り返され逃げられなくなるやり取りを、今まで何度も繰り返した。

しかしお手洗いは違う。「僕も一緒に行こうか」なんて言ってしまえば事案である。

「私ちょっとおて」

「ぼく、お手洗い、いきたいです」

口を開いた瞬間、ザルドくんがぎゅっと私の服の裾を掴み、こちらにお願いするように言った。このタイミングはかなりまずい。まるで私がザルドくんに、「トイレに行きたくなったら私に言ってね！」と約束していたように思われる可能性がある。

「えーと、場所は、わかるかな？」

「わかんないです。おしえてください」

ザルドくんに頷き「わかったよー」と一歩進もうとすると、がっしりと腕を掴まれた。わかる。ザルドくんは腕をがっしりと掴まないし、この場で私の腕を掴む位置にいる人間は一人しかいない。

「場所知ってるから、僕が行くよ」

レイド・ノクターは私の腕から手を離して、ザルドくんの手を優しく取った。

「じゃあミスティア、ちょっと、待っててね？」

そのまま私に笑みを浮かべ、ザルドくんと共に部屋を出るレイド・ノクター。まずい、怒っている。目がまったく笑っていなかった。

扉が閉まった音が、「せいぜい辞世の句でも考えておくんだな」と言っているように聞こえてくる。私はどう説明すれば彼の誤解が解けるのか考え、ただただその場に立ち尽くしていたのだった。

続録　入学者説明会

春の訪れを感じさせる風が、僅かに開かれた窓から白い花びらと共に入ってくる。きゅんらぶの世界の桜の花は、基本的に一か月間満開の状況を保つ。思えばゲーム開始直後の入学式の時も桜は咲いていたし、ゲーム終了、三年生の卒業式がある時期にも咲いていた。

爽やかな空気を大きく吸い込んでから顔を上げ、私は自室の鏡台を見つめる。

黒いウェーブがかったロングヘア、血のように赤い瞳。

まごうことなきゲームのミスティア、もとい十五歳の私である。当然だけれど、十歳の時から一歳ずつ歳を重ねてきた。そして加齢とともに、私は成長するわけで。その成長はどんどんゲームミスティアに近づき、入学式まで一か月と迫った今日、私の見た目は完全にミスティア、ミスティア完全体と化した。

入学式一か月前である今日は入学者説明会だ。ゲームが開始されるのは一か月後であるものの、危機感はもっておかなければいけない。今日の入学者説明会の会場は、攻略対象が集うきゅんらぶの舞台、貴族学園なのだ。

前世……、現代的に言えば高校に値するその場所は、貴族が集うといえども仕組みや在り方は基本的に現代日本の高校に準拠しており、授業内容も同一。委員会、部活動など生徒組織の他、文化祭などの行事もしっかりあり、本当に高校である。たしか購買も学食もあった。予算は国立といえど在校生の保護者の寄付金で賄われており、国が関与している私立という位置づけが正しいかもしれない。

ちなみに校訓は、「自立」だ。貴族といえど自分のことは自分でできるようにということらしい。たしか「校訓だから仕方がない」という行事系のイベントが多かった気がする。ちなみに、「自立」を促すため、生徒に仕える使用人は出入り禁止だ。

制服は黒のブレザーに、指定のシャツ、リボン、ベスト、スカートだ。入学者説明会に向かうにあたり着用して思ったけれど、現代的デザインだと思う。ほかにもジャンパースカートやボレロもあるらしい。さすが中世のいいところだけをとって、複雑なところは曖昧化したり現代化した世界観である。

「ミスティア様、お時間です」

さっきからずっと傍にいてくれたメロが、そっと私の手に触れる。そのたしかな温度を感じながら、私は運命に逆らう決意を新たにまっすぐ前を見据えたのだった。

「入学者説明会の会場は、こちらになります！」

特に何事もなく屋敷を出て貴族学園に辿り着いた私は、校舎までの道のりに点々と立ち並ぶ職員さんの指示に従って説明会の会場――貴族学園の講堂へと向かっていた。周りには桜の木々が立ち並び、その間を縫うように多様な花のポットが置かれている。桜に囲まれた通りを、私と同じ真新しい制服を着た生徒たちは緊張した面持ちで歩き、もう目の前には、これから先三年間通う大きな校舎がそびえ立っていた。

……本当に、広い。

貴族からの莫大な学費と寄付金、国立ということで国からの補助金により建てられたこの学園は、予算規模と比例するように広く、平屋でも十分な広さであるにもかかわらず五階建てだ。さらにここ本校舎の向かいには別棟があり、美術室や図書室、家庭科室や生物室などの教室はそこにある。

各階には校舎と別棟を繋ぐ渡り廊下があり、良い意味で城、悪い意味で魔境だ。膨大な教室の数、長すぎる廊下はラスボスのいるダンジョン、もしくは制作時のミスで起きたバグにより到達できる裏技のステージといっても過言ではない。

教職員の指示に従い校舎内に入っていくと、やはり室内はゲームで見たままであった。私は講堂の場所どころか基本的な教室の位置はゲームで知っているため迷わないけれど、ゲームをプレイしていなければ確実に迷っている。屋敷に帰ることも叶わず、冷たくなった状態で後日発見されていただろう。

一階の廊下を歩きながら、とりあえず明らかにとんでもない方向に向かっている人たちに、「あっちみたいですよ」と正規ルートを教えながら進んでいく。今回は校舎のお披露目という意味合いもあるのか、ほかの学年はお休みのはずなのに教室もところどころ開かれ、見学できるようになっていた。

教室の中は、現代のものとなんら変わりない。しかし窓の外から見える中庭は、学園の正門から校舎までの道のりとも異なった種類の花々が並び、噴水が絵を描くように水を噴出していた。予算の規模が明らかにおかしい建築物たちに圧倒されていると、ふと噴水の周りをぐるりと囲うようにして台車を運ぶ人影が視界に入る。

紺色のふわふわとした髪を靡かせ歩くその人は、きっと用務員さんだろう。制服も用務員さんっぽい。じっと見つめていると、目が合ってしまったらしく用務員さんはこちらを見た。会釈してから、視線を前に向ける。

それにしても結構歩いているはずなのにまだ着かない。本当にこの廊下は長い。ゲームで主人公は一瞬の暗転で進んでいたけれど、あの脚力はなんなんだろう。でもまぁ、ゲームで長々と廊下を進まれても困るし、カットされただけか。

そんな移動がカットされがちな主人公はといえば、この説明会は欠席である。なぜならそういうストーリーだからだ。入学者説明会の日、主人公は制服を用意され貴族学園への入学を伝えられる。よって今まさに主人公は貴族学園行きを伝えられているということだ。

この場に主人公がいないことは安心だ。そして一か月後、私は安心できない学園生活を送り始める。辛い。

先の将来に対して臓器の痛みを感じていると、後ろからなにかが駆け寄る音がした。

「ミスティア・アーレン嬢!」

振り返ると、男子生徒が――、いや、会いたくない人物が駆け寄ってきた。さらさらな栗色の髪、知的で少し冷たさも感じさせるような濃紫の目。その瞳を囲う細めの眼鏡……。

きゅんらぶのキャラクター、ロベルト・ワイズ――通称「勤勉な彼」だ。

性格は、もちろん勤勉。自分に厳しく、そして他者にも厳しい。よって周囲への当たりも強い。毒舌……なのだろうか、とりあえず要はとても真面目で不器用な人柄だ。ちなみにミスティアが騒いだり声を荒げたときに、「貴族らしくない行いはやめないか」と注意をする数少ない人物でもある。

彼はミスティアの結末とは関係ない人物だ。だから、むしろ関係しないほうがいい。レイド・ノクターは現在弟狂い、エリクはご主人ごっこが抜けないという現状だ。こんな状態でロベルト・ワイズにうっかりなにかして、彼にまで悪影響を与えたらもうどうしようもなくなる。

というか、なんでロベルト・ワイズは駆け寄ってきたんだ。ゲームではミスティアのことを気に入らないと言っていたけれど、それは主人公への行いに対してだ。私は今、ただ地面を見たり用務員さんと目が合ったりしただけ。彼に咎められるようなことはなに一つしていない。

おそるおそる様子を伺っていると、彼は「ああ、すまない」と咳ばらいをした。

「俺の名前は、ロベルト・ワイズ。君と同じく今年からこの学園に入学する者だ」

「ミスティア・アーレンと申します。よろしくお願いいたします。……あの、本当に申し訳ないのですが、前にどこかで……」

彼のテンションは完全に私を知っているような口ぶりだった。もしかしたら私が忘れていただけで、前にどこかで会っているのかもしれない。しかし彼は私の言葉に首を横に振った。

「いや、会ったことはない。ただ君の評判は聞いていた。医療に関心がある令嬢と聞いて、話をしてみたかったんだ。だからこうして同じ学園に入学できて嬉しい。誇りに思う」

医療に……関心。たしかに私の家は医療分野に関わっている家だけれど、特に私は医者になりたい、薬の研究がしたいと言った覚えはない。しかしこうして疑問を感じている間にも彼は嬉しそうに言葉を続け、笑っていた。

かといって、下手に追及をして関わるのも恐ろしい。控えめに相槌をうっていると、彼は「突然こんなこと言われても困らせてしまうな……、すまない」と申し訳なさそうにし始める。

「いえ、お気になさらないでください」

「ありがとう。では俺は失礼する。今年からよろしく」

ロベルト・ワイズは爽やかに去っていった。なんだろう。通り雨のように急にやってきていなくなっていったような。なんで彼は私の評判を知っているんだ。というか私の評判ってなんだ。他人の屋敷で暴れたとか、そういう評判ではなさそうなのが救いだけど……。

首を傾げつつも講堂へ向かおうとすると、不意に右の小指から人差し指にかけてを後ろから掴まれた。振り返るとレイド・ノクターが私の指を掴み、こちらをじっと見据えていた。

「おはようミスティア」

「おはようございます……」

なんで、私は指を彼に掴まれているんだ？　返事をしても、指を離される気配はまるでない。立ち止まる私たちを周りは不思議そうに見て歩いている。もう一度離してもらおうと指を動かしても、離される気配はやっぱりない。抵抗を続けていると、彼はぽつりと呟いた。

「今日」

「今日？」

「うん。今日、ミスティアを迎えに行ったんだけど、屋敷にいなかったね」

彼の言葉を聞いて、顔が引きつった。たしかに今日私は万が一にでも道中ノクター家の馬車と相《あい》見《まみ》えないよう、予定時刻から相当早い時間に屋敷を出た。間違いなく彼はそれについて言っている。

周りを見るとすでに皆説明会の会場に向かったらしく、廊下には私たちしかいない。

「いや、まぁ寄るところが、あって……」

「僕は今日、ミスティアと一緒に行きたいと思っていたんだけれど、ミスティアはどこに寄っていたの？　どんな用事があったの？」

レイド・ノクターから発される重力が苦しい。酸素濃度も薄い。そのせいか脳がうまく働かず言い訳が思いつかない。視線を逸らすわけにもいかず、「あの」「えっと」を繰り返していると、ふわりとなにかが首に巻きついた。

「そんなの、ご主人がお前と一緒にいたくないから、時間を早めたってことでしょ？」

エリクが、私の首に巻きつくようにしてこちらを抱えていた。いや私におぶさろうとしているのか……？

「突然後ろから抱きつくのは危険です」

エリクの腕を外そうとしても、彼は無邪気に「ぎゅーっ」と言うばかりで離そうとしない。すぐにレイド・ノクターが冷ややかな瞳をこちらに向けてきた。

「ハイム先輩、本日は入学者説明会です。ほかの学年は立ち入り禁止のはずでは？」

「はは、今日はご主人に会いに来たから、関係ないし」

いやエリクの理論無理がありすぎる。というかエリクもレイド・ノクターも、入学者説明会の時間が刻々と迫っていることを忘れているのではないだろうか。時計を見ると、すでに説明会開始時刻まで五分を切っていた。

もうそろそろ行かないと本当にまずい。

「あの、入学者説明会に、行きたいのですが」

「じゃあ僕が運んであげる！」

エリクが私の首から腕を離して、今度はレイド・ノクターに掴まれていない方の手を取った。そのままエリクが講堂へ向かおうとすると、ぴんと私の腕がはる。レイド・ノクターが私のもう片方の手をしっかりと握っていた。

「うわ」

「ハイム先輩は帰ってください。入学者説明会は入学者のみの参加が認められています。なので彼女は僕が連れていきます」

レイド・ノクターは私の腕を引く。しかし反対側からエリクがさらに引っ張った。まずい。本当にまずい。

「あの、二人とも離してください、本当に時間が危ないので」

二人に言っても、両者睨み合うばかりで埒《らち》が明かない。私に力があれば振りほどけるのに、もはや両腕をはりつけにされているレベルでどうにもならない。

窓に目を向ければ、レイド・ノクターとエリクに腕を引かれる私がいた。客観的に見れば取り合われているようにも見える。

「ほら、ハイム先輩。ミスティアを離してください」

「お前しつこい！　だからご主人にも嫌われるんだ。愛してるのにちゃんと優しくしないし、えらそうにしてさ。自分は王様かなにかだと思ってるの？」

私が愛されてる……？　なぜ？　いや、そんなことあり得ないし、こんなところで立ち往生してる場合じゃない。説明会が始まってしまう。

冷や汗を流していると「なにしてる」と地を這うように低い声が響いた。

「先生」

ジェシー先生がこちらに駆け寄り、レイド・ノクターとエリクを睨んだ。レイド・ノクターは先生を一瞥《べっ》してからぱっと腕を離す。エリクは掴んだままだったけれど、先生の「ハイム」という声かけに、大きくため息を吐き私の手を放した。久しぶりに私の腕が帰ってきた。

「お前ら自分の力わかってんのか、こいつの骨が折れたらどうすんだ。責任とれんのか。なんでこんなことするんだ。危ないだろ」

「とれます。結婚するので」

エリクがしれっとした顔で答えた。その答えにレイド・ノクターは殺気立つような瞳を向ける。

先生は「とにかく」とその空気を変えるように二人を見た。

「入学者説明会が始まる。さっさと行け。説教はその後だ」

「……はい」

「はーい」

レイド・ノクターはすべての感情をそぎ落としたような返事をした。一方のエリクは間延びしたような返事をして、そのまま講堂へと向かおうとする。しかしそれを先生が止めた。

「ハイムは校舎から出ろ、ほかの学年は入校禁止だって説明があっただろ。そしてノクター、講堂に向かう途中にさっきのような乱暴なふるまいはするなよ」

ジェシー先生はそう言って、無理やりエリクの肩を押さえる。レイド・ノクターは先生に見えないよう少し笑って私に顔を向けた。

「じゃあ行こうか、ミスティア。二人で」

「は、はい」

レイド・ノクターは笑っている。笑顔が怖い。なんだこの状況は。ゲームでの彼は人の腕を綱引きにするような人格ではなかった。それに弟に狂ってもいない。

「いってらっしゃいご主人！」

そしてエリクは、ミスティアにご主人呼びする人格でもない。というかそもそもロベルト・ワイズだってミスティアが嫌いなはずだ。この場でまともな人は――ジェシー先生しかいない。先生だけが希望の光だ。

私は現在の自分を取り巻く環境に強い違和感を抱き、そして一か月後始まるゲームシナリオに多大なる不安を覚えながら、長く続く廊下を歩いていた。

前録

どうか幸せで、楽しく過ごせますように

「ミスティアは、十歳になったのね……」

「ああ……」

寝室のバルコニーで、夜着にショールを羽織った妻が感慨深そうにこちらを振り返った。月明かりに照らされた彼女の髪も瞳も、階下で眠る娘のミスティアとは異なる色だ。あの子の顔立ちや声は妻が幼かったころとそっくりで、髪と瞳の色は私のものを受け継いだ。

私はそっと妻に近寄り、その肩を抱いて共に月を見上げる。

娘が十歳を迎えた誕生日の夜が更けていく。喜ばしいことのはずなのにどこか落ち着かないのは、あの子が今生きていることが奇跡だからだろう。

ミスティアが産まれる時、妻の命も、そしてあの子自身も危ういと医者に言われた。私は頭が真っ白になって、いくらでも金は積む。だからどちらも助けろ。どちらか一方でも危険に晒せばお前やお前の家族全員の首を刎《は》ねてやると医者を怒鳴りつけた。

なぜ、私の妻が出産によって命を奪われなければならないのか。ほかに死んでもいい人間なんてたくさんいるだろう。有象無象の平民たちがのうのうと生きて子を産んでいるのに、どうして私の妻と子がこんな目に遭うのだと神を呪った。

私の最悪の予想は的中することなく、妻は無事に私の子を産んだ。医者から妻はもう子を産めず、産まれた子が女児であったことから跡継ぎについて言われたが、そんなことはどうでも良かった。

赤子を抱き微笑む妻。そして小さく幼いわが子を目にし、今にも折れてしまいそうな華奢な赤子の指が私の指を握った時、絶対的な権威、財を成して、なにがあってもこの二人を守らねばと私は固く誓ったのだ。

　跡継ぎなんて、知ったことか。

　そんなもの後からどうとでもなる。今はこの二人を守ることに専念しよう。誰にも文句は言わせない。言わせないような立場になってやる。

　元々アーレン家は伯爵位といえども伝統ある血筋。権威も充分で、財も過不足ないものであった。それでも、妻と娘を想うと不足を感じたのだ。

　それから月日が経ち仕事に邁進するにつれ、いつの間にか私の目的は二人を守るために権威を得て財を成すことから、ただ闇雲にそれらを求めることにすり替わっていった。人々からの羨望のまなざしで優越感に浸るようになり、人々が媚びへつらうことを当然とし、自分に歯向かうものはすべて切り捨てるようになった。

　一方妻は元々着飾ることに関心はあったものの、より宝石や装飾品を買い漁るようになり贅沢に溺れていった。思えば、子を育てる精神的な疲労や、もう二度と子を産めなくなってしまったことで、心を紛らわせることに必死だったのだろう。

　私はそんな彼女を見ても、妻を着飾らせ社交界に出すことは家の財力を知らしめる好機であるとしか捉えなかった。

　当時はこれから先、私たちの家はもっと栄えていくと確信を持っていた。しかし今ならわかる。あの時私たちはゆるやかに崩れ、傾こうとしていた。そして傾こうとしていた私たちを正気に戻した者こそ、私たちの娘、ミスティアだったのだ。

あれは、ミスティアが三歳のころ、家族三人で出かけた時のことだ。あの子は話で聞く子供の成長よりも早く育ち、すぐに「です」「ます」をつけた言葉で会話ができるようになった。物覚えもよく聡明で、一人遊びが多く人とあまり関わろうとしないところがあったものの、私たち夫婦はなんの心配をすることもなく、あの子と出かけた。

昼にレストランで食事をして劇場で歌劇を見る移動中、知人の子爵夫妻と出会った。そこでいくつか会話をして、同じ年の子を持つ夫妻にミスティアを紹介しようとした時、あの子の姿が消えていたのだ。

私も妻も愕然とした。護衛はすぐ傍にいたにもかかわらずミスティアから目を離していたらしい。私たち夫婦は子爵夫妻と別れ、護衛と共にあの子を探し回った。子供が好きそうな菓子の店、玩具を売る店、女児が好む宝石や服飾の店……どこを回ってもあの子はいない。本を読むことが好きだったはずだと書店に行っても姿は見えず、焦燥に駆られていると突然衛兵に呼び出されたのだ。

ミスティアが、医者の元にいるから来てほしいと。

私はまた最悪の事態を想定し、なぜそんな場所にあの子がいるんだと衛兵に掴みかかりそうになった。しかし彼らの様子がなにやらおかしく、事情を聞くとあの子は無事だと言った。ならなぜ医者の元にいるのだと問いただせば、とにかく来てほしいと話す。医者の元へ妻を伴い向かうと、そこには至って冷静なミスティアと、寝台に伏せたごろつき、そして困惑の表情を浮かべる医者がいた。

医者は私を見るなり「助けてください。御嬢様が、この男を連れてきて……」と命乞いをするように縋ってきた。

話を聞くに、ミスティアは突然死にかけの血を吐くごろつきを連れ診療所にやってきて、診てほしいと頼んできたと言う。代金は自分の服や着けていた宝石でなんとかならないかと交渉までして、自分の身に着けている首飾りを外しだしたため、衛兵を呼んだらしい。

一通り話を聞いた私は、医者の言うことを信用できなかった。

まだ三歳の子供がそんなことをするはずがない。それになぜごろつきなんか拾ってくるのだ。嘘を吐くなと医者を罵《ののし》り、とにかくミスティアを連れて帰ろうとすると、あの子は「嘘じゃないよ」とまっすぐにこちらを見た。

そして私が子爵夫妻と会話をしている時、遠くを歩くごろつきが吐血したのを見たこと、急いでそこへ向かうとごろつきが倒れていたこと、医者に見せようと診療所へ向かったことを淡々と私に説明したのだ。騙されている、脅されているのかと問う私を「そんなことされてない」とつっぱねて。

私は訳がわからなくなった。なぜミスティアがそんなことをするんだと、行動理由がわからなかった。あの子は「この人を治療するお金、このドレスと宝石で足りますか？」と医者に聞き始め、私がなにをしているのかと問えば「お父さんとお母さんが来てくれたから、帰りは馬車だしドレスも担保にできるなと思って」と平然と口にしたのだ。

私はとにかくミスティアを無事に屋敷に帰したい一心で「そんなことをしなくてもそんなはした金払ってやる！」と声を荒げた。面倒になって、医者の請求する治療費の三倍の額をテーブルに叩きつけると、あの子は「お金を叩きつけるのは良くないよ」と言いつつもお礼を言って私に従い診療所を出た。

その日の晩、ミスティアを伴い屋敷に帰った私と妻は、あの子が無事に見つかって良かったと安堵し喜ぶことはしても、これからについて話すことはしなかった。それはあの子の行動がその日限りのものだと勘違いしていたからだ。今日はたまたま、ごろつきを見て放っておけない気持ちになり、偶然が重なって今日のような騒動が起きたのだと思っていた。

しかし、私たちの予想は翌週簡単に覆された。

「大変です、御嬢様がいません」

元いた護衛を解雇し、公爵家に仕えていたこともある有能な護衛を雇った私は、辺境伯のお茶会に家族三人で出席した。するとまたミスティアが消えたのだ。

辺境伯家に滞在するのは七日ほどで、ちょうど滞在して半ばに差し迫ったころだった。その日妻は夫人だけのお茶会を、私は子爵や男爵たちと狩りに出かけ、ミスティアは護衛に任せていた。

そして私が狩りから帰ると、護衛は私にミスティアが消えたと宣ったのだ。

私が苛立ちを護衛にぶつけていると、今度はあの子は涼しい顔で小汚い青年を連れて私の前に現れた。

「この方は、近くの村の人で、名前はソルさんって言うんだけど、実は集団で暴行されていて……。屋敷で雇ったりできないかな」

こちらの様子を窺うミスティアを見て、立ち眩みがした。集団で暴行されていたということは、その現場を見たということだ。そんな危険な場に娘が立ち会っていたと考え肝を冷やした。

妻が泣きながら「その人たちはどうしたのよ！　なにもされていない？」と問い詰めると、ミスティアは「罠にかけたから大丈夫」と言った。

詳しくミスティアや小汚い青年に話を聞けば、青年は長年村ぐるみで暴行され、通りかかったあの子が青年を暴行した者たちを近くの整備中の穴に落とし、助けてきたらしい。妻はその話を聞いて失神し、私は意識を保つことで精いっぱいだった。

その晩、私はミスティアの言うとおり小汚い青年をアーレン家で使用人として雇う手筈を整えた。

いっそミスティアが見ていない間に青年を捨てていくことも考えた。しかしミスティアがそれを知ったとき、あの子がどういう行動に出るか見当がつかず、青年は御者見習いとして屋敷に入れた。

そして、妻と今後について話し合った。

ミスティアを、このままにしてはいけない。我々できちんと見ていないと、あの子はいずれ死ぬ。

今までそうしたことはなかったが、ミスティアを怒鳴りつけ、部屋で折檻《せっかん》し食事を抜く……ということも考えたが、かわいそうでどうしてもできなかった。かといって、くだらぬ平民のために自分の身を危険に晒すミスティアをこのままにしてはいけないのもまた事実だ。

私たち夫婦は悩み、もっとミスティアをきちんと見て、あの子と気軽に話せるような護衛をつけようとの結論に至った。今まであの子につけていた護衛は優秀さだけを見てあの子と何十歳と年が離れている護衛だった。男のほうが力が強いと考え選んでいたが、手洗いの場にはついていけないし、そもそもあの子を守る以前にあの子から目を離してしまう。私は女の護衛を探すことにした。

その矢先だ。あの子はまた消えた。

辺境から小汚い青年を連れまだ一か月も経たないころだ。早朝小汚い青年――御者見習いと共に消えた。

衛兵たちと共に必死に探していると、夕方、ミスティアは一人の衛兵と御者見習い、そして今度は小汚い女と帰ってきた。

ミスティアを連れ帰ってきた衛兵に聞くと、小汚い女は酒場で働く平民の妻で、夫に暴力を振るわれていたところにあの子が割って入ったらしい。

御者見習いはなにをしていたかと問えば、こっそり屋敷を出ていくミスティアを見つけ後を追い、あの子を小汚い女の夫から守ったと話して私は愕然とした。

怒鳴りつける気力も湧かず、ミスティアになぜそんなことをしたのか聞くと、「辺境から帰る馬車で街を通った時に、暴力を振るわれている女の人を見かけたから」と淡々と答え、「リザーさん、お仕事と住むところがないらしいから雇ってほしいんだけど……」と心底申し訳なさそうにこちらを窺ってきた。挙句「あっ、リザーさんっていうのはこの人の名前で……掃除婦とかどうかな。枠空いてないかな?」と付け足してきたのだ。

なぜ、そんなことをするのかの答えになっていない。

本当にどうしてミスティアは自分を犠牲にして、くだらない平民なんかのためにここまでするのか。

私たち夫婦はミスティアのことを心から心配しているのに、まるで伝わっていない。前まではこんなに手のかかる子供ではなかったのに。こんなにおかしな子になったのは街を出てからだ。いったいどうしてこんなに手のかかる子に——そう考えて、はっとしたのだ。

私たち夫婦が、ミスティアが異常な行動をするまで、あの子を街に出すまではなんの心配もしていなかったことを。

ミスティアを見ることなく、私は権威と金に、妻は贅沢に溺れていたのだと気づいたのだ。

私たちがミスティアに構わないから、寂しさゆえに行動を起こしているなんて生易しいものではなく、あの子は私たちを見て、反面教師のような思いで他人に尽くそうとしているのかもしれない。

街に出て視野が広がり、私たちの振る舞いに思うことができたのかもしれない。私たちが自分たちしか顧みなかった分、他人に尽くそうとしているのかもしれない。

私がそう考えた時、隣にいた妻も同じようにはっとした瞳をしていて、私たち夫婦は顔を見合わせた。ミスティアだけが本当にただただ落ち着いた瞳で私たちを見ていて「この人屋敷で雇ってもいいかな」と答えを欲しがった。

私はすぐにリザーという女を掃除婦として雇うこと、彼女の離縁の手続きの力添えをすることを宣言した。そして喜ぶミスティアにこれから先したいこと、やってほしいことがあったらなんでも言うこと、私と妻はどんな時でもミスティアが大切で、そして信じることを誓った。

一番初めにあの子がごろつきを拾った時、私たちはあの子の言葉を信じなかった。でもこれからは、どんな突飛なことを言っても絶対に信じる。

ミスティアは私たちの言葉にどこか戸惑っていた様子だったが、これからは行動で示そうと私たち夫婦は固く決意した。

それからは、私は今まで行っていた貿易や鉱山の投資、軍事事業から手を引き、医療や薬品研究など人に尽くし役立つものへの投資と経営に力を入れ、領民に対する重い課税も引き下げた。突然の経営転換によってさまざまな問題が発生し一時は資金不足に陥ることもあったが、妻が宝石などの装飾品やドレスを売り、なんとか立て直した。

収益が安定してからは孤児院への寄付も始め、とにかく人から奪うのではなく与えるよう動いた。すべては、ミスティアのためだ。あの子に私たちが変わった姿を見せ、きちんと自分を大切にしてもらうためだった。

ミスティアは、私たちの分まで人に尽くそうとして、結果的に自分を蔑《ないがし》ろにしてしまう。だから私たちが人のために尽くせば、あの子は必要以上に人に尽くすことをやめるだろうと考えた。

そうして私たちは変わったつもりだ。しかしそれから七年。ミスティアが十歳になった今現在、あの子はなにも変わっていなかった。あの子は誕生日の贈り物は気持ちでいいから、それかドレスなら一着でいい、余った分は建てた医療施設や薬品の研究所、孤児院に寄付をするか追加で新しく建ててほしいと私に頼む。さらに時折いなくなり、人を拾う悪癖も変わらない。あのころよりましなのは、あの子の五歳の誕生日が終わったあたりから雇った専属侍女のメロがきちんと見ていてくれていることだろうか。御者見習い——今はあの子の専属御者になったソルも見てくれているが、やはり専属侍女は同性だからか違う。着替える時も手洗いも同伴できるし、元は孤児院出身であったことを懸念したこともあったが、本当に良かった。

ミスティアがよくしてやっていた孤児院の子供がある日突然引き取られ、それからあの子はしばらく元気がなかった。その隙間を埋めるように孤児院に入ってきた専属侍女だが、きっとなにかしら、運命が働いたのだろう。

以前ミスティアが助けたごろつき――ブラムは、治療が終わった後屋敷で働きたいと突然現れ、当時は懐疑的な目で見ていたが、今は立派な門番となりあの子が屋敷から出ようとするときちんと報告をしてくれている。妻はあの子が勝手に外に出ないよう注意してと言うけれど、私は門番には専属の侍女や御者がついているのなら止める必要はないと伝えている。

なるべく、ミスティアには自由に過ごして、自分の好きなようにしてもらいたい。無事に産まれてきてくれたのが奇跡の子だから、そのまま楽しく過ごして、長生きしてもらいたい。ちょっとだけ、人見知りで口が重いところがあるけれど、心も優しく利発な私たちの娘だ。好きなように生きてほしい。

けれど、胃が痛いこともある。ミスティアが人を拾う悪癖もそうだが、あの子の周りについてだ。

今は掃除婦長をしている女を拾ってきた時、見習いをしていた御者に対してミスティアが屋敷から出るのを止めなかったことについて激しく叱責した。

しかし奴は悪びれもせず「俺が傍にいるから大丈夫です。御嬢様が傍にいたので殺しはしませんでしたが、御父様が望まれるなら首を持ってきます」などと言ってのけたのだ。

戯言をと思ったが、次の日衛兵に聞けばたしかに酒浸りの夫は足や腕を潰され、回復には時間がかかり話すら聞けない状態だと言った。

御者はミスティアに恩義を感じているらしく、それは見習いを終えた今もなお続いているが、節操がなく野蛮な人間が自分の娘の近くにいるということは、父親として複雑な心境だ。ほかの使用人たちもミスティアに救われた者が多く、中には育ちが良くない者もいるがあそこまで野蛮ではない。特に元ごろつきの門番は芸術……特に音楽の分野に造詣が深く、私も感服するばかりで、あの子の家庭教師まで頼むほどだ。

もう少し、御者には野蛮ではなく繊細な感性を持ってほしい。でも、ミスティアを守ってもらっていることもたしかで、そこがとても難儀だ。

「これから先、ミスティアはいったいどうなってしまうのかしら……。そろそろ自分の幸せに目を向けてほしいわ……」

「……これまでどおり、私たちがしっかりと見守っていよう。大丈夫、使用人たちも力になってくれるさ。それに婚約者だって優秀だと評判なノクター家の令息に決まった。落ち着いてしっかりした子だと聞くし、その子もきっとミスティアをきちんと見てくれるはずだ」

「そうかしら……不安だわ」

妻は不安げに瞳を伏せ俯く。安心させるように肩を軽く叩いた。御者以外の使用人は特に野蛮な部分は見られないし、ミスティアは専属侍女にとても懐いて、どこに行くにも連れていく。

執事長で私の秘書もしているスティーブも、雰囲気は以前より冷たいものに変わった気はするがあの子に良くしてくれているし、部下のルークもあの子に対しては優しい目をしている気がする。料理長のライアスや庭師のフォレストたちはあの子のためにと誠心誠意仕事をしていて、掃除婦長のリザーはほかの掃除婦にあの子をよく見るよう注意をしてくれているそうだ。

皆、ミスティアが危険な目に遭わないよう注意してあの子を尊んでくれる。

だからいずれ、その気持ちをミスティアも理解して、自分を尊ぶようになってくれたらと思う。

それか、父親としては寂しくもあるが、あの子の夫となる者がきちんとあの子を幸せにして、ずっと守ってほしいと切に願う。

それまでは、私たちがきちんとミスティアを守っていかなければ。見守っていかなければ。

「来年のあの子への誕生日の贈り物は、船にしようか」

「貴方……そんなこと言ったらまたミスティアは遠慮して孤児院の寄付を求めてしまうわ」

「パーティー会場と一緒にしようと言えばいいんじゃないかな」

そして、あの子が誰かの手を取るまでは、どうか甘やかしてあげたい。好きなだけ望むものを与えて、喜んでもらいたい。

私は妻に呆れられながらも、ミスティアが大きな病気や怪我をすることなく――生きて十歳の誕生日を迎えたことに幸せを感じながら、月を見上げたのだった。

あとがき

はじめまして、稲井田そうです。この度は『悪役令嬢ですが攻略対象の様子が異常すぎる』をご購入いただきありがとうございます。あとがきを最初から読むことを信条にされている方は、物語の本筋に触れますので、信条を歪め本編を読んでからまたここへお越しください。

では、さっそく本題に移っていきますが、攻略対象異常一巻、いかがでしたか。

本作主人公であるミスティア・アーレンは、家族や使用人を守りたいという善意によって行動を起こします。そうした行動により攻略対象たちは本来嫌うはずの彼女に好意を持ち物語は展開していきました。

本来母を失うはずだった婚約者には弟が生まれ、女を嫌いながらも誑かし代理的復讐をする令息は夢を見つけ、ただの不器用で済むはずの教師は誰にも悟られず狂います。さらに、彼女が知らないだけで屋敷の中にいる使用人も狂った人々です。本作はそういった環境下の中で、無事彼女は一年過ごせるか、というストーリーであり、どちらかといえば昨今流行中の悪役令嬢の物語とは若干毛色が異なっているかもしれませんし、ヤンデレものといっても、狂気や病みが完成されたヤンデレヒーローが出るのではなく普通のヒーローが徐々に病んでいく過程を描いているので、まだヤンデレが好きな方には物足りない状態だと思います。

にもかかわらず本作を書籍にしようと尽力してくださった編集者さんには頭が上がりません。表紙と口絵の雰囲気を異なるものに、キャラクターにイメージフラワーを宛がう等、攻略対象異常に深みを持たせ彩った案は編集者さんによるものです。

そしてその表紙と口絵、挿絵と共に、キャラクター、背景、細部に渡る小物や花のデザインを手がけてくださった八美☆わん先生は、キャラの数も多くさらに指定も多いという中で素晴らしいものを仕上げてくださいました。アクリルフィギュアが欲しいです。

以上、編集者さん、イラストレーターさん、デザイナーさん、校正さんなど、沢山の人々の手によって攻略対象異常、別名ヤンデレの本は世に出る運びとなりました。

さらに出版のきっかけを作ってくださった、ウェブ版攻略対象異常を応援してくださった皆さまにも、この場を借りてお礼申し上げたいと思います。ありがとうございます。

いつも淀みを共有してくれる私の唯一の友人にも、最大限の感謝を込めて。

今後、攻略対象異常の登場人物たちの狂気はどんどん加速していきますので、ぜひとも応援していただければ幸いです。一巻のこの平和も、後の地獄絵図に必須の物語ですので、どうか手放さぬようにお願いします。そして、編集者さんの立案により裏表紙にちょっとした遊びが仕込まれているので、ぜひ購入された方は見てみてください。

それでは、お疲れさまでした。

CHARACTER KARTE

乙女ゲーム きゅん♥きゅんらぶ♥すくーる

きゅんらぶ

悪逆非道の最凶令嬢！

ミスティア・アーレン

（CV:―― ――）

所属・役職：1年A組

誕生日：3月4日

身　長：166cm

血液型：B

好きな食べ物：焼菓子

趣　味：恋愛小説を読むこと

特　技：ワルツ、バイオリン演奏

「庶民の分際でレイド様に近付こうなんておこがましいのでは？」
「馬鹿ねぇ。すべては私の思いどおりになるの。そう決まっているのよ」

現在

好きな食べ物：グラタン

趣　味：散歩、読書

特　技：なし

イメージフラワー：黒薔薇

異常症状

主症状：逃避

所　見：・破滅への強い危機感あり

・婚約者との接触を回避する傾向がみられる

・要相談

乙女ゲーム

きゅん♥きゅんらぶ♥すくーる

きゅんらぶ

完全無欠の王子様!

レイド・ノクター

(CV:-- --)

所属・役職:1年A組、学級長

誕生日:2月9日

身　長:175cm

血液型:A

好きな食べ物:ミートパイ、キッシュ

趣　味:チェス

特　技:剣術

「困ったことがあったら、なんでも言ってね」

「君の存在はどれほど僕を癒すのだろう」

現　在

好きな食べ物:ホットサンド

趣　　味:チェス

特　　技:剣術

イメージフラワー:ブルースター

異常症状

主症状:執着

所　見:・婚約者への支配行動あり

・行動後、自己への嫌悪

・恋慕……?

乙女ゲーム
きゅん♥きゅん らぶ♥すくーる

きゅんらぶ

「俺のことが好きだって言ってんだから、なにしたって別にいいだろ？」

「俺がお前を気に入った。だからお前は俺の近くにいろ」

絶対享楽主義の貴族様！

エリク・ハイム

(CV:--　--)

所属・役職：2年E組
誕生日：9月23日
身　長：178cm
血液型：AB
好きな食べ物：肉料理全般
趣　味：賭博
特　技：手品

現在

好きな食べ物：クレープ
趣　味：図画工作
特　技：暗記
イメージフラワー：アングレカム

異常症状
主症状：独占
所　見：・接触過多
・主従呼称、及び軽度束縛
・要経過観察

乙女ゲーム

きゅん♥きゅんらぶ♥すくーる

（きゅんらぶ）

熱い心を胸に秘める担任教師！

ジェシー先生

（CV:――　――）

所属・役職：貴族学園国語教員、1年A組担任

誕生日：5月9日

身　長：180cm

血液型：O

好きな食べ物：冷めてるもの

趣　味：散歩

特　技：馬術、体術

「あ？　誰がヤクザ教師だ、表出ろ」

「恋とか、愛とかあまり慣れてねーんだ、悪い」

現在

好きな食べ物：冷めてるもの

趣　味：恋愛小説を読むこと

特　技：馬術、体術、外国語

イメージフラワー：ナスタチウム

異常症状

主症状：相愛妄想

所　見：・庇護願望あり

・責任感の強さに注意

・症状一貫して安定……？

コミカライズ試し読み

原作：稲井田そう
漫画：宛
キャラクター原案：八美☆わん

きゅんらぶの世界の桜は
1カ月間の満開を保つ
ゲーム開始の入学式も
終了の卒業式も
桜は咲いていた
入学者説明会の会場は
こちらになります！

この『入学者説明会』は
主人公は欠席だ
この場はまだ安心
——1カ月後
私は安心できない
学生生活を送り始める
ミスティア・アーレン嬢!
攻略対象のひとり…
——通称『勤勉な彼』
呼び止めてすまない
俺はロベルト・ワイズ
君と同じく今年から
この学園に入学する者だ
よろしく
お願いいたします
…あの
申し訳ないのですが
前にどこかで?
彼とは
まだ出会って
いないはず…
いや会った
ことはない
医療に関心がある
令嬢と聞いて話を
してみたかったんだ
同じ学園に入学できて
誇りに思う
医療に…関心?

関わっているけれど
私は医者になりたいとか
薬の研究がしたいとか
言った覚えはない
突然こんなことを言っても
困らせてしまうな
すまない
いえ
お気になさらないで
ください
ありがとう
では俺は失礼する
今年からよろしく
……通り雨
みたいだったな…
なんで彼は私の
評判を知ってる？
というか
私の評判ってなんだ
まあ……
悪評じゃなさそうなのが
救いだけれど

おはよう
ミスティア
おはよう
ございます…
なんで指を
掴まれているんだ？
今日ミスティアと
一緒に行きたいと思って
迎えに行ったんだけど
屋敷にいなかったね
レイド・ノクター
いや…まあ
寄るところが
あって…
どこに寄っていたの？
なんの用事が
あったの？
――そんなの

エリク・ハイム
ご主人がお前と行きたくないから時間を早めたってことでしょ?
ハイム先輩 本日は他の学年は立入禁止のはずでは?
今日はご主人に会いに来たから関係ないし
ハイム先輩は帰ってください
あの…入学者説明会に行きたいのですが…
じゃあ僕が運んであげるよ!
彼女は僕が連れていきます
いや…あの…
あの ふたりとも離してください
はりつけにされている
——何してる

お前ら自分の力 わかってんのか こいつの骨が折れたら どうすんだ
責任とれんのか 危ないだろ
ジェシー先生
とれます 結婚するので
とにかく 説明会が始まる さっさと行け 説教はそのあとだ
……はい
はーい
ハイムは 校舎から出ろ
じゃあ行こうか ミスティア
……はい
この状況に 強く違和感を抱く
攻略対象の彼らは ゲームでの人格と違いすぎる

この場でまともな人は
ジェシー先生だけだ
先生だけが希望の光
いってらっしゃいご主人！
1カ月後に始まる
ゲームシナリオが不安すぎる
ミスティア・アーレン 15歳
どうしてこうなってしまったのか——
そして 時は5年前に遡る——

——今日は私 ミスティア・アーレンの 10歳の誕生日だった
祖先は貴族としてあるだけでなく
ある時代は王家に騎士として仕え
ある時は神官を務めていた
——父もまた薬の研究や
医療施設を運営し
孤児院に寄付をしている
伝統あるアーレン家に
たまたま生まれた普通の娘
それが私
ミスティア・アーレン
その誕生日パーティーは
本人の平凡性に対して
萎縮するほどの規模で
豪華絢爛《ごうかけんらん》に行われた

本当は家族や身近な使用人だけでケーキを食べるパーティーがいい
でもこれは言ってはいけないことだ
両親の気持ちを踏みにじってしまう
先週も今月259回目の欲しいものを聞かれ
ふたりが健康でいてくれれば
と無粋な返答で泣かせてしまったばかりなのだ
泣。
——駄目だ眠れない…
風にでも…

……綺麗……
空の大きな月も まるでゲームのエフェクトのように 均等に配置された樹木や花々も
すべて庭師が丁寧に 管理してくれているおかげだ
――ん？
エフェクト…
ゲーム？
なんのことだろう
わけのわからない言葉
なんだろう…
そう ミスティア…
このいいようのない 不安感は…

――っ！
なにこれ…私？
妹……？
私……『ミスティア』だ――
ゲーム…そして画面の彼女はミスティア…
なんで私がミスティアに……？

or
ピッコマ
ニコニコ漫画
をチェック…!

漫画の続きは　コミックス①巻

悪役令嬢ですが攻略対象の様子が異常すぎる

2020年8月 1日 第1刷発行
2021年4月20日 第2刷発行

著 者 稲井田そう

発行者 本田武市

発行所 TOブックス
〒150-0002
東京都渋谷区渋谷三丁目1番1号 PMO渋谷Ⅱ 11階
TEL 0120-933-772(営業フリーダイヤル)
FAX 050-3156-0508

印刷・製本 中央精版印刷株式会社

ISBN978-4-86699-013-2